내 죽으며 누워 있을 때　　**클래식 라이브러리　020**

As I Lay Dying
By William Faulkner

일러두기

1 이 책은 (William Faulkner, As I Lay Dying, Vintage International 1990)을 옮긴 것이다.
2 인명, 지명 등 외국어의 우리말 표기는 국립국어원 외래어표기법에 따르되, 일부 예외를 두었다.
3 원서의 이탤릭체 부분은 손글씨체로 표시하였다.
4 원서의 문장부호를 그대로 살려 표기하였다.
5 주석은 모두 옮긴이의 것이다.

내 죽으며 누워 있을 때

클래식 라이브러리　020　　　　윌리엄 포크너
As I Lay Dying　　　　　　　　강지현 옮김　　　arte

가족관계도

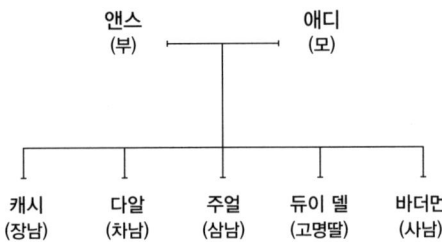

차례

내 죽으며 누워 있을 때 —— 7

해설 —— 231
작가 연보 —— 246

다알

주얼과 나는 들판을 올라간다, 오솔길을 따라 앞뒤로 나란히. 나는 주얼보다 15피트 앞서 있지만, 목화창고에서 우리를 보는 사람이라면 내 머리 위로 주얼의 닳고 망가진 밀짚모자를 누구나 볼 수 있다.

사람들의 발길에 매끄럽게 다져진 오솔길은 7월 햇볕에 벽돌처럼 단단하게 달궈졌고, 양옆으로 줄지어 놓인 초록빛 목화 수확물 사이를 지나, 목화밭 한가운데 있는 목화창고까지 다림줄처럼 곧게 뻗어 있다. 목화창고의 완만한 네 모퉁이를 돌아 들판 너머까지 이어지는 오솔길은 사람들의 발길에 다져진 흔적이 희미하다.

목화창고는 거친 통나무로 만들어졌는데, 통나무 틈 사이를 메워 놓은 찰흙이 떨어져 나간 지 오래되었다. 한쪽으로만 경사진 지붕이 부서져 있고, 텅 빈 채 한쪽으로 기운 정사각형 목화창고가 햇빛에 가물거리고, 서로 마주 보는 두 개의 벽에는 커다란 창문이 하나씩 오솔길을 향해 나 있다. 우리가 목화창고에 도착하고 나는 방향을 틀어 목화창고를 휘도는 오솔길을 따라 걷는다. 나보다 15피트 뒤에 있던 주얼이 정면을 바라보며, 한걸음에 창문을 넘는다. 나무 같은 얼굴에 박힌 나무같이 창백한 눈으로, 여전히 정면을 주시한 채, 네 걸음에 방을 가로지르고 한걸음에 맞은편 창문을 통과한다. 기운 작업복을 입은 담배 광고용 인디언 목상처럼 경직되어 있고 엉덩이 아랫부분만 살아있는 것 같다. 내가 모퉁이를 돌 때, 주얼은 이미 오솔길에 진입해 있다. 이제 주얼이 5피트 앞장선 채 우리는 앞뒤로 나란히 오솔길을 따라 절벽 발치를 향해 나아간다.

툴 아저씨네 마차가 가로대에 매여 우물 옆에 세워져 있고, 고삐는 의자 받침대에 감겨 있다. 마차에는 두 개의 의자가 놓여 있다. 주얼은 우물가에서 발걸음을 멈추고 버드나무 가지에 매달려 있던 표주박으로 물을 마신다. 주얼을 지나쳐 오솔길을 오르니, 캐시의 톱질소리가 들리기 시작한다.

내가 꼭대기에 도착하자 캐시가 톱질을 멈추었다. 캐시는 어지러이 널린 톱밥 사이에 서서, 판자 두 개를 맞추고 있다. 그늘 사이로 보니 판자는 마치 연질의 금에서 볼 수 있는 황금빛이 나고, 판자 측면에는 손도끼 날 자국이 부드럽게 굽이친다. 솜씨 좋은 목수다. 캐시 말이다. 캐시는 판자 두 개를 가대 위에 놓고, 완성된 관의 사잇기둥 모서리에 맞추고 있다. 캐시는 무릎을 꿇고 실눈으로 모서리를 따라 훑어보더니 판자를 내려놓고 손도끼를 집어 든다. 솜씨 좋은 목수다. 애디 번드런은 더 좋은 관을 원할 수 없을 것이다. 죽어 누워 있기에 더할 나위 없이 좋은 관이다. 이 관은 애디 번드런에게 자신감과 안락함을 느끼게 해 줄 것이다. 나는 집으로 간다. 뒤에서 들리는

척.   척.   척.

손도끼 소리.

코라

그래서 나는 어제 아껴두었던 달걀로 케이크를 구웠다. 케이크는 꽤 잘 나왔다. 우리는 닭에 많이 의존한다. 주머니쥐 같은 것들에 잡아먹히고 닭이 얼마 남지 않았지만, 알을 잘 낳는다. 여름에는 뱀도 닭을 잡아먹는다. 뱀은 다른 동물보다도 더 빨리 닭장을 부숴버리곤 한다. 툴 씨가 생각한 것보다 더 비싸겠지만, 품종 좋은 닭이 더 많은 알을 낳으면 그 비용이 상쇄될 거라 장담한 후라 나는 그 어느 때보다 신중해야 했다. 닭을 선택하는 결정권이 내게 있었기 때문이다. 더 저렴한 닭을 살 수도 있었지만, 툴 씨 본인이 좋은 품종의 소 돼지가 결국엔 이득이라고 인정했고, 로윙턴 부인이 좋은 품종의 닭을 사라고 충고하자 나는 그렇게 하겠다고 약속했다. 닭을 선택한 것은 나의 결정이었고 툴 씨에게 책망을 듣고 싶지 않았기에, 그 많은 닭을 잃었을 때 우리 먹자고 달걀을 사용할 수 없었다. 그래서 로윙턴 부인이 케이크에 대해 말했을 때, 내가 케이크를 만들면 닭 한 마리의 순가치를 닭 두 마리에 맞먹는 금액으로 늘릴 수 있을 만큼 충분한 돈을 한 번에 벌 수 있으리라 생각했다. 한 번에 하나씩 달걀을 아끼면, 달걀값은 아예 들지 않을 것이다. 그리고 그 주에 닭들이 알을 잘 낳은 덕에, 내다 팔고 케이크를 만드는 데 필요한 것보다 더 많은 달걀을 아낄 수 있었고, 밀가루, 설탕, 장작값도 충당할 수 있었다. 그래서 나는 어제 내 평생 가장 신중하게 케이크를 구웠고, 케이크는 꽤 잘 나왔다. 그러나 오늘 아침 우리가 시내에 도착했을 때, 로윙턴 부인은 케이크를 주문한 그 부인이 마음을 바꾸어서 파티를 열지 않을 거라고 말했다.

"어쨌든 그 부인이 케이크를 가져가야죠." 케이트가 말한다.

"글쎄." 내가 말한다. "이제 케이크가 필요 없다잖아."

"그 부인이 가져가야죠." 케이트가 말한다. "부유한 도시 귀부인들은 마음을 바꿀 수 있겠죠. 가난한 사람들은 어림도 없지만요."

주님 앞에서 재물은 아무것도 아니다. 주님은 마음을 들여다보실 수 있기 때문이다. "토요일 바자회에서 팔 수 있을지도 몰라." 내가 말한다. 케이크는 정말 잘 나왔다.

"하나에 2달러를 받진 못하죠." 케이트가 말한다.

"그렇긴 한데. 케이크 만드는 데 들어간 돈은 거의 없으니까." 내가 말한다. 나는 달걀을 아껴 12개의 달걀을 설탕, 밀가루와 맞바꾸었다. 케이크 만드는 비용이 안 들어간 거나 마찬가지였다. 툴 씨 자신이 깨닫고 있듯이, 내다 팔려고 했던 것보다도 내가 아낀 달걀이 많았기 때문에, 달걀을 횡재로 줍거나 거저 얻은 것이나 다름없었다.

"약속한 것이나 다름없으니까 그 부인이 케이크를 가져가야죠." 케이트가 말한다. 주님은 마음을 들여다보실 수 있다. 사람마다 정직에 대한 개념이 다르다는 게 주님의 뜻이라면, 나는 주님의 뜻을 의심할 처지가 못 된다.

"애초에 케이크 쓸 일이 없었던 것 같아." 내가 말한다. 케이크는 정말 잘 나왔다.

더웠지만 누비이불이 애디의 턱까지 덮여 있고, 두 손과 얼굴만 이불 밖으로 나와 있다. 애디는 창밖을 볼 수 있도록 베개에 기댄 채 머리를 들고 있고, 캐시가 손도끼질이나 톱질할 때마다 그 소리가 들린다. 우리가 귀머거리라 해도 애디의 얼굴을 보면 캐시가 일하는 소리를 들을 수 있고 볼 수 있는 듯하다. 애디는 얼굴이 몹시 여위어서 피부 바로 아래 하얀 선형의 뼈가 드러나 있다. 애디의 눈은 두 개의 초와 같고 마치 촛농이 철제 촛대 구멍 안으로 흐르는 것처럼 보인다. 그러나 영겁, 영원한 구원, 은총은 애디에게 내리지 않았다.

"케이크가 정말 잘 나왔는데." 내가 말한다. "애디가 만들었던 케이크만은 못하지만 말이야." 다림질된 적이 있었는지 모르겠지만 베갯잇 사이에 듀이 델의 빨랫감과 다림질감이 처박혀 있다. 애디는 아마도 딸에 대해 무지하고, 아들 넷과 선머슴 같은 듀이 델의 자비와 보살핌에 내맡긴 채 저기 누워 있다. "이 근방에서 애디 번드런만큼 빵을 잘 굽는 사람은 없지." 내가 말한다. "다들 알다시피, 애디가 병석에서 일어나 다시 빵을 굽는다면 우리 빵은 아예 팔리지 않을 거야." 누비이불 아래 누워 있는 애디는 가로장만큼이나 납작하고, 애디가 숨 쉬고 있다는 증거는 옥수수 껍질을 넣은 매트리스에서 나오는 소리가 유일하다. 바로 옆에서 듀이 델이 부채질하고 있지만, 애디의 뺨에 붙어 있는 머리카락은 미동도 하지 않는다. 듀이 델은 부채질을 멈추지 않고 다른 손으로 부채를 바꿔 잡는다.

"주무시니?" 케이트가 소곤거린다.

"저기 캐시를 보고 계셔." 듀이 델이 말한다. 판자를 톱질하는 소리가 들린다. 그 소리가 코 고는 소리 같다. 율라가 큰 가방 위에 올라 창밖을 내다본다. 율라가 한 목걸이가 빨간 모자와 정말 잘 어울린다. 그 목걸이가 고작 25센트짜리라고는 아무도 생각지 못할 것이다.

"그 부인이 케이크를 가져갔어야 해요." 케이트가 말한다.

그 돈을 정말 잘 썼을 수도 있다. 그러나 빵 굽는 것 말고는 들어간 비용이 없다. 누구든지 실수할 수 있지만, 모든 사람이 손해를 보지 않고 실수를 만회하는 것은 아니다. 모든 사람이 망설임 없이 자기 잘못을 받아들이는 것도 아니다.

누군가 복도를 걸어오고 있다. 다알이다. 다알은 방문을 지나치면서 안을 들여다보지 않는다. 율라는 다알이 뒤쪽으로 걸어가 시야에서 사라지는 것을 바라본다. 율라가 손을 들어 목걸이를 가볍게 만지고는 머리를 매만진다. 내가 쳐다보는 것을 깨닫자, 율라의 눈이 공허해진다.

다알

아버지와 버넌 아저씨가 뒤쪽 베란다에 앉아 있다. 아버지는 엄지와 검지를 이용해 입술을 밖으로 잡아 늘이고, 코담배를 코담뱃갑 뚜껑에서 아랫입술 쪽으로 기울이고 있다. 내가 현관을 가로지른 다음 물통에 표주박을 담가 물을 마시는데, 두 사람이 주위를 둘러본다.

"주얼은 어디 있냐?" 아버지가 말한다. 나는 삼나무 통에 물을 잠시 담가 놓으면 물맛이 훨씬 좋아진다는 것을 어렸을 때 처음 알게 되었다. 따뜻하면서도 시원하고, 삼나무 향에서 뜨거운 7월의 바람 맛이 희미하게 나는 것 같다. 적어도 6시간은 담가 두어야 하고, 표주박에 담아 마셔야 한다. 절대로 물을 금속에 담아 마셔서는 안 된다.

그리고 물맛은 밤에 훨씬 좋다. 나는 복도에 있는 지푸라기 침대에 누워서, 사람들이 전부 잠들어 기척이 나지 않을 때까지 기다렸다가, 일어나서 물통에 다시 가곤 했다. 물통도 검고, 물통을 올려놓는 선반도 검고, 잔잔한 물 표면은 아무것도 없는 둥근 구멍 같다. 표주박을 휘저어 물을 깨우기 전에 물통에서 한두 개의 별을 볼 수 있고, 물을 마시기 전에는 표주박에서도 한두 개의 별을 볼 수 있다.

그 후로 나는 몸도 자라고 나이도 먹었다. 그 시절 나는 모든 사람이 잠들 때까지 기다렸다가 셔츠 자락을 올리고 누워서는, 모두 잠든 소리를 들으며, 자위하지 않고도 나 자신을 느끼고, 은밀한 곳 위로 불어오는 시원한 정적을 느끼곤 했다. 캐시가 저기 어둠 속에서 그 짓을 하고 있는지, 아마도 내가 원하거나 할 수 있기 전인 지난 2년 동안 그 짓을 하고 있었던 것은 아닌지 궁금해하곤 했다.

아버지는 심한 평발에 발가락이 붙어 있고 휘어지고 뒤틀려 있다. 어렸을 때 집에서 만든 신발을 신고 습한 곳에서 너무나 열심히 일한 탓에, 새끼발가락에는 발톱이 아예 없다. 아버지가 앉아 있는 의자 옆에 투박한 단화가 놓여 있다. 단화는 조야한 선철로 만든 무딘 도끼에 난도질당한 것처럼 보인다. 버넌 아저씨는 시내에 다녀왔다. 나는 한 번도 아저씨가 작업복을 입고 시내에 가는 것을 본 적이 없다. 사람들이 말하길 아저씨 아내 역시 교편을 잡은 적이 있다고 한다.

나는 표주박에 남아 있는 물을 땅바닥에 버리고 소매로 입을 닦는다. 날이 새기 전에 비가 올 것 같다. 어쩌면 어두워지기 전에 비가 올 것 같다. "헛간에 내려가 있어요." 내가 말한다. "마구를 채우려고요."

저기 아래에서 말이랑 놀고 있다. 주얼은 헛간을 지나 목초지로 갈 것이다. 말이 눈에 띄지 않는다. 소나무 묘목 사이 그늘진 곳에 말이 있다. 주얼이 한번 날카롭게 휘파람을 분다. 말이 콧김을 뿜고, 주얼이 말을 본다. 말이 푸른 그림자 사이로 잠시 번쩍 빛을 번득이며 모습을 드러낸다. 주얼이 다시 휘파람을 분다. 말이 쫑긋 세운 귀를 획획 움직이고 사팔눈을 굴리며 벋정다리로 언덕을 내려오다 20피트 떨어진 곳에서 멈춰서고, 옆구리를 내보이며, 어깨 너머로 아양을 떨면서도 경계하며 주얼을 바라본다.

"이리 와." 주얼이 말한다. 말이 움직인다. 그렇게 빨리 움직이는 바람에 털이 한쪽으로 몰리고, 혀가 수많은 불꽃처럼 소용돌이친다. 말이 갈기와 꼬리를 휘날리고 눈을 굴리면서 다시 짧게 도약하듯 돌진하다 멈추고, 다리를 모아 주얼을 바라본다. 주얼이 손을 옆구리에 올려놓고 침착하게 말을 향해 걸어간다. 주얼에게 다리가 없다면, 말과 주얼은 야만인 조각상 두 개가 햇빛 속에 있는 것처럼 보일 것이다.

주얼이 말을 만지려하자, 말이 뒷다리로 서서 주얼에게 달려든다. 그러자 주얼이 날개의 환영에 둘러싸인 듯, 반짝이는 말발굽의 미로 속에 둘러싸인다. 말발굽의 미로 사이, 치켜든 말의 가슴 아래에서, 주얼이 눈부시도록 유연한 뱀처럼 움직인다. 잠시 몸 전체가 땅에 닿지 않고 뱀처럼 유연하게 수평으로 움직이다가, 양팔을 걷어 차이고는 말의 콧구멍을 보며 땅에 떨어진다. 둘은 경직되어 미동하지 못하는데, 말이 무서운 듯 고개를 숙이고 뻣뻣한 다리를 가볍게 떨며 뒤로 물러선다. 주얼은 발꿈치를 땅에 박은 채, 한 손으로는 말의 콧김을 막고 다른 손으로는 쓰다듬듯 말의 목을 여러 번 가볍게 치면서, 외설스러운 욕설을 맹렬히 퍼붓는다.

둘은 시간이 정지된 듯 서 있고, 말이 몸을 떨며 신음한다. 그때 주얼이 말 등에 올라탄다. 소용돌이 모양의 채찍처럼 허리를 굽히고 물 흐르듯 말 위에 오르니, 주얼과 말은 하나의 형태가 된다. 말이 잠시 머리를 숙이고 두 다리를 벌리고 서 있다가, 갑자기 움직이기 시작한다. 말이 양어깨 사이에 거머리처럼 붙어있는 주얼이 상체를 들썩일 정도의 속도로 언덕을 달려 내려간다. 울타리 앞에서, 말이 또다시 발을 종종거리며 멈춰 선다.

"자." 주얼이 말한다. "실컷 했으니 이제 그만해도 돼."

헛간 안에서 말이 멈추기 전에 주얼이 미끄러지듯 땅으로 뛰어 내린다. 말이 마구간으로 들어가고, 주얼이 그 뒤를 따른다. 말이 뒤도 돌아보지 않고 주얼을 발로 차고, 발굽으로 벽을 세게 찬다. 그 소리가 권총에서 발사된 총소리처럼 들린다. 주얼이 말의 배를 발로 찬다. 말이 활처럼 목을 뒤로 들어 올리고 짧은 이빨을 드러낸다. 주얼이 주먹으로 말의 얼굴을 때리고, 미끄러지듯 여물통 위로 올라가 그 위에 선다. 건초 시렁에 매달린 채 머리를 숙이고 마구간 꼭대기와 출입구 너머 밖을 내다본다. 오솔길에는 아무도 없다. 여기서는 캐시의 톱질소리가 들리지 않는다. 주얼이 손을 뻗어 서둘러 건초를 한 아름 안아 내리고 시렁에 쑤셔 넣는다.

"먹어." 주얼이 말한다. "기회가 있을 때 먹으란 말이야. 요 배불뚝이 녀석. 요 귀여운 자식." 주얼이 말한다.

주얼

이건 캐시가 저기 창문 바로 아래서 망할 관에 망치질하고 톱질하기 때문이다. 엄마가 볼 수 있는 곳이다. 엄마의 들숨이 캐시가 망치질하고 톱질하는 소리로 가득한 곳, 보세요 캐시가 말하는 것을 엄마가 볼 수 있는 곳이다. 엄마를 위해 제가 얼마나 멋진 것을 만들고 있는지 보세요. 나는 캐시에게 다른 곳에 가서 하라고 했다. 맙소사 거기에 누워 있는 엄마를 보고 싶은 거냐고 말했다. 이건 마치 비료가 있으면 꽃을 키워볼 수 있겠다는 엄마의 말을 듣고 헛간에 있는 똥을 빵 굽는 팬에 가득 담아 왔던 어린 시절의 캐시와 다를 바 없다.

    이제 다른 사람들도 저기에 말뚱가리처럼 앉아 있다. 기다리고 부채질하면서 말이다. 성한 사람도 잠들 수 없을 정도로 톱질과 못질을 해대는데 그러지 말라고 했건만. 누비이불 위에 놓여 있는 엄마의 손이 씻으려 해도 깨끗해지지 않는, 땅에서 파낸 두 개의 뿌리 같다. 부채와 듀이 델의 팔이 보인다. 엄마를 내버려 두면 좋겠다고 말했건만. 톱질과 망치질은 엄마 얼굴 위로 공기를 빨리 움직이게 한다. 피곤하면 숨 쉴 수 없는데도, 저 빌어먹을 손도끼가 한 켜씩 한 켜씩 나무를 깎아낸다. 지나가던 사람이 죄다 가던 길을 멈추고 얼마나 훌륭한 목수인가라고 말할 때까지 한 켜씩 나무를 깎아내리는 것 같다. 캐시가 아니라 내가 교회에서 떨어졌다면, 아버지가 아니라 내가 나뭇더미에 깔려 몸져누웠다면, 이 지역의 모든 인간들이 찾아와 엄마를 뚫어져라 쳐다보는 일이 없었을 텐데. 하느님이 있다면 대체 하느님은 뭣 때문에 있는 걸까. 높은 언덕에 엄마와 나 단둘이 있다면, 나는 신이 만든 저 인간들, 이를 드러내고 지껄이는 저 인간들의 면상을 향해 바윗돌을 집어 들어 언덕 아래로 굴려버릴 것이다. 그러면 저 망할 손도끼로 나무를 켜는 일도 없고 엄마도 조용히 쉴 수 있을 텐데. 한 켜씩 나무를 깎아내지 않으면 우리도 조용히 있을 수 있을 텐데.

다알

우리는 주얼이 모퉁이를 돌아 계단을 올라가는 것을 본다. 주얼은 우리를 쳐다보지 않는다. "준비됐어?" 주얼이 말한다.

"네가 노새를 마차에 매기만 하면 돼." 내가 말한다. 나는 말한다. "잠시 기다려." 주얼이 멈추고 아버지를 바라본다. 버넌 아저씨가 움직이지 않고 침을 뱉는다. 아저씨는 점잖으면서 신중하고 정확하게 현관 아래 움푹 파인 먼지 구덩이에 침을 뱉는다. 아버지는 천천히 두 손을 무릎에 문지른다. 아버지는 절벽 꼭대기 너머 땅 저편을 응시하고 있다. 주얼이 아버지를 잠시 바라보고, 들통에 가서 물을 다시 마신다.

"난 누구 못지않게 우유부단한 걸 싫어한다." 아버지가 말한다.

"3달러라니까요." 내가 말한다. 아버지가 입은 셔츠는 불룩 나온 등 부분이 다른 부분보다 더 빛바래있다. 셔츠에 땀자국이 없다. 아버지 셔츠에 땀자국이 있는 걸 본 적이 한 번도 없다. 아버지는 햇볕에서 일하다가 딱 한 번 아픈 적이 있었는데 당시 아버지는 22살이었고, 아버지는 자신이 땀을 흘리면 그건 사망을 의미한다고 말한다. 그리 믿는 것 같다.

"네가 돌아올 때까지 엄마가 버티지 못하면." 아버지가 말한다. "엄마가 실망할 거다."

버넌 아저씨가 먼지 구덩이에 침을 뱉는다. 하지만 날이 새기 전에 비가 올 것 같다.

"엄마는 믿고 있단다." 아버지가 말한다. "엄마는 당장 출발하고 싶을 거다. 내가 네 엄마를 잘 안다. 여기에 마차를 준비해 놓겠다고 네 엄마에게 약속했고, 엄마는 그걸 믿고 있단다."

"그럼 더더욱 우린 그 3달러가 필요해요." 내가 말한다. 아버지가 무릎에 손을 문지르며 땅 저편을 응시한다. 아버지는 치아를 잃은 후 코담배를 씹을 때마다 입이 계속해서 천천히 아래로 처진다. 짧은 수염 때문에 아버지의 하관이 나이 많은 개처럼 보인다. "빨리 결정해야 어두워지기 전에 거기 도착해서 짐을 실을 수 있어요." 내가 말한다.

"엄마가 그렇게 위중한 건 아니잖아." 주얼이 말한다. "그러니 그만해, 다알."

"그건 그렇지." 버넌 아저씨가 말한다. "지난주보다 오늘이 더 좋아 보이시더라. 너랑 주얼이 돌아올 때쯤에는 일어나실 거다."

"아저씨는 잘 알고 계시잖아요." 주얼이 말한다. "가족분들이랑 여기 자주 오셔서 보셨잖아요." 버넌 아저씨가 주얼을 바라본다. 주얼의 얼굴은 혈색은 좋지만, 눈은 창백한 나무처럼 보인다. 전에도 그랬지만, 주얼은 우리보다 머리 하나가 더 크다. 그래서 나는 그게 다 엄마가 주얼을 더 혼내고 더 쓰다듬어 주었기 때문이라고 말했다. 주얼이 다른 애들보다 더 많이 골골대며 집 안을 돌아다녔기 때문이다. 그래서 엄마가 이름을 주얼(보석-옮긴이)로 지은 거라고 내가 애들에게 말해 주었다.

"그만해라, 주얼." 아버지가 말한다. 하지만 아버지는 주얼의 말에 귀 기울이지 않는 것처럼 보인다. 아버지는 무릎을 문지르며 땅 저편을 응시한다.

"아버지가 버넌 아저씨 마차를 빌리면 우리가 따라잡을 수 있어요." 내가 말한다. "만약 엄마가 우리를 기다리지 못하면요."

"아, 빌어먹을 그 입 좀 닥쳐." 주얼이 말한다.

"엄마는 우리 마차로 가길 원할 거다." 아버지가 말한다. 아버지가 무릎을 문지른다. "나만큼 이 상황이 싫은 사람이 또 있을까."

"저기 누워서, 캐시가 저 망할 것을 깎아 만드는 걸 보시고......." 주얼이 말한다. 거칠고 사납게 말하지만, 그 단어를 입에 담지 못한다. 마치 어둠 속에서 용기를 내보지만, 자신이 낸 소리에 놀라 조용해지는 어린 소년 같다.

"관 만드는 걸 직접 보는 것도 우리 마차로 가는 것도 모두 네 엄마가 원한 거다." 아버지가 말한다. "좋은 마차를 타고 남들 눈에 띄지 않으면 엄마도 더 잘 쉴 수 있을 거다. 엄마는 남 앞에 나서는 것을 싫어했다. 너희도 잘 알 거다."

"그렇다면 남들 눈에 띄지 않게 해야죠." 주얼이 말한다. "저렇게 시끄러운데 어떻게 남들 눈에 띄지 않는다는 건지———" 아버지 뒤통수를 바라보는 주얼의 눈이 나무처럼 창백하다.

"그래야지." 버넌 아저씨가 말한다. "어머니는 관이 다 만들어질 때까지 버티실 거다. 모든 게 준비될 때까지 사정이 허락할 때까지 버티실 거야. 길 상태가 지금만 같다면 시내까지 오구히는 데 그리 많은 시간이 걸리지 않을 거야."

"비가 올 것 같은데." 아버지가 말한다. "난 운이 없는 사람이 거든. 늘 그랬지." 아버지는 양손을 무릎에 문지른다. "그 망할 놈의 의사가 어느 때고 와야 하는데. 의사에게 너무 늦게 알렸어. 의사가 내일 와서 때가 됐다고 하면, 저 사람은 기다리지 않을 거네. 저 사람이 어떤 사람인지 내가 잘 아는데, 마차가 있든 없든 기다리지 않을 거라네. 그러면 저 사람 마음이 상할 텐데, 난 결코 그렇게 하고 싶지 않다네. 제퍼슨에 있는 가족 묘지하고 거기서 기다리는 친정 식구를 생각하면 저 사람 마음이 조급할 거네. 노새가 있으니 애들이랑 같이 거기에 빨리 데려다주겠다고 저 사람에게 약속했단 말이네. 저 사람이 조용히 쉴 수 있도록 말이지." 아버지는 두 손을 무릎에 문지른다. "나만큼 이 상황이 싫은 사람이 또 있을까."

"다들 엄마를 거기에 데려가지 못해 안달복달하고." 주얼이 그 거칠고 사나운 목소리로 말한다. "캐시는 온종일 저 창문 바로 아래서 망치질하고 톱질하고 그———."

"네 엄마가 원한 거다." 아버지가 말한다. "넌 엄마에 대한 애정이 전혀 없구나. 그런 적이 한 번도 없지. 우린 누구에게도 신세 지지 않을 거다." 아버지가 말한다. "나하고 네 엄마는 말이다. 우린 여태 누구에게도 신세를 져 본 적이 없단다. 자기 핏줄이 널빤지에 톱질하고 못질했다는 것을 알게 되면 네 엄마가 좀 더 편하게 쉴 수 있을 거다. 네 엄마는 항상 뒤처리가 깔끔했다."

"3달러라고요." 내가 말한다. "가요, 가지 말아요?" 아버지가 무릎을 문지른다. "내일 해지기 전까지 돌아올 거예요."

"글쎄다……." 아버지가 말한다. 아버지가 땅 저편을 바라본다. 머리가 헝클어져 있고, 코담배를 천천히 잇몸에 대고 우물거린다.

"어서요." 주얼이 말한다. 주얼이 계단을 내려간다. 버넌 아저씨가 먼지 구덩이에 깔끔하게 침을 뱉는다.

"해지기 전까지 돌아와야 한다. 더 이상." 아버지가 말한다. "엄마를 기다리게 할 수 없다."

주얼이 흘끗 돌아보더니 집 주위를 돌아다닌다. 내가 복도에 들어서니, 방문에 닿기도 전에 여러 명의 목소리가 들린다. 우리 집은 언덕 아래쪽으로 약간 기울어져 있어서, 복도를 타고 늘 미풍이 들어온다. 앞문 근처에 떨어진 깃털이 위로 떠 올라 천정을 쓸다가 뒤쪽으로 기울고, 결국엔 뒷문에서 아래쪽으로 떨어지는 기류에 닿게 된다. 목소리도 그렇다. 복도에 들어서면 사람들 목소리가 머리 주변의 허공에서 얘기하고 있는 것처럼 들린다.

코라

 그것은 지금까지 내가 본 것 중에서 가장 흐뭇한 일이었다. 다알은 엄마를 다시는 볼 수 없다는 걸 알고 있는 것처럼 보였다. 앤스 번드런이 자신을 멀리 보내 엄마의 임종을 지키지 못하게 해서, 다시는 엄마를 이 세상에서 볼 수 없다는 걸 알고 있는 것처럼 보였다. 나는 다알이 다른 아이들과 다르다고 늘 얘기했었다. 자식들 가운데 가장 엄마의 성격을 닮아 애정을 품을 줄 아는 유일한 아이다. 주얼은 아니다. 낳느라 그렇게 고생하고도 응석받이로 키우고 예뻐했는데, 불끈 화내고 골내고 온갖 못된 짓을 생각해내고, 제 엄마를 괴롭힌 아이가 주얼이다. 나 같으면 몇 번이고 벌을 주었을 것이다. 와서 작별 인사를 할 아이가 아니다. 엄마와 작별 인사를 하려고 3달러를 더 벌 수 있는 기회를 놓칠 아이가 아니다. 아무도 사랑하지 않고, 최소한의 노동으로 무엇을 얻을 수 있는가만 신경 쓰는 걸 보면, 하나부터 열까지 번드런 가(家) 아이다. 툴 씨에 의하면 다알이 기다려달라고 했다고 한다. 아픈 엄마를 두고 떠나게 하지 말아 달라고 거의 무릎을 꿇고 간청했다고 한다. 그러나 앤스와 주얼은 그 3달러를 벌지 않고는 못 배길 것이다. 앤스에게 다른 걸 기대하는 사람은 없을 거다. 저 주얼이란 녀석. 제 엄마가 자신을 희생하면서 남의 눈에 띌 정도로 편애했건만, 그 오랜 세월을 돈에 팔아버린 녀석—날 속일 수는 없다. 툴 씨는 애디 번드런이 주얼을 가장 싫어했다고 말하지만, 나는 그 이상을 알고 있다. 애디는 주얼을 편애했는데, 그것은 주얼에게 애디 자신과 같은 자질, 애디 번드런에게 독살당해도 싸다고 툴 씨가 말할 정도로 고약한 앤스 번드런을 참아내는 자질이 있기 때문이다. 그런데 주얼은—3달러 때문에, 죽어가는 엄마에게 작별 입맞춤을 거부한 아이다.

나는 지난 3주 동안 시간이 날 때마다, 그러지 말았어야 할 때도, 내 가족과 의무를 소홀히 하면서까지 여기에 오곤 했다. 아는 얼굴 하나 없이 죽음이라는 미지의 세계를 대면하지 않도록 용기를 주고, 마지막 순간에 누군가 함께 했으면 하는 마음 때문이었다. 그렇다고 내 공치사를 하는 것은 아니다. 나도 같은 것을 기대하기 때문이다. 하지만 다행히 사랑하는 친족과 혈육이 나의 임종을 지켜줄 것이다. 남편과 아이들이 때때로 시련을 안겨주기도 했지만, 나는 사람들 대부분보다 더 많은 축복을 받은 편이기 때문이다.

애디 번드런은 외로운 여자였고, 자존심 때문에 외로운 삶을 살았는데, 사람들이 자신을 참아주고 있다는 사실을 숨기고 달리 믿게끔 하려 애썼다. 신의 뜻을 무시하고 40마일이나 떨어진 곳에 묻어달라는 것만 봐도 그렇다. 그때까지 애디는 관 속에서 차갑게 식지 않을 것이다. 번드런 가 사람들과 같은 땅에 묻히기 싫다는 것이다.

"하지만 부인이 원했는걸." 툴 씨가 말한다. "친정 식구 곁에 묻히는 게 부인의 소망이래."

"그러면 왜 살아 있을 때 가지 않았을까요?" 내가 말했다. "아무도 막지 않았을 텐데 말이죠. 이제는 좀 컸다고 그 집 사람들처럼 이기적이고 무정한 막내 녀석조차 말리지 않았을 거예요."

"부인의 소망이었다잖아." 툴 씨가 말했다. "앤스가 그렇다고 했어."

"물론 당신은 앤스의 말을 믿겠죠." 내가 말했다. "당신 같은 사람은 믿겠지만, 난 아니에요."

"말을 안 해서 내게 뜯어낼 이익이 없는 일이라면 앤스를 믿기로 했어." 툴 씨가 말했다.

"난 아니에요." 내가 말했다. "여자는 살아서나 죽어서나 남편과 자식 곁에 있어야 해요. 살아서나 죽어서나 당신과 고락을 함께 할 결심으로 앨라배마를 떠났는데, 당신은 내가 죽을 때 당신과 딸들을 떠나 앨라배마로 돌아가길 바라는 거예요?"

"글쎄. 사람마다 다르니까." 툴 씨가 말했다.

당연히 그래야 한다. 기독교인 남편의 명예와 평안을 위해 그리고 기독교인 아이들의 사랑과 존경을 위해, 나는 신과 사람들 앞에서 올바르게 살려고 노력해왔다. 그래서 세상을 떠날 때, 나는 의무에 대한 보상으로 사랑하는 사람들에 둘러싸여 한 사람 한 사람으로부터 작별 인사를 받을 것이다. 자존심과 상심을 숨기고 혼자 죽어가는 애디 번드런과는 다르다. 기꺼이 세상을 떠날 것이다. 애디는 저기 머리를 받치고 누워서 캐시가 관 만드는 걸 지켜보는데, 그건 다 캐시가 관 만드는 데 인색하지 않게 하려는 거다. 십중팔구 다른 사람들은 비 때문에 건너지 못할 정도로 강물이 불어나기 전에 3달러를 더 벌 수 있는지에 대해서만 걱정하고 있을 거다. 모르긴 해도 그 마지막 목재를 싣기로 한 결정을 하지 말았어야 했다. 그랬다면 그들은 이불을 깐 마차에 애디를 싣고 강을 먼저 건넜을 테고, 그런 다음 잠시 멈추고 애디가 기독교인다운 죽음을 맞이할 수 있도록 시간을 줄 수 있었을 것이다.

다알은 제외다. 지금까지 내가 본 것 가운데 가장 흐뭇한 일이었다. 때때로 나는 인간 본성에 대한 믿음을 잃곤 한다. 의심의 공격을 받기 때문이다. 그러나 언제나 주님은 나의 믿음을 회복시켜주시고, 피조물에 대한 주님의 아낌없는 사랑을 보여주신다. 애디가 늘 애지중지한 주얼, 그 아이는 아니다. 주얼은 그 3달러를 버는 일에 혈안이 되어 있다. 사람들은 다알이 별나고 게으르고 앤스와 마찬가지로 집에서 빈둥댄다고 하지만, 그건 다알이었다. 캐시는 솜씨가 좋은 목수지만 짬도 없으면서 일 욕심이 많아 항상 분주하고, 주얼은 돈벌이가 되는 일이나 구설수가 있는 일만 해댄다. 거의 벌거벗은 저 듀이 델은 항상 부채를 들고 애디 옆에 서서는 누군가 애디에게 말을 걸고 기운을 북돋우려 할 때마다, 아무도 접근하지 못하게 하려는 듯, 재빨리 대답해 버린다.

그건 다알이었다. 방문 앞에 와서 죽어가는 엄마를 보고 서 있었다. 다알은 그저 바라보기만 했지만, 나는 주님의 아낌없는 사랑과 자비를 느낄 수 있었다. 주얼에게는 사랑하는 척만 했을 뿐이고, 애디가 진정으로 사랑하고 서로 이해한 건 다알이었음을 나는 보았다. 다알은 앤스가 자신을 멀리 보내 다시는 엄마를 보지 못하게 하려 한다는 걸 알고는, 엄마가 속상해할까 봐 엄마를 보러 방 안으로 들어가지도 못하고, 그저 바라만 보았다. 다알은 아무 말도 하지 않고 그저 엄마를 바라보았다.

"무슨 일이야, 다알?" 듀이 델이 말했다. 부채질을 멈추지 않고,

아무도 접근하지 못하게 막으려는 듯 재빨리 말했다. 다알은 대답하지 않았다. 그냥 서서 죽어가는 엄마를 바라보았는데, 말로 표현하지 못할 만큼 다알의 마음이 꽉 차 있던 것이다.

듀이 델

처음으로 나와 레이프가 줄을 따라 목화를 따던 때였다. 아버지는 병에 걸려 돌아가실까 봐 땀을 흘리려하지 않아서 다른 사람들이 우리를 도우러 온다. 주얼은 매사에 관심이 없는데, 그런 점에서 우리 피붙이가 아닌 것 같다. 캐시는 길고 덥고 슬프고 노란 나날을 톱질하여 판자를 만들고 못질하여 무언가를 만들어내는 걸 좋아한다. 아버지는 이웃들이 항상 서로를 그런 식으로 대하리라 생각하고, 자기가 해야 할 일을 이웃에 시키느라 바빠서, 스스로 할 일을 찾아 한 적이 없다. 다알 역시 스스로 일을 찾아 할 사람이 아니다. 저녁 식사 자리에서 음식과 등불 대신 그 너머 머나먼 곳을 바라보는 다알의 눈에는 두개골에서 파낸 흙덩이가 가득하고 눈구멍은 그 땅 저 너머까지의 거리로 채워져 있다.

    우리는 줄을 따라 내려가며 목화를 땄다. 숲이 점점 가까워지고 비밀스러운 그늘이 나타났다. 우리는 각자의 자루를 가지고 비밀스러운 그늘을 향하고 있었다. 자루의 반쯤 목화가 찼을 때 할 것인가 말 것인가에 대해 자문해 보았는데, 숲속에 이르러 자루가 다 차면 그건 내 잘못이 아니다. 자루가 가득 차지 않으면 그 짓을 하지 않고 다음 줄로 향하겠지만, 자루가 다 차면 나도 어쩔 수 없다. 나는 매번 그 짓을 해야 했을 테고 어쩔 수 없다. 우리는 비밀스러운 그늘을 향해 목화를 땄고, 우리 눈이 레이프의 손과 내 손을 어루만지며 함께 빠져들어 갈 때 나는 아무 말도 하지 않았다. 내가 말했다. "지금 뭐 해?" 그러자 레이프가 말했다. "목화를 따서 네 주머니에 넣고 있어." 그래서 우리가 줄 끝에 이르렀을 때 주머니는 가득찼고 나는 어쩔 수 없었다.

그러니까 그렇게 된 건 어쩔 수 없었기 때문이다. 바로 그때 다알이 나타났고 다알이 알아버렸다. 말을 하지 않고도 엄마가 돌아가실 거라는 것을 내게 알려 주었듯이, 다알은 말을 하지 않고 자신이 알고 있음을 보여주었다. 만약 다알이 알고 있다고 직접 말을 했다면 난 거기서 우리를 봤다는 다알의 말을 믿지 않았을 거다. 그래서 나는 다알이 알고 있다는 것을 알았다. 하지만 다알은 자신이 알고 있다고 했다. 나는 "아버지한테 말할 거야? 그래서 아버지가 돌아가시게 할 거야?"라고 말없이 물었고, 다알은 "뭐 하러?"라고 말없이 대답했다. 그래서 나는 나의 비밀을 알고 있는 다알을 증오하면서도 모든 것을 알고 있는 다알에게 얘기할 수 있다.

다알이 문 앞에 서서 엄마를 바라보고 있다.

"무슨 일이야, 다알?" 내가 말한다.

"엄마가 돌아가실 거야." 다알이 말한다. 늙은 대머리수리 같은 툴 아저씨가 엄마의 임종을 보러 오지만 나는 사람들을 속일 수 있다.

"언제?" 내가 말한다.

"우리가 돌아오기 전에." 다알이 말한다.

"그럼 주얼은 왜 데려가는 거야?" 내가 말한다.
"짐 싣는 걸 도와줬으면 해서." 다알이 말한다.

툴

앤스는 계속 무릎을 문지르고 있다. 앤스의 작업복은 빛바래있고, 한쪽 무릎에 덧대어진 나들이용 모직 바지 조각은 철판처럼 반질반질하게 닳아 있다. "나보다 이 상황이 싫은 사람이 있을까." 앤스가 말한다.

"사람은 때때로 앞일을 내다볼 줄 알아야 해." 내가 말한다. "더디 닥치건 빨리 닥치건 손해날 일이 없잖나."

"저 사람은 바로 출발하고 싶겠지만." 앤스가 말한다. "사정이 좋아도 제퍼슨까지는 꽤 먼 거리야."

"하지만 지금은 길 사정이 좋잖나." 내가 말한다. 오늘 밤에 비가 올 것이다. 번드런 가는 여기서 3마일도 채 떨어지지 않은 뉴호프에 선산이 있다. 꼬박 하루를 고생해서 가야 하는 곳에서 태어난 여자와 결혼하고 장례까지 짊어지는 게 모두 앤스답다.

앤스가 무릎을 문지르며 땅 저편을 내다본다. "나만큼 이 상황이 싫은 사람이 있을까." 앤스가 말한다.

"늦지 않게 아이들이 돌아올 테니." 내가 말한다. "나라면 걱정하지 않겠네."

"3달러가 걸린 일이라네." 앤스가 말한다.

"서둘러 돌아올 필요가 없을 수도 있잖나." 내가 말한다. "그러길 바라야지."

"죽어가는 저 사람이." 앤스가 말한다. "마음을 굳힌 것 같아."

사실 여성에게 삶은 고되다. 일부 여성에게는 그렇다. 내 기억에 어머니는 일흔이 넘도록 사셨다. 어머니는 비가 오는 날에도 해가 뜨는 날에도 매일같이 일하셨다. 막내가 태어난 후엔 단 하루도 앓아누운 적이 없었다. 그런데 어느 날 주위를 둘러보더니, 45년 동안 한 번도 입지 않고 옷장에 넣어 두었던 레이스 잠옷을 입고 침대에 누워 이불을 추어올리고는 두 눈을 감으셨다. "최선을 다해 아버지를 잘 돌봐드려야 한다." 어머니가 말했다. "피곤하구나."

앤스가 두 손을 무릎에 문지른다. "주님의 뜻이지." 앤스가 말한다. 모퉁이 너머에서 캐시가 톱질하고 못질하는 소리가 들린다.

사실이다. 이보다 진실한 숨결은 없을 것이다. "주님의 뜻이지." 내가 말한다.

바더먼이 언덕을 올라온다. 바더먼은 자기 키만큼이나 큰 물고기를 들고 있다. 물고기를 땅바닥에 내던지고는 "하" 소리를 내며 툴툴대더니, 어른처럼 어깨 너머로 침을 뱉는다. 정말 바더먼만큼이나 크다.

"그게 뭐니?" 내가 말한다. "농어니? 어디서 잡았니?"

"다리 아래에서요." 바더먼이 말한다. 물고기를 뒤집으니 물이 묻어 있던 아랫면이 흙먼지로 뒤덮여 있고, 흙먼지에 덮인 눈이 볼록 튀어나와 있다.

"거기에 두고 갈 거냐?" 앤스가 말한다.

"엄마한테 보여줄 거예요." 바더먼이 말한다. 바더먼이 문 쪽을 바라본다. 통풍 구멍을 타고 이야기하는 소리가 들린다. 캐시가 판자를 두드리고 망치질하는 소리도 들린다. "손님이 있네요." 바더먼이 말한다.

"아저씨 식구들이란다." 내가 말한다. "다들 농어를 보고 좋아할 거다."

바더먼이 아무 말을 하지 않고 문을 바라본다. 그러고는 흙먼지에 누워 있는 물고기를 내려다본다. 발로 물고기를 뒤집고, 튀어나와 있는 눈을 발끝으로 찌르고 후벼낸다. 앤스는 땅 저편을 바라보고 있다. 바더먼은 앤스의 얼굴을 보고 문을 바라본다. 바더먼이 방향을 돌려 집 모퉁이를 향해 걸어가고, 앤스는 고개를 돌리지도 않고 바더먼을 부른다.

"물고기를 치워라." 앤스가 말한다.

바더먼이 걸음을 멈춘다. "듀이 델이 하면 안 돼요?" 바더먼이 말한다.

"그 물고기 네가 치워라." 앤스가 말한다.

"아이, 아빠." 바더먼이 말한다.

"네가 치워라." 앤스가 말한다. 앤스는 고개를 돌리지 않는다. 바더먼이 돌아와 물고기를 집어 든다. 물고기가 손에서 미끄러지면서 젖은 흙먼지가 바더먼에 묻는다. 털썩 땅에 떨어진 물고기는 흙먼지로 다시 더러워지고 입이 벌어지고 눈이 휘둥그레 불거진 채 흙먼지 속으로 숨는다. 마치 죽은 것이 부끄러워 서둘러 다시 숨고 싶어 하는 것 같다. 바더먼이 물고기에 대고 욕을 한다. 물고기 위로 다리를 벌리고 서서 어른처럼 욕을 한다. 앤스는 고개를 돌리지 않는다. 바더먼이 물고기를 다시 집어 든다. 나무를 한 아름 안기라도 한 것처럼, 머리와 꼬리 양 끝이 포개지도록 물고기를 양팔에 안고는 집 뒤로 향한다. 아유 거의 바더먼만큼이나 크다.

앤스의 손목이 옷소매 밖으로 나와 달랑거린다. 난 평생 앤스가 제 옷처럼 보이는 셔츠를 입은 것을 본 적이 없다. 모두 주얼이 입다가 준 낡은 셔츠처럼 보인다. 주얼의 셔츠가 아니지만 말이다. 앤스는 몸이 가늘지만 특히 팔이 길다. 그런데 땀이 없다. 그걸 보면 분명 다른 사람 것이 아니라 앤스의 셔츠라는 걸 한 치의 오차도 없이 알 수 있다. 앤스는 다 타버린 숯덩이 같은 눈으로 땅 저편을 바라보고 있다.

그림자가 계단에 닿자 앤스가 말한다. "다섯 시군."

내가 자리에서 일어나니 때마침 코라가 문으로 다가와 집에 갈 시간이라고 말한다. 앤스가 신발을 집으려고 손을 뻗는다. "번드런 씨." 코라가 말한다. "일어나지 마세요." 마치 매사에 항상 그 일을 할 수 없기를 진정으로 바라는 것처럼, 그래서 노력조차 할 필요가 없기를 바라는 것처럼, 앤스는 쿵쿵거리며 발을 신발에 쑤셔 넣는다. 우리가 복도로 올라갈 때, 쇠붙이로 만든 신발을 신은 것처럼 쿵쿵대는 앤스의 발소리가 들린다. 앤스는 아내가 누워 있는 방문 쪽으로 다가와 두 눈을 껌뻑이며 앞을 바라본다. 아내가 자리에서 일어나 의자에 앉아 있거나 빗자루질하고 있길 바라는 듯하다. 그러고는 문을 들여다본다. 마치 아내가 아직 침대에 누워 있고 듀이 델이 여전히 부채질하고 있는 것에 놀라기라도 한 것처럼 보인다. 앤스는 다시 움직일 생각이 없는 것처럼, 아무것도 하지 않으려는 것처럼, 그 자리에 서 있다.

"우리는 이만 집에 가는 게 좋겠어요." 코라가 말한다. "닭 모이를 줘야 해요." 곧 비도 올 것이다. 저런 구름은 다른 말을 하지 않는다. 주님이시여. 매일 목화가 자랄 수 있게 해 주소서. 비가 내리면 앤스에게 또 다른 문제가 생길 것이다. 캐시는 아직도 판자를 다듬고 있다. "우리가 도울 일이 있다면." 코라가 말한다.

"앤스가 알려줄 거야." 내가 말한다.

앤스는 우리를 쳐다보지 않는다. 앤스는 너무 놀라 탈진이라도 한 듯, 그 사실에 더욱 놀란 듯, 두 눈을 껌뻑이며 두리번댄다. 캐시가 우리 집 헛간에도 저렇게 신중하게 공을 들이면 좋으련만.

"앤스에게 도움이 필요한 일은 생기지 않을 거라 말해 줬어." 내가 말한다. "그러길 바라야지."

"저 사람 마음을 굳혔어." 앤스가 말한다. "떠나려고 마음먹은 것 같아."

"죽음은 우리 모두에게 찾아오죠." 코라가 말한다. "주님의 위로가 있기를."

"그 옥수수 말이야." 내가 말한다. 나는 앤스에게 아내가 아파 누워 있고 하니 곤경에 처하면 거들겠다고 다시 말한다. 이 근방에 사는 사람들 대부분처럼, 나 역시 앤스에게 이미 많은 도움을 주었기에 이제 와 그만둘 수 없다.

"오늘 옥수수 수확을 시작하려 했는데." 앤스가 말한다. "영 집중하기 어렵네."

"옥수수 수확을 마칠 때까지 부인이 버틸 수도 있잖나." 내가 말한다.

"그게 하느님의 뜻이라면." 앤스가 말한다.

"주님의 위로가 있기를." 코라가 말한다.

캐시가 우리 집 헛간에도 저렇게 신중하게 공을 들이면 좋으련만. 우리가 지나갈 때 캐시가 고개를 들어 쳐다본다. "이번 주에는 못 갈 거예요." 캐시가 말한다.

"서두를 필요 없다." 내가 말한다. "언제든 짬 날 때 하면 돼."

우리가 마차에 오른다. 코라가 케이크 상자를 무릎 위에 올려놓는다. 분명히 비가 올 것이다.

"도대체 앤스가 뭘 하려는지 모르겠어요." 코라가 말한다. "정말 모르겠어요."

"가엾은 앤스." 내가 말한다. "30여 년 동안 앤스에게 일을 시켰잖아. 부인이 지칠 만도 하지."

"아주머니가 30년은 더 앤스 아저씨 뒤를 따라다니며 일을 시켜야 할 거예요." 케이트가 말한다. "아주머니가 없으면, 아저씨는 목화를 수확하기도 전에 새 부인을 얻을 걸요."

"이제 캐시하고 다알도 결혼할 수 있겠네요." 율라가 말한다.

"불쌍한 것." 코라가 말한다. "불쌍한 녀석이야."

"주얼은요?" 케이트가 말한다.

"주얼도 때가 됐지." 율라가 말한다.

"흠." 케이트가 말한다. "내 생각에 주얼은 결혼할 거예요. 그럴 거예요. 주얼이 결혼하는 걸 원치 않는 여자가 이 근방에 여러 명 있을 거예요. 하지만 걔들이 걱정할 일은 아니죠."

"아니, 케이트!" 코라가 말한다. 마차가 덜컹대기 시작한다. "불쌍한 녀석." 코라가 말한다.

오늘 밤에 비가 올 것이다. 그렇고말고. 버드셀 마차가 이렇게 삐걱거리는 걸 보면 날씨가 몹시 건조한 모양이다. 하지만 해결될 것이다. 분명히 그럴 것이다.

"케이크를 주문했으면 가져갔어야죠." 케이트가 말한다.

앤스

 망할 길 같으니. 게다가 비도 올 것이다. 나는 여기 이렇게 서 있어도 천리안을 가진 것처럼 알 수 있다. 비가 벽처럼 아이들 뒤를 가로막고, 아이들과 내가 한 약속 사이를 가로막고 있다. 나는 무엇이든 마음먹은 일에 최선을 다하는데, 망할 녀석들 같으니.

 저 길이 우리 집 문까지 이어지니, 들락거리는 온갖 불운이 틀림없이 우리 집에 들렀다 간다. 나는 애디에게 설사 행운이 들른다 해도 길바닥에 사는 것이나 매한가지라 집에 운이 없는 거라고 했다. 여자들이 그렇듯 애디는 "그럼 일어나서 이사해요."라고 말했다. 나는 애디에게 길이란 주님께서 이동을 위한 목적으로 만든 것이니, 길에 행운이 있을 리 없다고 말했다. 주님께서 땅 위에 평평하게 길을 만드신 데에는 이유가 있다. 주님께서는 무언가를 계속 움직이게 할 목적이라면 길이나 말이나 마차처럼 길이의 방향으로 길게 만드시고, 무언가 안주하도록 할 목적이라면 나무나 사람처럼 위아래로 길쭉하게 만드신다. 그러니까 주님께서는 사람들이 길에 살도록 하지 않으셨다는 건데, 그렇다면 문제는 길과 집 가운데 뭐가 먼저냐는 것이다. 사람들은 주님께서 집 옆에 길을 놓으신다는 걸 알까? 결코 알 리 없다. 사람이란 자고로 집을 마련해야 쉴 수 있다. 주님께서는 사람들이 나무나 옥수수 같은 농작물처럼 한 곳에 안주하도록 하셨다. 마차를 타고 지나가는 사람 누구나 현관에 침을 뱉고 지나가는 집이라면, 집안 식구들은 불안해서 일어나 다른 데로 이사하고 싶을 것이다. 사람을 늘 움직이게 하고 어디론가 가게 하는 것이 주님의 목적이었다면, 사람을 뱀처럼 길게 만들어 배로 기어 다니게 하지 않았을까? 당연히 그러셨을 것이다.

불운이 어슬렁거리다 곧장 문 안으로 들어올 수 있는 곳에 길을 만들어놓고는 여기에 세금까지 내라 한다. 거기로 가는 길이 없었다면 캐시가 목수가 될 생각을 하지 않았을 텐데. 내가 그 대가를 치러야 한다. 캐시가 교회에서 떨어져서 여섯 달 동안 손가락 하나 까딱하지 못하는 통에 애디와 나는 노예처럼 일만 했다. 톱질감이야 여기 우리 집에도 널려 있었으니 하는 말이다.

그리고 다알도 마찬가지다. 다알이 정신 나갔다고들 하는데, 망할 놈들 같으니. 내가 일을 두려워한다는 건 사실이 아니다. 난 항상 나와 가족들이 먹고 살 집을 마련해 왔다. 문제는 일손이 부족하다는 건데, 다알이 자기 일만 하고 눈에 항상 땅이 가득하기 때문이다. 처음에는 두 눈에 땅이 가득해도 괜찮다며 다알을 두둔했다. 그 때는 땅이 위아래로 나뉘어 있었기 때문이다. 그런데 거기에 길이 들어서고 주변 땅이 길게 바뀌었다. 여전히 다알의 눈에는 땅이 가득했고, 사람들이 다알을 정신병원에 보내라고 협박하기 시작했다. 이게 다 법을 내세워 내게서 일손을 뺏으려는 수작이다.

내가 그 대가를 치러야 한다. 저 길만 아니면 여느 여자처럼 애디도 건강하고 원기 왕성했을 거다. 그냥 자기 침대에 누워 쉬면서

청하는 것도 없다. "애디, 당신 어디 아파?" 내가 물었다.

"아프지 않아요." 애디가 말했다.

"누워서 쉬어." 내가 말했다. "아프지 않다는 거 알아. 그냥 피곤한 거지. 누워서 쉬어."

"아프지 않아요." 애디가 말했다. "일어날 거예요."

"가만히 누워서 쉬어." 내가 말했다. "그냥 피곤한 거니 내일이면 일어날 수 있을 거야." 저 길만 아니면 여느 여자처럼 건강하고 원기 왕성했을 텐데, 애디가 저기 누워 있다.

"선생님을 부른 적이 없습니다." 내가 말했다. "선생님을 부른 적이 없다고 증인으로 세울 수도 있어요."

"알고 있네." 피바디 선생이 말했다. "분명히 알고 있네. 아내는 어디 있나?"

"저기 누워 있어요." 내가 말했다. "그냥 좀 피곤한 건데, 저 사람———"

"나가 있게, 앤스." 피바디 선생이 말했다. "잠시 현관에 앉아 있게."

형편이 좀 나아져 이를 고칠 수 있기를 바랐는데, 하느님이 주시는 양식을 먹을 수 있을 때까지 여느 여자처럼 애디도 원기 왕성하고 건강하길 바랐는데, 이도 없는 내가 애디의 치료비를 부담해야 한다. 그 3달러를 벌어야만 하는 처지에 놓였으니 그 대가를 치러야 한다. 그 3달러를 벌려고 아이들이 떠난 것에 대해서도 대가를 치러야 한다. 이제 나는 천리안을 가진 것처럼 볼 수 있다. 젠장맞을 인간처럼 비가 저 길을 올라와서는 나와 아이들 사이를 막고, 이 세상에 우리 집 말고는 퍼부을 데가 없다는 듯 비가 내리고 있다.

사람들이 자신의 운에 대해 욕하는 걸 들은 적이 있다. 그렇다. 그건 그 사람들이 죄를 지었기 때문이다. 하지만 나는 욕먹을 만큼 잘못한 게 없으니, 나에 대한 저주라고 할 수 없다. 그렇다고 내가 신앙심이 깊은 것은 아니다. 그러나 평화가 곧 내 마음이다. 분명 그렇다. 내가 지금까지 해 온 일들은 다른 척하는 사람들에 비해 더 낫지도 더 나쁘지도 않다. 그러니 떨어지는 참새를 보살펴주시듯 하느님께서 나를 보살펴주실 것이다. 하지만 곤경에 처한 사람이 이렇게나 길에 무시당하는 건 너무 가혹한 것 같다.

바더먼이 무릎까지 피를 묻힌 채 집 모퉁이를 돌아오는데, 아마도 물고기를 도끼로 잘게 잘랐거나 개 먹잇감으로 던져 주었나 보다. 다 자란 제 형들처럼 이 아이에게도 기대할 게 없다. 집을 보면서 다가오더니 조용히 계단에 앉는다. "휴." 바더먼이 말한다. "정말 피곤해요."

"가서 손 씻어라." 내가 말한다. 어른이든 아이든 애디만큼 사람을 바르게 살게 하려고 애쓴 여자는 없다. 그건 알아줘야 한다.

"돼지처럼 피와 내장이 가득했어요." 바더먼이 말한다. 하지만 날씨마저 지치게 하는 상황에서 그 무엇에도 마음을 쓰기 어렵다. "아빠." 바더먼이 말한다. "엄마가 더 아파요?"

"가서 손 씻어라." 내가 말한다. 그러나 거기에 마음을 쓸 수 없다.

다알

 주얼이 이번 주 시내에 다녀왔다. 머리를 짧게 다듬어서, 햇볕에 그을린 목덜미와 머리카락 사이에 하얀 선이 하얀 뼈마디처럼 드러나 있다. 주얼은 한 번도 뒤돌아보지 않았다.
 "주얼." 내가 말한다. 길이 까딱거리는 두 쌍의 노새 귀 사이로 터널을 이루며 뒤로 달려간다. 마차가 리본인 것처럼, 앞차축이 실꾸리미인 것처럼, 마차 밑으로 길이 사라진다. "애디 번드런이 죽는다는 거 알아, 주얼?"
 사람을 만드는 데는 두 사람이 필요하고, 죽는 데는 한 사람이면 된다. 그렇게 세상이 끝날 것이다.
 듀이 델에게 말했다. "넌 애디 번드런이 죽어서 네가 시내에 갈 수 있기를 바라지. 그렇지?" 듀이 델은 우리 둘 다 아는 것을 말하려 하지 않았다. "그렇다고 말하지 않는 건 말이야, 혼잣말이라도 그 말을 하지 않는 건, 그 말을 하면 그게 사실이라는 게 분명해지기 때문이야. 그렇지? 이젠 너도 그게 사실이라는 걸 알고 있잖아. 난 네기 그걸 언제 알았는지 알 것 같은데. 왜 넌 마음속으로라도 인정하지 않지?" 듀이 델은 말하지 않을 거다. 듀이 델은 "아버지한테 말할 거야? 그 사람을 죽게 할 거야?"라는 말만 계속한다. "네가 그게 사실이라 믿지 못하는 것은, 듀이 델, 듀이 델 번드런이 그렇게나 운이 없다는 걸 믿을 수 없어서야. 그렇지?" 햇빛이 불길해 보이는 구릿빛으로 변했고 번개의 유황 냄새를 풍겼다.

일몰까지 한 시간 남아 있는 태양이 적란운 꼭대기에 혈란처럼 얹혀있다. 햇빛이 구릿빛으로 변하고, 번개의 유황 냄새가 코를 찌르는 게 불길한 징후처럼 보인다. 피바디 선생이 오면 밧줄을 써야 할 거다. 피바디 선생은 생채소를 먹어 배가 불룩하다. 밧줄을 이용해 피바디 선생을 길 위로, 유황 냄새나는 대기로, 풍선처럼 끌어 올릴 거다.

"주얼." 내가 말한다. "애디 번드런이 죽는다는 거 알아? 애디 번드런이 죽는다고."

피바디

마침내 앤스가 자진해서 내게 연락했을 때, 내가 말했다. "마침내 앤스가 부인의 기력을 소진케 했나 보군." 더럽게 좋은 말을 하고 나니, 처음에는 가지 않으려 했다. 하느님께 맹세코, 거기 가서 내가 할 수 있는 일이 있을 수도 있고 그래서 부인을 살려 놓을 수도 있기 때문이었다. 의대도 그렇지만 천국에도 어리석은 도덕률이라는 게 있다. 자기 돈을 쓰는 것도 아닌데 앤스의 돈을 최대한 아끼려고, 버넌 툴이 너무 늦기 전에 나를 부른 게 아닐까 생각했다. 하지만 날씨가 어떠할지 충분히 예측할 수 있을 정도로 시간이 흐른 상황이라, 앤스 말고 다른 사람이 나를 부를 리 만무했다. 운 없는 사람이 아니고서야 폭풍우가 몰아칠 때 의사가 필요한 사람은 없을 것이다. 더구나 마침내 의사가 필요하다고 생각한 사람이 앤스라면 이미 너무 늦은 게 더욱 분명했다.

    우물가에 도착하여 마차에서 내린 후 말을 기둥에 묶었다. 위쪽이 거대한 산맥처럼 보이는 검은 층운 뒤로 해가 기울어 있었는데, 검은 층운이 숯덩이 한 짐을 던져놓은 것 같고, 바람은 잠잠하다. 도착하려면 1마일을 더 가야 하는데도 캐시의 톱질소리가 들린다. 앤스가 길 위 절벽 꼭대기에 서 있다.

"말은 어디 있나?" 내가 물었다.

"주얼이 타고 갔어요." 앤스가 말한다. "주얼말고 딴 사람은 끄 말을 다룰 수가 없어요. 제 생각에 걸어서 올라가셔야겠어요."

"225파운드나 나가는 나보고 걸어가라고?" 내가 말한다. "저 망할 벽을 걸어 올라가라고?" 앤스가 나무 옆에 서 있다. 주님께서 나무에는 뿌리를 주시고 앤스 번드런에게는 발과 다리를 주시는 실수를 하시다니 정말 유감이다. 주님께서 저 둘을 바꾸었더라면 언젠가 이 고장 삼림이 황폐해질 걱정은 하지 않아도 될 텐데. 이 고장뿐만 아니라 그 어떤 고장이라도 마찬가지다. "나보고 어쩌라는 건가?" 내가 말한다. "여기 있다가 저 구름이 깨져 비라도 쏟아지면, 흔적도 없이 사라지라는 말인가?" 설사 말을 탄다 해도 풀밭을 가로지르고 산등성이를 올라 집까지 가는 데 15분은 걸릴 것이다. 길이 절벽에 부딪혀 구부러진 팔다리처럼 보인다. 앤스는 12년 동안 시내에 가지 않았다. 어떻게 앤스의 어머니가 저곳까지 올라가서 앤스를 낳았는지, 그 어머니에 그 아들이다.

"바더먼이 밧줄을 가져올 껍니다." 앤스가 말한다.

잠시 후 바더먼이 쟁기 줄을 가지고 나타난다. 바더먼은 쟁기 줄 한쪽 끝을 앤스에게 주고, 길을 따라 내려오며 줄을 푼다.

"줄을 꽉 잡게." 내가 말한다. "이번 왕진은 이미 장부에 적어 놓았으니, 그곳에 올라가 진찰하든 못하든 진료비를 똑같이 청구할 거네."

"알았씀니다." 앤스가 말한다. "올라오시면 됩니다."

젠장, 아무래도 내가 왜 그만두지 않는지 그 이유를 모르겠다.

일흔의 나이에 그것도 200여 파운드가 나가는 내가 밧줄에 매달려 망할 놈의 산 위아래로 끌려다니다니. 은퇴하기 전까지 사망 환자 왕진비 5만 달러를 달성하고 그 기록을 장부에 남겨야 하기 때문이다. "자네 아내 말이야." 내가 말한다. "왜 망할 산꼭대기에서 아파 누워 있냐 말이네."

"정말 죄송해요." 앤스가 말한다. 앤스가 줄을 놓는가 싶더니 그냥 떨어뜨리고 집 쪽으로 향한다. 아직 유황성냥 빛깔의 햇빛이 조금 남아 있다. 판자가 유황 조각처럼 보인다. 캐시는 뒤를 돌아보지 않는다. 버넌 툴에 의하면 캐시가 판자를 하나하나 창문으로 들어 올려 엄마에게 보여주고 괜찮은지 물어본다고 한다. 바더먼이 우리를 앞지른다. 앤스가 바더먼을 돌아본다. "밧줄은 어데 있어?" 앤스가 말한다.

"자네가 두고 온 곳에 있지." 내가 말한다. "밧줄일랑 신경 쓰지 말게. 절벽 아래로 다시 내려가야 하잖나. 폭풍이 여기까지 나를 따라오지 않았으면 하네. 폭풍이 불기 시작하면 나도 아주 멀리 날아가겠어."

듀이 델이 침대 옆에 서서 부인에게 부채질하고 있다. 우리가 방에 들어서자 부인이 고개를 돌리고 우리를 바라본다. 부인은 지난 열흘 동안 죽어 있는 거나 다름없었다. 너무 오랫동안 앤스의 일부분으로 지낸 나머지, 그 어떤 변화를 시도조차 할 수 없나 보다. 죽는 것도 변화라면 변화다. 젊었을 때 나는 죽음이 신체적인 현상이라고 생각했었다. 이제 나는 죽음이 마음의 기능—사별한 사람들이 겪어 내야 하는 마음의 기능일 뿐이라는 걸 알고 있다. 허무주의자들은 죽음을 끝이라고 한다. 근본주의자들은 시작이라고 한다.

하지만 현실에서 죽음은 사망한 주민이나 가족 한 명이 집이나 마을을 떠나는 것에 불과하다.

 부인이 우리를 바라본다. 눈만 움직이는 것처럼 보인다. 마치 부인의 눈이 우리를 만지는 것 같다. 시각이나 감각이 아니라 호스에서 나오는 물줄기가, 있지도 않은 호스 구멍에서 분리되는 충격적인 순간에 터져 나오는 물줄기가 우리를 만지는 것 같다. 부인은 앤스를 쳐다보지 않는다. 나를 바라보고 나서 바더먼을 바라본다. 누비이불 아래에 있는 부인의 몸이 썩은 막대기 뭉치 같다.

 "자, 애디 부인." 내가 말한다. 듀이 델이 부채질을 멈추지 않는다. "어때요, 자매님?" 내가 말한다. 부인의 머리가 바더먼을 향한 채 베개 위에 초췌하게 놓여 있다. "폭풍이 부는, 아주 좋은 때를 골라 나를 불렀어요." 그러고 나서 나는 앤스와 바더먼을 밖으로 내보낸다. 부인이 방을 나가는 바더먼을 본다. 눈을 제외하고는 미동도 하지 않는다.

 밖으로 나와 보니 바더먼과 앤스가 현관에 있다. 바더먼은 계단에 앉아 있고, 앤스는 기둥 옆에 기대지 않고 서 있다. 팔은 대롱대롱 덜렁이고 머리는 물에 젖은 수탉처럼 엉켜 있다. 앤스가 눈을 깜박이며 나를 바라본다.

 "왜 좀 더 일찍 나를 부르지 않았나?" 내가 말한다.

 "끄게 끄냥 이래저래한 일 때문이었씁니다." 앤스가 말한다. "저랑 사내아이들은 옥수수를 비야 했고, 듀이 델이 지 엄말 잘 똘보고, 사람들이 도와준다 어쩐다고 하니, 그러다……."

 "빌어먹을 돈 때문이지." 내가 말한다. "내가 돈 낼 준비가 안 된 사람한테 진료비 달라고 말하는 걸 봤는가?"

48

"끄게 돈이 아까워서가 아니라." 앤스가 말한다. "끄냥 계속 생각해 봤는데……. 저 사람 죽는 거죠, 그렇죠?" 저 개구쟁이 바더먼이 맨 위 계단에 앉아 있는데, 유황빛 햇빛 아래서 더욱 작아 보인다. 이게 바로 이 고장의 문제다. 날씨건 뭐건 모든 것이 너무 오래 머문다. 우리 강, 우리 땅처럼. 불투명하고 느리고 폭력적이다. 인간의 삶을 냉혹하고 음울한 이미지로 만들고 창조해 낸다. "알고 있었씀니다." 앤스가 말한다. "틀림읍씨 그럴 거라고 내내 알고 있었씀니다. 저 사람이 마음을 굿친 거죠."

"더럽게 좋은 일이기도 하지." 내가 말한다. "사소한 일———." 바더먼이 빛바랜 작업복을 입은 채 꼭대기 계단에 앉아 있는데, 왜소하고 미동도 하지 않는다. 내가 밖으로 나왔을 때, 바더먼은 나를 처다보고 그러고 나서 앤스를 보았다. 그러나 지금은 우리를 처다보지 않는다. 그냥 거기에 앉아 있다.

"저 사람에게 아즉 말 안했죠?" 앤스가 말한다.

"뭐 하러?" 내가 말한다. "대체 뭐 하러 곧 죽을 거라 말하나?"

"저 사람은 알고 있을 껍니다. 선상님을 봤을 때 글로 쓴 것처럼 분명히 알았을 껍니다. 직접 말씀하실 필요가 없을 껍니다. 저 사람은 마음을———."

우리 뒤에서 듀이 델이 말한다. "아부지." 나는 듀이 델을, 그 얼굴을 바라본다.

"어서 들어가세." 내가 말한다.

우리가 방 안으로 들어가니 부인이 문을 보고 있다. 부인이 나를 바라본다. 부인의 눈이 기름이 떨어지기 직전 요란하게 빛나는 등불 같다. "엄마가 선상님은 나가 계시길 원합니다." 듀이 델이 말한다.

"자, 애디." 앤스가 말한다. "선상님이 당신 낫게 하려고 제퍼슨에서부터 먼 길 오셨어." 부인이 나를 바라본다. 부인의 시선이 느껴진다. 두 눈으로 나를 밀쳐내는 것 같다. 전에 여자들이 그러는 것을 본 적이 있다. 동정과 연민에서 실질적인 도움을 주러 온 사람을 방에서 내쫓고, 자기를 고작해야 짐 나르는 말 정도로만 생각하는 보잘것없는 짐승 같은 인간에게 매달리는 여자들이 있다. 여자들은 그걸 사랑이라고 하는데 이해가 되지 않는다. 그 자존심 때문에, 태어날 때의 비참하게 벌거벗은 모습을 숨기려는 강렬한 욕망 때문에, 수술실에 들어가게 되고 고집스럽고 맹렬하게 다시 흙으로 돌아가게 되는 것이다. 나는 방을 나선다. 현관 너머 캐시의 톱이 규칙적으로 판자를 켜는 소리가 코 고는 소리 같다. 잠시 후 부인이 거칠고 강한 목소리로 캐시의 이름을 부른다.

"캐시." 부인이 말한다. "얘, 캐시야!"

다알

 아버지가 침대 옆에 서 있다. 아버지 다리 뒤에서 바더먼이 유심히 보고 있다. 얼굴도 둥글고, 눈도 둥글고, 바더먼의 입이 벌어지기 시작한다. 애디 번드런이 아버지를 본다. 다급하고 치유할 수도 없이, 꺼져가는 애디 버드런의 모든 생명이 두 눈 속으로 빠져나가고 있는 것처럼 보인다. "엄마가 원하는 건 주얼이야." 듀이 델이 말한다.

 "이런, 애디." 아버지가 말한다. "주얼하고 다알은 목재 한 짐을 더 실으러 갔어. 시간이 있다고 생각한 거야. 당신이 기다려줄 거라고. 그리고 그 3달러하고 다......." 아버지가 몸을 굽히고 자기 손을 애디 버드런의 손 위에 얹는다. 애디 번드런이 잠시 아버지를 바라보는데, 책망도 하지 않고 그 어떤 것도 하지 않는다. 두 눈만이 돌이킬 수 없이 중단된 아버지의 목소리를 듣는 것처럼 보인다. 그때 애디 번드런이 지난 열흘 동안 한 번도 움직이지 않았던 몸을 일으켜 세운다. 듀이 델이 몸을 굽혀 애디 번드런의 등을 받치려 한다.

 "엄마." 듀이 델이 말한다. "엄마."

 애디 번드런이 창밖으로 캐시를 바라본다. 캐시는 몸을 굽히고 변함없이 톱질하고 있다. 소멸하는 햇빛이 어둠을 향해 그리고 어둠 안으로 들어가고, 톱질이 스스로의 움직임을 비추고 판자와 톱을 만들어내는 것 같다.

"얘, 캐시야." 애디 번드런이 거칠면서 강하고 병약하지 않은 목소리로 부른다. "얘, 캐시야!"

캐시가 쳐다보는데, 황혼 무렵의 창문틀 안으로 애디 번드런의 수척한 얼굴이 보인다. 그 얼굴은 캐시가 어린 시절부터 보아온 애디 번드런의 모습을 합성한 사진 같다. 캐시는 톱을 내려놓고, 창문을 바라보며 애디 번드런이 볼 수 있도록 판자를 들어 올린다. 창문 속 애디 번드런의 얼굴에는 미동도 없다. 캐시가 두 번째 판자를 제 위치에 끌어다 놓고 두 개의 판자를 나란히 최종 위치에 놓는다. 그리고는 아직 바닥에 있는 판자를 가리키면서, 완성된 상자의 모양을 맨손으로 그려 보인다. 애디 번드런은 비난도 칭찬도 하지 않고, 합성 사진 같은 모습으로 캐시를 내려다본다. 그러고는 얼굴이 사라진다.

애디 번드런은 다시 누워 고개를 돌리고 아버지에게 눈길 한 번 주지 않는다. 애디 번드런이 바더먼을 바라본다. 애디 번드런의 두 눈, 그 안에 있는 생명이 갑자기 눈 위로 밀려든다. 일순간 두 개의 불꽃이 타오른다. 그러고는 불꽃이 사라지는데, 누군가 몸을 굽히고 훅 불어서 꺼버린 것 같다.

"엄마." 듀이 델이 말한다. "엄마!" 듀이 델이 침대 위로 몸을 숙이고 손을 약간 든 채 통곡하기 시작하는데, 지난 열흘 동안 해왔던 것처럼 여전히 부채질하고 있다. 듀이 델의 목소리는 강하고 앳되고 떨리면서도 청아하여, 그 자체의 음색과 성량만으로도 매료될 것 같다. 여전히 위아래로 움직이는 부채가 쓸데없이 공기에 속삭인다. 그러더니 듀이 델이 애디 번드런의 무릎 위로 몸을 던지고, 젊은이의 맹렬한 힘으로 그 몸을 붙잡고 흔들다가 애디 번드런이 남긴 썩은 뼈 한 줌 위로 갑자기 널브러진다. 그 바람에 침대가 삐걱거리고 옥수수 껍질로 만든 매트리스에서는 쉬쉬 소리가 난다. 두 팔을 밖으로 뻗어 부채를 든 듀이 델의 손은 여전히 꺼져가는 숨을 이불 안에 불어넣고 있다.

입을 헤벌리고, 바더먼이 아버지 다리 뒤에서 유심히 지켜보고 있다. 얼굴에 있던 핏기가 모두 입 안으로 빠져나간 것 같다. 갖은 수단을 동원해 핏기를 빨아먹고, 치아를 살로 만들어버린 것처럼 보인다. 바더먼이 침대에서 천천히 뒷걸음질한다. 바더먼의 둥근 눈과 창백한 얼굴이 무너지는 벽에 붙어 있는 종잇장처럼 황혼 속으로 희미해지다가, 그렇게 문밖으로 나간다.

황혼이 드리우는 가운데 아버지가 침대 위로 몸을 굽힌다. 등이 굽은 아버지의 그림자에는 부엉이 같은 특성이 있다. 너무 심오한 탓인지 너무 우매한 탓인지 헤아리기 어려운 지혜를 숨기고 있는, 깃털이 비틀린 채 불만 가득한 분노에 휩싸인 부엉이 같다.

"망할 녀석들." 아버지가 말한다.

주얼, 내가 말한다. 머리 위로 잿빛 창이 낮아가면서 해를 가리고, 하루가 평평한 잿빛으로 달린다. 비 때문에 튄 진흙에 누레진 노새들이 콧김을 내뿜고, 바깥쪽 노새가 미끄러지면서 도랑 위 길가로 돌진한다. 기울어진 목재는 물에 젖어 칙칙한 노란색으로 번득이고, 납덩이처럼 무거워져, 부서진 바퀴 위, 가파른 각도로 도랑에 빠진다. 산산조각으로 부서진 바퀴살 주위로 주얼의 발목 주위로 물인지 흙인지 알 수 없는 노란 작은 도랑이 소용돌이치고, 물인지 흙인지 알 수 없는 노란 길을 돌아, 언덕 아래로 흘러 땅도 하늘도 아닌 암녹색으로 흐르는 덩어리 속으로 녹아든다. 주얼, 내가 말한다 캐시가 톱을 들고 문으로 온다. 아버지가 침대 옆에 서 있는데, 등을 둥글게 구부리고 팔을 달랑거리고 있다. 고개를 돌리는 아버지의 옆모습이 초췌하고, 코담배를 잇몸에 갖다 댈 때 턱이 천천히 떨어진다.

"엄마가 돌아가셨어요." 캐시가 말한다.

"우리 곁을 떠났다." 아버지가 말한다. 캐시는 아버지를 쳐다보지 않는다. "일을 얼만큼 한 거냐?" 아버지가 말한다. 캐시는 대답하지 않는다. 캐시가 톱을 들고 들어온다. "빨리 마무리해라." 아버지가 말한다. "다른 애들이 멀리 있으니 네가 최선을 다해야 한다." 캐시가 애디 번드런의 얼굴을 내려다본다. 아버지가 하는 말을 전혀 듣고 있지 않다. 캐시는 침대에 다가가지 않는다. 방 한가운데서 멈추고 톱을 다리에 대고 서 있는데, 땀이 나는 팔 위로 톱밥이 살짝 덮여 있고, 얼굴이 평온해 보인다. "정 힘들면 사람들이 내일 와서 도와줄 거다." 아버지가 말한다. "버넌 아저씨가 도와줄 거다." 캐시는 듣고 있지 않다. 캐시는 어둠이 최후 세상의 전조라도 되는 듯, 황혼으로 사라지는 애디 번드런의 평화롭고도 경직된 얼굴을 내려다본다. 마침내 애디 번드런의 얼굴이 마른 잎사귀 그림자처럼 떨어져 나와 어둠 속에서 가볍게 떠다니는 것 같다. "널 도울 교우들이 충분히 많이 있다." 아버지가 말한다. 캐시는 듣고 있지 않다. 잠시 후 아버지를 보지 않고 돌아서서 방을 나간다. 그러고 나서 코 고는 것 같은 톱질소리가 다시 들린다. "사람들이 슬픔에 빠진 우리를 도와줄 거다." 아버지가 말한다.

꾸준하고 능숙하고 서두르지 않는 톱질소리가 죽어가는 빛을 흔든다. 그래서 톱질할 때마다 애디 번드런의 얼굴이 조금씩 깨어나, 톱질 수를 세기라도 하는 것처럼, 주의 깊게 듣고 기다리는 표정을 짓는 것 같다. 아버지가 그 얼굴을, 듀이 델의 검게 펼쳐진 머리카락을, 쭉 뻗은 팔을, 빛바랜 누비이불 위 움켜잡힌 채 이젠 움직이지 않는 부채를 내려다본다. "저녁을 준비해야지." 아버지가 말한다.

듀이 델이 움직이지 않는다.

"일어나라. 이제 저녁을 준비하거라." 아버지가 말한다. "우린 힘을 내야 한다. 피바디 선생도 여기까지 오느라 배고플 거다. 캐시도 빨리 먹고 일해야 제때 끝낼 수 있다."

마치 무거운 것을 들어 올리기라도 하는 것처럼, 듀이 델이 천천히 일어선다. 듀이 델이 그 얼굴을 내려다본다. 베개 위 애디 번드런의 얼굴은 퇴색해가는 청동 주물 같고, 두 손만이 아직 생명을 간직한 것처럼 보인다. 오그라지고 울퉁불퉁 비틀린 무기력함. 두 손은 완전히 소진되었지만, 경계심에서 오는 피로, 기진맥진, 고통이 아직 그 손에서 사라지지 않았다. 마치 두 손이 휴식이라는 현실을 의심하고, 오쟁이 진 남편이 바람난 아내를 지키듯 수전노가 돈을 지키듯, 지속될 수 없는 이 휴식을 지키고 있는 것 같다.

듀이 델이 몸을 굽혀 이불을 아래부터 턱까지 끌어당긴 후 부드럽고 매끄럽게 매만진다. 그러고 나서 아버지를 쳐다보지 않고 침대를 돌아 방을 나선다.

듀이 델은 피바디 선생이 있는 곳에 가서 황혼을 배경으로 피바디 선생의 등을 그런 표정으로 바라볼 거다. 듀이 델의 시선을 느낀 선생이 몸을 돌려 말할 것이다. 이제 상심만 할 게 아니다. 엄마는 나이도 많고 편찮으셨잖니. 우리가 아는 것보다 힘드셨을 거다. 회복하지 못했을 거야. 이제 바더먼도 커가고 있으니 네가 모두를 잘 돌봐야 한다. 상심만 할 수는 없다. 가서 저녁을 준비하는 게 좋겠구나. 많이 준비할 필요는 없지만 먹어야 하잖나. 그러면 듀이 델이 선생을 보며 말할 것이다. 마음만 있으시면 선생님은 저를 위해 정말 큰일을 해 주실 수 있어요. 알기만 하시면요. 저는 저고 선생님은 선생님이고 저는 알고 있는데 선생님은 모르시니 마음만 있으시면 저를 위해 정말 큰일을 해주실 수 있는데 마음만 있으시면 선생님께 말씀드릴 거고 그럼 저랑 선생님이랑 다알을 제외하면 아무도 그걸 모를 거예요.

아버지가 팔을 달랑거리며 등을 둥글게 구부리고 침대를 가만히 내려다본다. 아버지가 톱질소리를 들으면서, 머리 위로 손을 들어 머리카락을 쓸어올린다. 더 가까이 다가가서, 자기의 손과 손바닥, 손등을 허벅지에 문지르고, 애디 번드런의 얼굴에, 그 아래 손 때문에 불룩 튀어나온 누비이불 위에 차례로 자기의 손을 얹는다. 듀이 델이 한 것처럼 턱까지 당긴 이불을 매끄럽게 매만지려 하지만, 이불은 오히려 흐트러지고 만다. 자기가 만든 주름을 펴보려 이불을 다시 매만져보지만, 마치 짐승 발톱처럼 어색한 아버지의 손이 미치는 곳마다, 얄궂게도 새로운 주름이 여기저기 나타나고, 마침내 포기했는지 손을 양옆으로 내리고 손바닥과 손등을 허벅지에 문지른다. 코고는 소리 같은 톱질소리가 계속해서 방 안으로 들어온다. 아버지는 귀에 거슬리는 소리를 나지막하게 내면서 코담배를 잇몸에 댄다. "신의 뜻이야." 아버지가 말한다. "이제 이를 해 넣을 수 있겠어."

주얼의 모자가 목 주변에 축 늘어져 있고, 모자에서 흘러내리는 물이 어깨 주위에 동여맨 젖은 삼베 자루 위로 흘러내리는 와중에, 발목 깊이의 도랑물에서, 주얼이 미끄러지는 2X4인치 통나무, 그 썩어가는 통나무를 지렛목으로 삼아 차축을 들어 올리려 하고 있다. 주얼, 내가 말한다. 애디 번드런이 죽었어. 주얼, 애디 번드런이 죽었다고.

바더먼

 그러고 나서 난 달리기 시작한다. 뒤쪽으로 달려가 현관 끄트머리까지 가서 멈춘다. 그러고는 울기 시작한다. 물고기가 흙먼지 속 어디에 있었는지 느낄 수 있다. 물고기는 여러 토막으로 잘려서 이제 물고기가 아니고, 나의 손과 작업복에 묻은 것도 피가 아니다. 그때는 이렇지 않았다. 그때는 이런 일이 일어나지 않았다. 이제 엄마가 너무 멀리 앞서 나가서 따라잡을 수 없다.
 무더운 날, 시원한 황혼 속으로 흐트러지는 나무가 닭처럼 보인다. 현관에서 뛰어내리면 물고기가 있던 자리에 떨어지는데, 물고기는 토막으로 잘려서 이제 물고기가 아니다. 침대와 엄마 얼굴, 사람들 소리가 들리고, 여기 와서 일을 저지른 의사 선생이 걸을 때마다 바닥이 흔들린다. 엄마는 괜찮았는데 의사 선생이 와서 일을 벌였다.
 "망할 놈의 뚱보."
 나는 현관에서 뛰어내려 달린다. 헛간 지붕이 황혼 속에서 홀연히 솟아오른다. 내가 뛰어내리면, 서커스에 나오는 분홍 여자처럼 기다릴 필요 없이 헛간을 통과하고 따뜻한 냄새 속으로 들어갈 수 있을 것 같다. 내 손이 덤불을 잡고, 발밑에서 돌과 흙먼지가 바스러진다.

그러고 나니 따뜻한 냄새 속에서 다시 숨을 쉴 수 있다. 마구간에 들어가서, 말을 만지려는데, 울음이 나고 그러더니 울음을 토해 낸다. 말이 발길질을 끝내면 나도 바로 발길질을 할 수 있고, 그러면 울 수 있고, 울음도 울 수 있다.

"의사 선생이 엄마를 죽였어. 의사 선생이 엄마를 죽였어."

말 안의 생명이 그 가죽과 내 손 밑을 흐르고, 얼룩을 뚫고 지나가, 내 코에 냄새를 풍긴다. 내 코에서는 아픔이 울기 시작하고 울음을 토해내기 시작했는데, 그러고 나니 울음을 토해내며 숨을 쉴 수 있다. 울음이 요란한 소리를 낸다. 내 손 아래에서부터 팔 위로 올라오는 생명의 냄새를 맡고 나서야 마구간을 나설 수 있다.

찾을 수가 없다. 어둠 속에서, 흙먼지 사이, 벽을 따라 막대기를 찾을 수 없다. 울음이 큰 소리를 낸다. 이렇게 큰 소리가 안 나면 좋겠다. 흙먼지를 뒤집어쓴 마차 창고 안에서 막대기를 찾아서 마당을 가로질러 길로 뛰어가는데, 막대기가 어깨 위에서 흔들린다.

내가 뛰어가는 걸 본 말들이 눈을 굴리고 콧김을 내뿜고 고삐를 당기며 뒷걸음질 치기 시작한다. 내가 내려친다. 막대기가 내는 소리가 들린다. 가끔 말들이 뒷걸음질하며 돌진하면 빗맞기도 하지만, 막대기가 말들의 머리와 가슴의 멍에를 후려치는 걸 보니 기분이 좋다.

"네 놈들이 엄마를 죽였어!"

막대기가 부러지고, 말들이 뒷걸음질하며 콧김을 내뿜고, 발굽이 땅에 닿는 소리가 요란하게 난다. 비가 올 테고, 비 때문에 공기가 텅 비어 소리가 요란하다. 하지만 막대기는 아직 충분히 길다.

나는 이리저리 뛰어다니면서, 고삐를 당기며 뒷걸음질하는 말들을 막대기로 후려친다.

"네 놈들이 엄마를 죽였어!"

후려치고 또 후려치니, 말들이 기다란 조마용 고삐에 매인 채 빙빙 돈다. 마차는 땅에 못 박힌 것처럼 두 바퀴만 빙빙 돌 뿐 움직이지 않고, 말들도 돌림판 한가운데에 뒷다리가 못 박힌 것처럼 앞으로 나아가지 못한다.

나는 흙먼지 속을 달린다. 빨아들이는 흙먼지 속을 달리고 있어서, 두 바퀴 위로 기울어진 마차가 먼지 속으로 사라지는 걸 볼 수 없다. 내가 후려치자, 막대기가 땅을 치고 튀어 올라와 흙먼지를 찌르고 다시 공기를 찌른다. 흙먼지는 자동차가 달릴 때보다 더 빨리 길바닥으로 빨려 들어가듯 내려앉는다. 그러고 나면 나는 막대기를 보며 울 수 있다. 기다랗던 막대기가 짧아져서 이제 내 손 안에 있는 막대기는 장작개비만 하다. 난 막대기를 던져 버리고 울 수 있다. 이제 그렇게 소리가 크지 않다.

젖소가 헛간 문에 서서 질경질경 씹고 있다. 내가 마당으로 들어오는 것을 보고, 젖소가 여물을 입안 가득 넣은 채 혀를 퍼덕이며 음매 하고 운다.

"네 젖을 짜러 온 게 아니야. 저 사람들 좋은 일은 안 해."

내가 지나갈 때 젖소가 몸을 돌리는 소리가 난다. 몸을 돌려 보니, 젖소가 바로 내 뒤에서 달고 뜨겁고 강력한 입김을 내쉰다.

"젖 짜러 온 게 아니라고 했지?"

젖소가 코를 쿵쿵거리며 나를 밀친다. 젖소가 입을 다물고 속으로 깊이 신음하는 소리를 낸다. 나는 손을 홱 밀치며 주얼처럼 욕을 퍼붓는다.

"저리 가."

나는 손을 땅에 대고 젖소를 향해 달려든다. 젖소가 뒤로 뛰어올라 빙그르르 돌고는 나를 바라보며 멈춘다. 젖소가 신음하는 소리를 낸다. 그러고는 길 쪽으로 다가가 거기 서서 길을 바라본다.

헛간 안은 어둡고 따뜻하고 냄새나고 조용하다. 나는 언덕 꼭대기를 바라보면서 조용히 울 수 있다.

교회에서 떨어져 다친 다리를 쩔뚝이며, 캐시가 언덕으로 온다. 캐시는 우물을 내려다보고 길을 올려보더니 고개를 돌려 헛간을 바라본다. 뻣뻣하게 길을 내려온 캐시는 망가진 고삐를 보고 길 위의 흙먼지를 보고 먼지가 사라진 도로 위를 다시 올려다본다.

"지금쯤이면 툴 아저씨 집을 지나갔어야 해. 꼭 그러면 좋겠어."

캐시가 몸을 돌려 절뚝거리며 길 위를 오른다.

"망할 자식. 내가 보여줬는데. 망할 자식."

난 이제 울지 않는다. 나는 아무것도 아니다. 듀이 델이 언덕으로 와서 나를 부른다. 바더먼. 나는 아무것도 아니다. 나는 대답하지 않는다. 얘, 바더먼. 나는 이제 내 눈물을 느끼고 들으면서 조용히 울 수 있다.

"그때는 끄런 일이 없었어. 그땐 끄런 일이 일어나지 않았어. 끄 물고기가 바로 저기 땅 위에 놓여 있었어. 이제 듀이 델이 요리하려고 해."

어둡다. 나무 소리가, 적막의 소리가 들린다. 내가 아는 소리다. 살아있는 소리도 말이 내는 소리도 아니다. 마치 어둠이 말 본래의 모습을 분해해——쿵쿵거리기, 발 구르기, 차가워지는 살, 암모니아

털 냄새처럼 서로 상관없는 부분으로 흩어 놓는 것 같다. 반점 있는 가죽과 튼튼한 뼈가 서로 조화를 이룬 하나의 전체라는 환상을 주지만, 그 안의 초연하고 비밀스러우면서도 익숙한 말의 *있음*은 나의 *있음*과 다르다. 말이 분해되어—다리, 홉뜬 눈, 차가운 불꽃처럼 요란한 반점으로 희미하게 녹아—어둠 위로 떠오르는 것이 보인다. 모든 부분이 하나의 전체를 이루는 것 같지만, 그렇지 않다. 모든 것이 각각의 부분으로 이루어진 것처럼 보이지만, 그렇지 않다. 소리가 말을 휘감고 어루만져서, 말굽 뒤쪽 털, 엉덩이, 어깨, 머리, 냄새, 소리로 이루어진 견고한 형체를 만들어내는 것이 보인다. 나는 무섭지 않다.

"요리해 먹어. 요리해 먹어."

듀이 델

마음만 먹으면 의사 선생은 나를 위해 많은 것을 해줄 수 있다. 내게 중요한 것을 해줄 수 있다. 이 세상에서 내게 가장 중요한 것이, 여러 장기가 가득한 내 몸 안에 있다. 그런데 어떻게 다른 중요한 것이 들어갈 공간이 몸속에 있는지 궁금하다. 의사 선생은 덩치가 크고 나는 덩치가 작다. 덩치가 큰 사람에게 다른 중요한 것이 들어갈 공간이 없는데, 어떻게 작은 몸에 그럴 공간이 있을 수 있을까. 하지만 나는 안다. 나쁜 일이 일어날 때 하느님이 여자들에게 신호를 주셨기 때문이다.

이게 다 내가 혼자이기 때문이다. 내가 그걸 만져 볼 수만 있어도 다를 텐데, 그러면 난 혼자가 아니다. 하지만 내가 혼자가 아니라면, 모두가 알게 될 것이다. 그러면 의사 선생이 날 위해 큰일을 해주실 테고, 그러면 나는 혼자가 아닐 것이다. 그땐 혼자서도 괜찮을 것이다.

다알이 나와 레이프 사이에 들어온 것처럼, 의사 선생이 나와 레이프 사이에 들어오도록 놔두면, 레이프도 혼자가 된다. 그는 레이프고 나는 듀이 델이다. 엄마가 돌아가셨을 때, 슬퍼하느라 나 자신과 레이프, 다알에 대한 생각을 접어야 했다. 이게 다 나를 위해 많은 일을 해줄 수 있음에도, 의사 선생이 그걸 모르기 때문이다.

뒤편 베란다에서는 헛간이 보이지 않는다. 그때 캐시가 톱질하는 소리가 그쪽에서 들려온다. 마치 개가 집 밖에서 집 주변을 왔다 갔다 하면서, 어느 문이든 사람이 나오는 문으로 들어가려고 기다리는 것 같다. 레이프는 나보다 더 많이 걱정하고 있다고 말했고, 나는 어떤 걱정인지 네가 모르니 난 걱정할 수도 없다고 말했다. 노력해 보지만, 나는 걱정할 만큼 오랫동안 생각할 수 없다.

나는 부엌의 불을 켠다. 삐죽삐죽하게 토막 난 물고기가 냄비 안에서 조용히 피를 흘리고 있다. 물고기를 재빨리 찬장에 넣고 복도 쪽으로 귀를 기울인다. 엄마가 돌아가시는 데 열흘이 걸렸다. 엄마는 자기가 죽었다는 것을 아직 모를 수도 있다. 캐시가 일을 끝내기 전까지 엄마가 떠나지 않을 수도 있다. 아니면 주얼이 돌아오기 전까지. 찬장에서 야채 접시를 꺼내고 차가운 스토브에서 빵틀을 꺼낸 후, 일손을 멈추고, 문을 바라본다.

"바더먼은 어디 있어?" 캐시가 말한다. 불빛 아래서 톱밥이 묻은 캐시의 팔이 모래처럼 보인다.

"모르겠어. 본 지 한참 됐어."

"피바디 선생의 말이 도망갔어. 바더먼을 찾아봐. 바더먼이 그 말을 잡을 수 있을 거야."

"그래. 와서 저녁 드시라고 해."

헛간이 보이지 않는다. 나는 어떻게 걱정해야 할지 그 방법을 모른다고 말했다. 나는 우는 방법을 알지 못한다. 노력해 봤지만 할 수 없다. 잠시 후 톱질소리가 황혼녘 어둠 속에서 땅바닥을 따라 어둡게 다가온다. 판자 위아래로 움직이는 캐시가 보인다.

"와서 저녁 먹어." 내가 말한다. "아버지께도 말씀드려." 의사 선생은 나를 위해 중요한 것을 할 수 있다. 그런데 의사 선생은 그걸 알지 못한다. 의사 선생에겐 선생의 삶의 방식이 있고 내겐 내 삶의 방식이 있다. 그리고 나는 레이프의 삶의 방식을 따라야 한다. 그렇다. 나는 왜 레이프가 도시에 머물지 않았는지 모르겠다. 우리 시골 사람들은 도시 사람들만큼 멋지지 않다. 왜 레이프가 그러지 않았는지 모르겠다. 그때 헛간 지붕이 보인다. 젖소가 길 아래쪽에 서서 음매 하고 운다. 내가 몸을 돌리니, 캐시가 사라지고 없다.

나는 버터를 만들고 남은 우유를 가지고 들어온다. 아버지, 캐시, 의사 선생이 식탁에 앉아 있다.

"바더먼이 잡은 커다란 물고기는 어디 있지, 자매님?" 의사 선생이 말한다.

나는 우유를 식탁에 놓는다. "요리할 시간이 없었어요."

"양념도 하지 않은 순무 이파리는 이 덩치가 먹기에 너무 빈약한데." 의사 선생이 말한다. 캐시가 먹고 있다. 캐시의 머리에 모자 자국이 나 있고, 그 주위 머리카락이 땀으로 범벅되어 있다. 셔츠도 땀으로 얼룩져 있다. 손과 팔은 씻지 않았다.

"시간을 내서 생선요리를 대접했어야지." 아버지가 말한다. "바더먼은 어디 있나?"

나는 문 쪽으로 간다. "찾을 수가 없어요."

"여기, 자매님." 의사 선생이 말한다. "생선은 신경 쓰지 말게나. 금방 상하지 않을 테니. 와서 앉게."

"생각 없어요." 내가 말한다. "비가 오기 전에 소젖을 짜야겠어요."

 아버지가 음식을 덜고 접시를 돌린다. 그러나 먹지 않는다. 아버지는 손으로 접시 양쪽을 반쯤 잡고 머리를 조금 숙였는데, 흐트러진 머리가 등불 속으로 솟아 있다. 그 모습이 마치 망치로 얻어맞아 죽었는데도 자기가 죽은 줄 모르는 수송아지처럼 보인다.

 하지만 캐시는 먹고 있고, 의사 선생도 먹고 있다. "좀 먹어 두는 게 좋을 걸세." 의사 선생이 말한다. 의사 선생이 아버지를 보고 있다. "캐시와 나처럼. 먹어야 하네."

 "아아." 아버지가 말한다. 연못에 무릎을 꿇고 물을 마시던 수송아지가 사람들이 달려들 때 그러하듯, 아버지가 자리에서 일어난다. "이걸 먹는다고 아내가 서운해하진 않겠죠."

 집에서 보이지 않을 즈음, 나는 발걸음을 재촉한다. 젖소가 절벽 아래에서 음매 하고 운다. 젖소가 신음하는 소리를 내며 쿵쿵대고 내게 코를 문지르자, 달콤하고 뜨거운 입김이 원피스를 통해 나의 뜨거운 맨살에 닿는다. "잠깐 기다려. 곧 봐줄게." 젖소가 헛간 안 양동이를 내려놓은 곳까지 나를 따라온다. 젖소가 신음하는 소리를 내며 양동이 안으로 숨을 내쉰다. "말했잖아. 좀 기다려. 더 급한 일이 있단 말이야." 헛간 안이 어둡다. 내가 지나갈 때, 말이 벽을 한 번 걷어찬다. 나는 계속 걸어간다. 부서진 판자가 수직으로 세워놓은 말뚝용 판자처럼 보인다. 그러자 비탈이 보이고, 덜 어둡고 창백하고 공허한 공기가 천천히 내 얼굴 위로 움직이는 촉감이 다시 느껴진다. 마치 은밀하게 뭔가를 기다리는 것처럼, 소나무가 비스듬한 비탈에 얼룩 반점처럼 무리 지어 있다.

 문에 비친 젖소의 그림자가 신음하는 소리를 내며 양동이 그림자에 코를 문지른다.

그러고 나서 나는 마구간을 지나간다. 거의 지나갔다. 오랫동안 마음속으로 되뇌던 그 말을 입 밖에 내니, 소리가 마구간에 반사된다. 다시는 그 말을 입 밖에 낼 일이 없을까 봐 두렵다. 나의 몸이 느껴진다. 뼈와 살이 분리되기 시작하고 혼자인 존재를 향해 열리는 것이 느껴지는데, 혼자 아니됨의 과정이 끔찍하다. 레이프. 레이프. "레이프" 레이프. 레이프. 나는 앞으로 몸을 조금 기울이고, 앞으로 한 발 내밀었으나 내민 발을 딛지 않는다. 어둠이 나의 가슴과 젖소를 돌진해 지나는 것 같다. 젖소가 어둠 속으로 달려드는 나를 막는다. 나무와 적막으로 가득한 어둠이, 신음하는 소리를 내는 젖소의 달콤한 입김으로 돌진한다.

"바더먼. 얘, 바더먼."

바더먼이 마구간에서 나온다. "요 살살이 녀석! 요 살살이 녀석아!"

바더먼은 저항하지 않는다. 돌진하는 마지막 어둠이 휘파람을 불며 달아난다. "뭐? 난 아무 짓도 안 했어."

"요 살살이 녀석아!" 내 두 손이 바더먼을 붙들고 세차게 흔들어댄다. 아마도 스스로 손을 멈출 수 없었을 것이다. 나는 내 두 손이 그렇게 세게 흔들고 있다는 것을 알지 못했다. 떨리는 두 손이 우리 두 사람을 흔들어댄다.

"아무 짓도 안 했단 말이야." 바더먼이 말한다. "난 절대 말을 건드리지 않았어."

바더먼을 흔들어대는 것은 멈추었지만, 두 손은 여전히 바더먼을 잡고 있다. "여기서 뭐 해? 부를 때 대답은 왜 안 했어?"

"아무 짓도 안 했다니까."

"집에 들어가서 저녁 먹어."

바더먼이 뒤로 물러난다. 내가 바더먼을 붙잡는다. "놔줘. 내버려 두란 말이야."

"여기서 뭐 하고 있었어? 나를 엿보려고 여기까지 온 건 아니지?"

"아냐. 절대 아냐. 이제 놔줘. 누나가 여기 있었는지도 몰랐어. 내버려 두란 말이야."

나는 바더먼을 잡고 몸을 기울여 그 얼굴을 뚫어지게 바라본다. 금방이라도 울 것 같다. "이제 돌아가. 저녁을 차려 놨어. 소젖 짜는 대로 갈게. 의사 선생이 다 먹어 치우기 전에 돌아가는 게 좋아. 그 말이 제퍼슨까지 잘 돌아가면 좋겠다."

"의사 선생이 엄마를 죽였어." 바더먼이 말한다. 바더먼이 울기 시작한다.

"울지 마."

"엄마가 아프게 한 것도 아닌데, 의사 선생이 와서 엄마를 죽였어."

"울지 마." 바더먼이 몸부림친다. 나는 바더먼을 잡는다. "울지 마."

"의사 선생이 엄마를 죽였어." 암소가 신음하는 소리를 내며 우리 뒤로 다가온다. 나는 바더먼을 다시 흔든다.

"이제, 그만해. 지금 당장. 이러다가 아프면 시내에 안 데려간다. 집에 들어가서 저녁 먹어."

"저녁 안 먹어. 시내에도 안 갈 거야."

"그럼 너를 여기에 떼어 놓고 간다. 얌전히 굴지 않으면, 널 떼어 놓고 갈 거야. 그러니 집에 들어가. 채소를 먹어대는 늙은 덩치 선생이 네 몫까지 다 먹어버리기 전에." 바더먼이 언덕으로 천천히 사라져 간다. 산마루, 나무, 집 지붕이 하늘을 배경으로 서 있다. 젖소가 신음하는 소리를 내며, 나의 코를 문지른다. "좀 기다려. 너도 여자지만 네 몸 안에 있는 건 내 몸 안에 있는 거에 비하면 아무것도 아니야." 젖소가 신음하는 소리를 내며 나를 따라온다. 그러자 숨 막힐 듯 뜨겁고 창백한 공기가 내 얼굴 위로 다시 불어온다. 하려고만 한다면 의사 선생이 내 문제를 해결해 줄 수 있을 텐데. 그런데 의사 선생은 그걸 알지도 못한다. 그걸 알기만 하면 나를 위해 모든 것을 해줄 수 있을 텐데. 젖소가 신음하는 소리를 내며 나의 엉덩이와 등, 가슴에 따뜻하고 달콤하고 거친 숨을 내쉰다. 비탈 아래, 비밀스러운 숲 위로, 하늘이 엎드려 있다. 종잇장 같은 번개가 언덕 너머로 얼룩을 만들듯 올라가다가 사라진다. 눈이 미치는 곳보다 훨씬 더 먼 곳에서, 죽은 공기가 죽은 어둠 속에서 죽은 땅을 빚는다. 죽은 공기가 나를 따뜻하게 감싸고, 옷 안으로 들어와 맨살을 만진다. 내가 말했다. 넌 걱정이 뭔지 몰라. 나도 그게 뭔지 모른다. 내가 걱정하고 있는 건지 아닌지도 모르겠다. 걱정할 수 있는지 없는지도 모르겠다. 내가 울 수 있는지 없는지도 모르겠다. 뜨겁고 눈먼 땅속에서 날뛰는 젖은 씨앗이 된 것 같다.

바더먼

관이 완성되면 엄마를 그 안에 넣을 텐데. 그러고 나서 난 오랫동안 말하지 못했다. 나는 어둠이 일어서서 소용돌이치며 가버리는 것을 보고 나서 말했다. "엄마를 거기 넣고 못 박을 거야, 캐시? 캐시? 캐시?" 나는 어린이 침대 안에 갇힌 적이 있는데 새로 만든 문이 내가 열기에는 너무 무거워 문이 닫혔고, 쥐들이 공기를 다 마셔버려 나는 숨을 쉬지 못했다. 내가 말했다. "못질해서 관을 닫아버릴 거야? 캐시? 못 박을 거야? 옷 박을 거냐고?"

아버지가 걸어 다닌다. 피 흘리듯 판자를 켜는 톱 위에서, 위아래로 움직이는 캐시 위로, 아버지의 그림자가 걸어 다닌다.

듀이 델이 바나나를 살 거라고 말했다. 진열창 너머, 선로 위 장난감 기차가 빨갛다. 기차가 달리면 선로가 빛났다가 빛나지 않는다. 밀가루, 설탕, 커피 가격이 너무 비싸다고 아버지가 말했다. 나는 시골 아이라서 그런데 도시 아이들은. 시골 아이에게는 왜 자전거, 밀가루, 설탕, 커피가 비쌀까. "대신 바나나 먹을래?" 누가 먹어버려 바나나가 없다. 없다. 기차가 달리면 선로가 다시 빛난다. "왜 난 도시 아이가 아니에요, 아빠?" 내가 말했다. 신이 나를 만들었다. 나는 신에게 시골 아이로 만들어달라고 하지 않았다. 신이 기차를 만들 수 있는데, 왜 모두 도시 사람으로 만들지 못하나. 밀가루, 설탕, 커피 때문이다. "차라리 바나나 먹을래?"

아버지가 걸어 다닌다. 아버지 그림자가 걸어 다닌다.

엄마가 아니었다. 거기서 내가 보았다. 내가 보았다. 엄마라고 생각했는데, 엄마가 아니었다. 엄마가 아니었다. 엄마는 어디론가 가버리고, 다른 사람이 엄마 침대에 누워 이불을 뒤집어쓴 것이다. 엄마가 가버렸다. "엄마는 시내만큼 멀리 간 거야?" "엄마는 시내보다 멀리 가셨어." "토끼랑 주머니쥐 전부 시내보다 더 멀리 간 거야?" 신이 토끼랑 주머니쥐를 만드셨다. 기차를 만드셨다. 엄마는 꼭 토끼 같은데, 왜 신은 저마다 가야 할 장소를 달리 만드신 걸까.

아버지가 걸어 다닌다. 아버지 그림자가 걸어 다닌다. 톱질소리가 잠든 것 같다.

그러니까 캐시가 관에 못질하면, 엄마는 토끼가 아닌 거다. 그러니까 엄마가 토끼가 아니라면 나는 어린이 침대에서 숨을 쉬지 못했고 캐시는 못질해 버릴 것이다. 그러니까 캐시가 못질하도록 내버려 둔다면, 그건 엄마가 아니다. 나는 안다. 내가 그 자리에 있었다. 엄마가 아니라는 것을 내가 봤다. 내가 봤다. 사람들은 엄마라고 생각하고 캐시는 못질할 것이다.

물고기는 엄마가 아니었는데 저기 흙먼지 속에 누워 있었기 때문이다. 그리고 지금은 모조리 토막 나 있다. 내가 토막 냈다. 물고기는 부엌에서 피 흘리는 냄비에 놓인 채, 요리되어 먹히기를 기다리고 있다. 물고기가 토막 나 있지 않았을 때는 엄마가 살아 있었는데, 지금은 물고기가 토막 나 죽어 있고 엄마가 없다. 그리고 내일이면 물고기를 요리해서 먹을 거고, 엄마는 의사 선생과 아버지와 캐시와 듀이 델이 될 거고, 그러면 관 안에는 아무것도 없을 거고, 그러면 엄마는 숨을 쉴 수 있다. 물고기는 바로 저기 땅 위에 누워 있었다. 버넌 아저씨를 데려올 수 있다. 아저씨가 저기서 물고기를 봤으니, 우리 둘이 있으면 물고기가 살아 있을 수 있고, 그러면 토막 나 죽은 물고기는 존재하지 않을 것이다.

툴

 거의 자정이 되어갈 무렵, 바더먼이 우리를 깨웠을 때 이미 비가 내리고 있었다. 비가 폭풍우로 발달하는 불안한 밤이었다. 무슨 일이라도 일어날 것 같은 밤이라 가축에게 먹이를 주고 집에 가서 저녁을 먹고 잠자리에 누웠는데 비가 오기 시작했고, 피바디 선생의 말이 땀에 흠뻑 젖어 목에 매는 멍에를 오른쪽 다리에 걸친 채 부러진 마구를 질질 끌고 왔다. 코라가 말한다. "애디 번드런이에요. 마침내 세상을 떠났나 봐요."

 "피바디 선생이 이 근처 여남은 집에 왕진왔을 수도 있잖아." 내가 말한다. "그런데 그게 피바디 선생의 말이라는 걸 어떻게 알지?"

 "그럼 아니에요?" 코라가 말한다. "노새를 마차에 매요. 지금요."

 "뭐 하러?" 내가 말한다. "부인이 죽었대도, 내일 아침까지 우리가 할 수 있는 건 아무것도 없어. 게다가 폭풍우가 몰려올 거야."

 "내가 해야 할 일이에요." 코라가 말한다. "노새를 마차에 매기나 해요."

 하지만 난 그러지 않을 것이다. "우리가 필요하면 그쪽에서 연락하는 게 맞지. 부인이 죽었는지 아직 모르잖아."

"아니, 저게 피바디 선생의 말인 거 몰라요? 아니라는 거예요? 그렇다면." 하지만 나는 가지 않을 것이다. 도움이 필요한 사람이 부를 때까지 기다리는 것이 상책이라는 것을 알기 때문이다. "기독교인의 의무예요." 코라가 말한다. "기독교인의 의무를 방해할 셈인가요?"

"원하면 내일 온종일 거기에 있으면 되잖아." 내가 말한다.

코라가 나를 깨웠을 때 이미 비가 내리고 있었다. 등불을 들고 문으로 가는 동안 등불이 유리에 비쳐 내가 가는 게 보였을 텐데도, 누군가 계속 문을 두드렸다. 두드리다가 잠들기라도 한 듯, 소리가 크지는 않지만 누군가 계속 문을 두드렸는데 문을 열었을 때 아무것도 보이지 않았을 때에야 문 두드리는 소리가 얼마나 아래쪽에서 났는지 알 수 있었다. 등불을 들어 올리니, 등불 너머로 비가 반짝였고 복도 뒤편에 있던 코라가 "누구예요, 버넌?"이라고 물었지만 처음에는 아무도 보이지 않아서, 등불을 내리고 문 주변 아래쪽을 바라보았다.

바더먼은 물에 빠진 강아지처럼 보였다. 모자도 쓰지 않은 채, 작업복을 입고 진창길을 4마일이나 걸어오느라 무릎까지 흙탕물이 튀어 있었다. "이런, 맙소사." 내가 말한다.

"누구예요, 버넌?" 코라가 말한다.

바더먼이 나를 바라본다. 올빼미 얼굴에 빛을 비출 때처럼, 가운데가 까맣고 동그란 눈이다. "거기 있던 그 물고기 기억하시죠." 바더먼이 말한다.

"안으로 들어와라." 내가 말한다. "무슨 일이니? 엄마가————"

"버넌." 코라가 말한다.

바더먼이 문 뒤쪽으로 약간 돌아선 채, 어둠 속에 서 있다. 비가 등불에 들이쳐 쉬익 소리가 나고, 금방이라도 등이 부서질까 불안하다. "거기 계셨잖아요." 바더먼이 말한다. "보셨잖아요."

그때 코라가 문으로 온다. "비 맞지 말고 어서 들어와라." 코라가 바더먼을 끌어당기며 말하고, 바더먼이 나를 바라본다. 꼭 물에 빠진 강아지 같았다. "내가 말했죠." 코라가 말한다. "무슨 일이 일어나고 있다고 내가 말했죠. 가서 노새를 마차에 매요."

"하지만 얘 말을 아직 듣지도 않았는데———" 내가 말한다.

바닥에 물을 뚝뚝 흘리면서, 바더먼이 나를 바라보았다. "카펫이 다 망가지겠어요." 코라가 말한다. "얘를 부엌에 데리고 갈 테니 마차나 준비해요."

하지만 바더먼은 빗물을 뚝뚝 흘리면서 그 올빼미 같은 눈으로 나를 바라보며 망설였다. "거기 계셨잖아요. 물고기가 거기 누워 있는 거 보셨잖아요. 캐시가 엄마를 관에 넣고 못질을 하려는데, 물고기가 거기 땅 위에 누워 있었잖아요. 아저씨는 보셨잖아요. 흙먼지에 난 자국도 보셨잖아요. 제가 여기로 출발하고 나서도 비가 오지 않았어요. 그러니까 시간 맞춰서 돌아갈 수 있어요."

내막을 몰랐지만, 정말이지 소름이 돋았다. 하지만 코라는 알고 있었다. "최대한 빨리 마차를 준비해요." 코라가 말한다. "얘는 슬픔과 걱정 때문에, 제정신이 아니라고요."

정말이지 소름이 돋았다. 누구나 가끔 생각한다. 이 세상의 온갖 슬픔과 고통에 대해서. 마치 번개처럼, 슬픔과 고통이 어디에나 떨어질 수 있다는 것에 대해서 말이다. 누군가를 보호하기 위해서는 주님에 대한 강력한 믿음이 필요하다. 그런데 코라가 다른 사람들을 밀어내고 누구보다 주님 가까이 가고 싶어 하는 걸 보면, 때때로 지나치게 신중하다는 생각이 든다. 그런데 이런 일이 생기면, 코라의 말이 옳고 그 말에 따라야 할 것 같다. 코라의 말처럼, 늘 신성함과 선행을 추구하는 아내를 둔 것은 축복일 수밖에 없다.

누구나 가끔 세상의 모든 슬픔과 고통에 대해 생각한다. 자주는 아니지만 말이다. 그건 좋은 일이다. 주님께서는 너무 많은 시간을 생각하는데 쏟지 말고 행동해야 한다고 말씀하셨는데, 그건 사람의 뇌가 기계와 같기 때문이다. 너무 많이 쓰면 머리가 견뎌내지 못한다. 일상의 일을 수행하면서 모든 것을 똑같게 진행하고, 어느 한 부분도 필요 이상으로 사용하지 않는 게 가장 좋다. 전에도 말했는데 다시 한 번 말하자면, 그게 바로 다알의 문제다. 다알은 혼자 생각을 너무 많이 한다. 다알에게는 그를 바르게 인도해 줄 아내가 필요하다는 코라의 말이 옳다. 생각해 보면, 결혼만이 유일한 해결책인 남자라면 희망이 거의 없는 거다. 코라는 주님이 여자를 만드신 이유가 남자는 눈으로 보고도 자신에게 좋은 것인지 모르기 때문이라는데, 코라의 말이 옳다.

마차를 끌고 집으로 돌아오니, 두 사람이 부엌에 있었다. 코라는 잠옷 위에 옷을 껴입고 숄을 머리 위에 두른 채 기름먹인 천으로 싼 성경과 우산을 들고 있었고, 바더먼은 코라가 하라는 대로 난로의 함석판 위에 엎어 놓은 양동이 위에 앉아 있었는데, 바닥으로 물이 뚝뚝 떨어지고 있었다. "물고기 얘기 말고는 무슨 말인지 모르겠어요." 코라가 말한다. "이건 번드런 가에 대한 심판이에요. 앤스 번드런에게 내린 주님의 심판과 경고의 손길이 이 아이에게 닿은 거죠."

"제가 여기로 출발하고 나서도 비가 오지 않았어요." 바더먼이 말한다. "전 이미 출발했어요. 가는 중이었어요. 그리고 물고기가 거기 흙먼지 속에 있었어요. 아저씨도 보셨잖아요. 캐시가 엄마를 못 질해 가둘 텐데, 아저씨도 보셨잖아요."

우리가 그곳에 도착했을 때 비가 세차게 내리고 있었고, 바더먼은 코라의 숄을 두르고 우리 사이에 앉아 있었다. 바더먼은 다른 말을 하지 않고, 코라가 받쳐주는 우산 아래에 그냥 앉아 있었다. 이따금 코라가 찬송을 멈추고 말했다. "이건 앤스 번드런에 대한 심판이에요. 앤스가 죄의 길을 밟고 있다는 것을 보여주는 거죠." 그러고 나서 코라는 다시 찬송가를 부르고, 바더먼은 우리 사이에 앉아서 노새가 빠르지 않아 답답하다는 듯 몸을 조금 앞으로 기울였다.

"바로 저기에 누워 있었어요." 바더먼이 말한다. "그런데 제가 출발하고 나서 비가 왔어요. 그래서 캐시가 아직 엄마를 못질해 가두기 전이니까, 제가 가서 창문을 열 수 있어요."

자정이 한참 지나서야 우리는 마지막 못을 박았고, 거의 어슴새벽이 되어 집에 돌아와 마차를 정리하고 다시 잠자리에 누웠는데, 옆에는 취침용 모자를 쓴 코라가 베개를 베고 누워 있다. 아직도 코라의 찬송 소리가 들리고, 바더먼이 노새보다 앞서려는 듯 앞으로 몸을 기울이고, 캐시가 위아래로 움직이면서 톱질하는 모습이 생생하다. 앤스는 허수아비처럼 그 자리에 서 있었는데, 무릎까지 잠기는 연못에 서 있다가 누군가 연못을 들어올려 모서리로 세워도 무슨 일이 일어났는지 전혀 이해하지 못하는 수송아지 같았다.

동틀 무렵이 되어서야 마지막 못을 박고 부인이 누워 있는 집 안으로 관을 옮겼는데, 창문을 열어 놓아 비가 다시 부인에게 들이치고 있었다. 앤스가 하품을 두 번 하며 졸려 죽으려하자 코라는 그 얼굴이 마치 한동안 땅에 묻어놨다가 다시 파낸 크리스마스 가면 같다고 말한다. 드디어 번드런 가 사람들이 부인을 관에 넣고 못을 박았으니, 더 이상 열어 놓은 창문으로 비가 부인에게 들이칠 일은 없다. 다음 날 아침 사람들이 왔을 때, 앤스가 셔츠 자락을 드리우고, 쓰러진 수송아지처럼 바닥에 누워 잠을 자고 있었다. 관 뚜껑에는 송송 뚫린 구멍이 가득했고, 캐시의 새 송곳이 마지막 구멍 속에 부러진 채 꽂혀 있었다. 사람들이 관 뚜껑을 열어보니 부인의 얼굴에 두 개의 구멍이 나 있었다.

하나님의 심판이라 하더라도, 이건 옳지 않다. 주님은 이것 말고도 할 일이 많을 텐데. 다른 중요한 일을 돌보셔야 한다. 지금까지 앤스가 책임져 본 것이라고는 자기 자신뿐이다. 그리고 사람들이 앤스를 경멸할 때면, 나는 앤스가 그 정도로 못된 인간은 아니라고 속으로 생각했는데 그렇지 않다면 앤스가 이렇게 오랫동안 살아 있지 못할 것이다.

이건 옳지 않다. 정말이지 너무한다. 주님께서 고통받는 아이들아 내게 오라라고 하셨지만, 이건 옳지 않다. 코라가 말했다. "나와 당신 사이에 주님께서 보내주신 아이들이 태어났어요. 주님에 대한 강한 신념이 나를 지지해 주고 지탱해 주기 때문에, 난 두려움이나 공포 없이 부딪쳐 왔어요. 당신에게 아들이 없는 것도 주님께서 달리 뜻하신 바가 있기 때문이에요. 내 인생은 지금까지 그랬듯이, 그리고 지금도, 주님의 피조물 누구에게도 감추는 게 없어요. 하나님과 그에 따른 보상을 믿기 때문이에요."

코라의 말이 옳다. 하나님이 모든 것을 맡기고 마음 편히 떠날 수 있는 사람이 있다면, 그건 코라일 것이다. 하나님이 세상을 운영하는 방식과 상관없이, 코라는 몇 가지 변화를 줄 것이다. 아마도 그 변화는 사람들을 위한 것이리라. 적어도 우리는 그 변화를 좋아해야 할 것이다. 적어도 우리는 지금까지 해왔던 것처럼 계속 살아가는 게 나을 것이다.

다알

손전등이 그루터기 위에 놓여 있다. 기름범벅에 금이 간 녹슨 손전등은 한쪽에 솟구치는 그을음 자국이 있고, 미약하지만 뜨거운 불빛을 가대와 판자, 가까운 땅바닥에 비추고 있다. 어두운 땅 위에 놓여 있는 나무 조각은, 검은 화폭 위에 부드럽고 연한 물감으로 아무렇게나 칠해 놓은 것 같다. 판자는 길고 부드럽게 찢어내어 뒤집어 놓은 평평한 어둠 조각 같다.

캐시가 가대 주변에서 앞뒤로 움직이며 판자를 들어 올렸다 내린다. 마치 보이지 않는 우물 바닥에서 판자를 들어 올렸다 떨어뜨리는 것처럼 덜커덕거리는 소리가 정체된 공기 안에서 길게 울린다. 소리는 멀리 가지 못하고 멈추는데, 소리의 울림이 반복되면서 조금만 움직여도, 그 소리가 주변공기로부터 빠져나오려는 것처럼 보인다. 캐시가 다시 톱질하자 팔꿈치가 천천히 번득이고, 톱질할 때마다 가느다란 불줄기가 톱날을 따라 위아래로 오랫동안 사라졌다 나타나는데, 초라하고 방향을 잃은 아버지의 그림자 안으로 톱이 들어갔다 나가면서 그 길이가 6피트나 되어 보인다. "저 판자 좀 주세요." 캐시가 말한다. "아뇨. 다른 거요." 캐시가 톱을 내려놓고 다가와, 자기가 원하는 판자를 집어 들고, 균형 잡힌 판자에서 길게 일렁이며 발산되는 희미한 빛과 함께 아버지 옆을 휙 지나간다.

공기에서 유황 냄새가 난다. 손으로 만지거나 느낄 수 없는 공기의 면 위로 그들의 그림자가 벽에 만들어지는데, 그림자가 소리처럼 멀리 가지 못하고 중간에서 한순간 생각에 잠긴 듯 응결된 것 같다. 캐시가 희미한 불빛 쪽으로 반쯤 몸을 돌리고, 한쪽 허벅지와 막대같이 가느다란 한쪽 팔이 하나가 되어, 지칠 줄 모르고 움직이는 팔꿈치 위로, 몰입한 듯 역동적이지만 미동 없는 얼굴을 불빛 쪽으로 기울인 채, 계속 일한다. 종잇장 같은 번개가 하늘 아래 가볍게 졸고 있고, 번개에 꼼짝하지 않던 나무는 꼭대기에 있는 잔가지까지 헝클어져서 마치 임신한 것처럼 부풀어 있다.

비가 내리기 시작한다. 거칠면서도 드문드문 빠른 속도로 떨어지는 첫 빗방울이, 참을 수 없는 긴장에서 벗어난 것처럼, 긴 한숨을 내쉬듯 나뭇잎을 지나고 땅을 가로지른다. 빗방울은 사냥용 탄환만큼 크고, 총에서 발사된 것처럼 따뜻하다. 사악하게 쉬익 소리를 내며 손전등을 휩쓸어버린다. 아버지가 입을 벌리고 고개를 들었는데, 젖은 코담배의 검은 가장자리가 잇몸 아래에 달라붙어 있다. 아버지는 축 처진 얼굴에 놀란 표정을 짓는데, 마치 시공을 초월하여 궁극의 분노를 묵상하는 것처럼 보인다. 캐시가 하늘을 한 번 보고 손전등을 바라본다. 톱질에 주저함이 없고, 피스톤같이 움직이는 톱날의 번득임도 여전하다. "손전등 덮을 걸 가져다 주세요." 캐시가 말한다.

아버지가 집 안으로 들어간다. 천둥도 그 어떤 경고도 없이, 비가 갑자기 쏟아진다. 아버지는 가까스로 현관으로 비를 피하고, 캐시는 순식간에 홀딱 젖는다. 하지만 톱의 움직임에는 흔들림이 없는데, 비가 마음의 환상에 불과하다는 고요한 확신에서 톱과 팔이 작동하는 것 같다. 그때 캐시가 톱을 내려놓고 손전등 쪽으로 가서, 그 위에 쭈그리고 앉아 몸으로 손전등을 가린다. 셔츠가 갑자기 뒤집히기라도 한 것처럼, 여위고 뼈만 앙상한 캐시의 등이 젖은 셔츠에 드러난다.

아버지가 돌아온다. 아버지는 주얼의 우비를 입고 있고, 듀이 델의 우비를 손에 들고 있다. 손전등 위에 웅크리고 앉아 있던 캐시가 손을 뒤로 뻗어 네 개의 막대기를 주워서 땅에 박는다. 그러고는 아버지에게 듀이 델의 우비를 받아 손전등 위에 지붕을 만든다. 아버지가 캐시를 지켜본다. "네가 어떻게 할지 모르겠구나." 아버지가 말한다. "다알이 자기 우비를 가져가 버렸다."

"그냥 비에 젖는 거죠." 캐시가 말한다. 캐시가 톱을 다시 잡는다. 마치 피스톤이 기름 속에서 움직이는 것처럼, 서두름을 전혀 모르는 공간을 들어갔다 나왔다 하면서, 톱이 위아래로 다시 움직인다. 소년인지 노인인지 모를 만큼 호리호리하고 가벼운 캐시는 흠뻑 젖어 앙상한 뼈가 드러나 있지만, 지치지 않는다. 얼굴 위로 흐르는 빗물에 눈을 껌뻑이며, 아버지가 캐시를 바라본다. 아버지가 하늘을 다시 올려다보는데, 마치 그 이하는 기대하지 않았다는 듯, 어리석고 음울한 분노에 차 있지만 변명하는 듯한 표정을 짓는다. 이따금 아버지가 몸을 흔들며 움직이고, 수척한 몸에 빗물이 흐르는 채로 판자나 도구를 집어 들어 올렸다가 내려놓는다. 이제 버넌 툴 아저씨가 거기 나와 있고, 캐시도 툴 아주머니의 우비를 입고 있다. 두 사람은 톱을 찾고 있다. 얼마 후 두 사람은 아버지의 손에서 톱을 발견한다.

"집 안에서 비를 피하시지 그래요?" 캐시가 말한다. 아버지가 캐시를 바라보는데, 얼굴 위로 빗물이 천천히 흘러내리고 있다. 마치 잔인한 희화 작가가 온갖 사별의 슬픔을 기괴하게 풍자하듯 조각해 놓은 얼굴 같다. "아버지 들어가세요." 캐시가 말한다. "버넌 아저씨랑 마무리할게요."

아버지가 두 사람을 바라본다. 주얼의 우비 소매가 아버지에게는 너무 짧다. 아버지의 얼굴 위로, 차가운 글리세린처럼 빗물이 천천히 흘러내리고 있다. "네 엄마를 위한 일인데, 비에 젖는 것쯤은 괜찮다." 다시 움직이더니, 마치 유리를 다루듯 조심스레 판자를 옮기고 들어 올렸다 내려놓기 시작한다. 아버지가 손전등 쪽으로 가서 세워놓은 우비를 당긴다. 우비가 쓰러지고, 캐시가 와서 다시 고쳐 놓는다.

"아버지 집 안으로 들어가세요." 캐시가 말한다. 캐시가 집 안으로 아버지를 끌고 갔다가 우비를 가지고 돌아온다. 우비를 접어서 손전등 위에 만들어 놓은 빗물 차단막 아래에 놓는다. 버넌 아저씨는 톱질을 멈추지 않는다. 위를 바라보면서도, 톱질을 멈추지 않는다.

"처음부터 그렇게 했어야 해." 버넌 아저씨가 말한다. "비가 올 거라는 걸 알고 있었잖니."

"아버지가 흥분해서 그래요." 캐시가 말한다. 캐시가 판자를 바라본다.

"그래." 버넌 아저씨가 말한다. "어찌 되었건, 네 아버지가 나오지 않고는 못 배겼을 거다."

캐시가 눈을 가늘게 뜨고 판자를 바라본다. 판자의 긴 측면 위로, 엄청나게 무수히 많은 비가 요동치며 부딪친다. "비스듬히 자를 거예요." 캐시가 말한다.

"시간이 더 걸릴 텐데." 버넌 아저씨가 말한다. 캐시가 판자를 세운다. 잠시 아저씨가 캐시를 지켜보고, 대패를 건넨다.

버넌 아저씨가 판자가 흔들리지 않도록 잡고, 캐시가 보석세공사처럼 정성스럽고 섬세한 손길로 판자 모서리를 비스듬히 자른다. 툴 아주머니가 현관 끝으로 와서 버넌 아저씨를 부른다. "얼마나 했어요?" 아주머니가 말한다.

버넌 아저씨는 고개를 들지 않는다. "오래 걸리지 않을 거야. 조금만 더 하면 돼."

툴 아주머니가 판자 위로 몸을 굽히고 있는 캐시를 바라본다. 캐시가 움직일 때마다 손전등 빛이 우비 위에서 번들거리며 팽창한다. "마구간에 있는 판자를 가져다가 어서 끝내고 들어와 비를 좀 피해요." 아주머니가 말한다. "두 사람 모두 죽을병에 걸리겠어요." 아저씨는 움직이지 않는다. "버넌." 아주머니가 말한다.

"오래 걸리지 않을 거야." 아저씨가 말한다. "곧 끝날 거야." 툴 아주머니가 두 사람을 잠시 바라본다. 그리고 나서 집 안으로 다시 들어간다.

"모자라면 판자를 몇 개 더 가져오면 돼." 버넌 아저씨가 말한다. "판자 옮기는 걸 도와주마."

캐시가 대패질을 멈추고 판자를 따라 눈을 가늘게 뜨고, 손바닥으로 판자를 닦아낸다. "다음 걸 주세요." 캐시가 말한다.

새벽녘이 다 되어갈 무렵 비가 그친다. 아직 날이 밝기 전에,

캐시가 마지막 못을 박고 완성된 관을 빳빳이 세워 내려다보고, 나머지 사람들은 그런 캐시를 바라본다. 손전등 빛에 비친 캐시의 얼굴이 차분하니 생각에 잠겨있다. 캐시는 신중히, 마지막으로, 그리고 침착하게, 두 손으로 우비를 입고 있는 허벅지를 천천히 쓰다듬는다. 그러고 나자 네 명이—캐시와 아버지와 버넌 아저씨와 피바디 선생—관을 어깨에 메고 집으로 향한다. 관이 가볍지만, 사람들은 천천히 움직인다. 관 안이 비어 있지만, 네 사람은 관을 조심스럽게 옮긴다. 생명이 없음에도, 네 사람은 낮은 소리로 조심스레 말을 주고받는데, 완성된 관이 살아 있어서 잠깐 잠이 들었다 깨어나기를 기다리는 것처럼 보인다. 오랫동안 바닥을 걷지 않은 것처럼, 어두운 바닥을 딛는 네 사람의 발걸음이 무겁고 어색하다.

네 사람이 관을 침대 옆에 놓는다. 피바디 선생이 조용히 말한다. "간식을 좀 먹읍시다. 이제 날이 거의 밝았는데. 캐시는 어디 있지?"

캐시는 가대로 돌아와, 희미한 손전등 빛 속에서 다시 몸을 굽힌다. 그러고는 연장을 모아 천으로 조심스레 닦은 후, 가죽끈이 달린 상자에 넣고 어깨에 멘다. 그리고 나서 상자와 손전등, 우비를 챙겨 집으로 향한다. 여명에 물든 동녘을 배경으로, 계단을 올라 희미한 그림자 안으로 들어간다.

낯선 방에서 잠을 자려면 스스로를 비워야 한다. 잠을 잘 정도로 자신을 비우기 전에는, 자기 자신인 것이다. 그리고 잠을 잘 정도로 자신을 비우면, 자기 자신이 아니다. 잠으로 가득 채워지면, 존재하지 않는 것이다. 나는 내가 누구인지 모르겠다. 내가 존재하는지 그렇지 않은 것인지 모르겠다. 주얼은 자신이 존재한다는 걸 안다.

자신이 존재하는지 존재하지 않는지 모른다는 사실 그 자체를 모르기 때문이다. 주얼은 자신을 비우고 잠을 잘 수 없다. 자기 자신이 있는 그대로의 모습이 아니라, 없는 그대로의 모습이라는 것을 모르기 때문이다. 불 꺼진 벽 너머, 우리 마차 위로 내리는 빗소리가 들린다. 마차에 실려 있는 목재는, 그걸 베어 넘어뜨리고 톱질한 사람 것도 아니고, 그걸 산 사람 것도 아니고, 우리 마차에 실려 있다고 해서 우리 것도 아니다. 오로지 비와 바람에 닿아 형성된 목재는 주얼과 내게만 존재하는데, 두 사람 모두 잠들지 않았기 때문이다. 잠을 잔다는 것은 존재하지 않는 것이고, 비와 바람은 과거에 존재했고, 목재는 현존하지 않는다. 하지만 마차는 현존한다. 왜냐하면 마차가 과거의 존재라면, 애디 번드런이 존재하지 않을 것이기 때문이다. 그리고 주얼이 현존하기에, 애디 번드런도 현존해야 한다. 그러면 나도 현존해야 한다. 말하자면 나는 낯선 방에서 나 자신을 비우고 잠을 잘 수 없다. 그래서 아직 나 자신을 비우지 못했다면, 나는 현존한다.

 내가 얼마나 자주 낯선 지붕에 내리는 빗소리를 들으며 누워서, 집을 생각했던가.

캐시

나는 비스듬하게 깎아 관을 만들었다.

1. 못으로 고정하는 표면이 더 많다.
2. 각각의 이음매를 고정하는 표면이 두 배다.
3. 비스듬한 관 안으로는 물이 잘 스며들지 않는다. 물은 수직이나 일자로 가로지를 때 가장 쉽게 움직인다.
4. 사람들은 집에서 하루의 3분의 2를 서서 보낸다. 그래서 이음매와 접합부가 수직으로 되어 있다. 압력이 수직으로 작용하기 때문이다.
5. 사람들이 늘 눕는 침대는 압력이 수평으로 작용하기 때문에, 이음매와 접합부가 수평으로 만들어진다.
6. 예외가 있다.
7. 사람의 몸은 침목처럼 사각형이 아니다.
8. 동물 자기력.
9. 시신에는 동물 자기력이 있어서 압력이 비스듬하게 작용한다. 그래서 관의 이음매와 접합부를 비스듬하게 깎아 만든다.
10. 오래된 무덤을 보면 흙이 비스듬하게 내려앉는 것을 볼 수

있다.
11. 자연적인 구덩이라면 압력이 수직으로 작용하기 때문에 가운데가 내려앉는다.
12. 그래서 나는 비스듬하게 깎아 관을 만들었다.
13. 그게 더 깔끔하다.

바더먼

엄마는 물고기다.

툴

 피바디 선생의 말을 마차 뒤에 매고 돌아오니 10시였다. 그들이 우물에서 대략 1마일 거리에 있는 도랑에 다리를 벌린 것처럼 뒤집힌 사륜 짐마차를 끌고 나온 후에야, 퀵이 그걸 발견했다. 사륜 짐마차를 우물가 도로 밖으로 끌고 나왔을 때, 약 10개의 마차가 이미 그곳에 있었다. 그걸 발견한 건 퀵이었다. 퀵은 강물이 많이 불어났는데도 여전히 수위가 높아지고 있다고 말했다. 지금까지 퀵이 본 교각 수위선 가운데 최고 높이를 이미 넘어섰다고 한다. "다리가 저 많은 물을 견디지 못할 거야." 내가 말했다. "앤스에게 강물에 대해 말한 사람 있어?"

 "내가 말했지." 퀵이 말했다. "앤스 말로는, 아이들이 그 얘기를 이미 들었을 테고 목재를 내려놓고서 지금쯤 돌아오고 있을 거라던데. 자기들은 관을 싣고 강을 건널 수 있다고 했어."

 "부인을 뉴호프에 묻는 게 나을 텐데." 암스티드가 말했다. "저 다리는 오래됐어. 나라면 그런 바보짓은 안 할 거야."

 "부인을 제퍼슨으로 데려가기로 마음을 굳힌 거지." 퀵이 말했다.

"그렇다면 되도록 빨리 출발하는 게 좋지." 암스티드가 말했다.

앤스가 우리를 문에서 맞이한다. 면도했지만, 좋아 보이지 않는다. 턱에는 길게 베인 상처가 나 있고, 흰색 셔츠 깃까지 단추를 채우고는 외출복 바지를 입고 있다. 셔츠가 등의 혹 부위 위로 매끄럽게 펴져 있는데, 흰색 셔츠가 그렇듯, 혹이 평소보다 더 커 보이고, 얼굴도 달라 보인다. 앤스는 비장하면서도 평온한 얼굴로, 사람들 눈을 근엄하게 바라본다. 우리는 현관으로 올라가 신발을 털고, 앤스와 악수한다. 나들이옷 때문에 약간 경직된 데다, 옷에서 바스락 소리가 나서, 우리를 맞이하는 앤스를 똑바로 쳐다보지 못한다.

"주님의 은총을 빕니다." 우리가 말한다.

"주님의 은총을 빕니다."

바더먼이 거기 없다. 바더먼이 부엌에 들어와서, 물고기를 요리하는 코라를 보고, 어떻게 소리 지르고, 기어오르고, 코라를 할퀴었는지, 어떻게 듀이 델이 바더먼을 데리고 헛간으로 데려갔는지, 피바디 선생이 얘기해 줬다. "내 말은 괜찮나?" 피바디 선생이 말한다.

"괜찮습니다." 피바디 선생에게 말한다. "오늘 아침 꼴을 먹였답니다. 마차도 괜찮아 보였고요. 망가지지 않았습니다."

"그런데 잘못한 사람이 없다니 말이 되는가." 피바디 선생이 말한다. "말이 달아났을 때, 바더먼이 어디에 있었는지 아는 사람이 있으면 그 사람에게 돈이라도 주겠어."

"어디 망가진 곳이 있으면 제가 고치겠습니다." 내가 말한다.

여자들이 집 안으로 들어간다. 여자들이 말하고 부채질하는 소리가 들린다. 부채가 획획획 움직이고 여자들이 이야기하는데, 그 소리가 물통에서 벌들이 소곤대는 소리 같다. 남자들은 현관에 멈춰 서서 이야기를 나누지만, 서로 쳐다보지 않는다.

"안녕한가, 버넌." 그들이 말한다. "안녕한가, 버넌."

"비가 더 올 것 같아."

"그러게나 말이네."

"맞아요. 비가 더 올 것 같습니다."

"비가 오려 들면, 빨리 오는 법이지."

"그리고 천천히 물러가고. 반드시 그렇지."

나는 뒤쪽으로 간다. 캐시가 바더먼이 관 뚜껑에 낸 구멍을 메우고 있다. 한 번에 하나씩 구멍에 맞는 마개를 손질하는데, 나무가 젖어서 다루기 힘들다. 빈 깡통을 잘라 구멍을 메워도 아무도 눈치 채지 못할 것이다. 어쨌든 아무도 신경 쓰지 않을 텐데. 주변에 있는 여남은 막대기를 주워 접합부에 끼워 넣으면 구멍을 그럭저럭 막을 수 있을 텐데도, 마치 유리를 다루듯 쐐기를 만드는 데 한 시간이나 공을 들인다.

캐시와 일을 마무리하고, 나는 다시 앞마당으로 간다. 남자들은 집에서 약간 떨어진 곳에 가 있었다. 지난 밤 관을 만들었던 곳에서, 몇 사람은 판자 끄트머리나 톱질 받침대에 앉아 있고, 몇 사람은 쪼그리고 앉아 있다. 위트필드 목사는 아직 오지 않았다.

사람들이 무언가를 묻는 듯한 눈빛으로 나를 바라본다.

"거의 다 됐어." 내가 말한다. "캐시가 못만 박으면 돼."

사람들이 일어나는 동안 앤스가 문으로 와서 우리를 바라보고 우리는 현관으로 돌아간다. 우리는 다시 조심스럽게 신발을 털고, 서로 먼저 들어가도록 양보하느라, 문간이 약간 혼잡해진다. 앤스가 근엄하고 차분하게 문 안쪽에 서 있다. 앤스가 들어오라며 손

짓하고 우리를 방으로 안내한다.

그들은 관 안에 부인을 거꾸로 눕혀 놓았다. 캐시는 모든 접합부와 이음매를 비스듬하게 자르고, 대패로 깎아서, 북처럼 팽팽하고 반짇고리처럼 깔끔하게 관을 ⬣ 이런 벽시계 모양으로 만들었는데, 드레스가 망가지지 않도록 발이 놓일 부분에 머리가 오도록 부인을 관에 안치했다. 부인이 입은 드레스는 치마 하단이 퍼지는 웨딩드레스였는데, 머리와 발의 방향을 바꿔 드레스가 퍼지도록 했고, 얼굴에 난 나사송곳 구멍이 보이지 않도록 모기장으로 베일을 만들었다.

우리가 나가고 있는데, 위트필드 목사가 왔다. 허리까지 젖어 진흙투성이인 채로 방 안으로 들어온다. "주님께서 이 가정을 평안케 하시길." 위트필드 목사가 말한다. "다리가 유실돼서 늦었습니다. 주님께서 보호하사, 예전에 알던 여울로 내려가 말을 타고 건넜답니다. 주님의 은총이 이 가정에 내리길."

우리는 가대와 판자 끄트머리가 있는 곳에 가서, 그 위에 앉거나 쪼그리고 앉는다.

"유실될 줄 알았어." 암스티드가 말한다.

"꽤 오래됐지. 그 다리 말이야." 퀵이 말한다.

"주님께서 보호해 주셨던 거야." 빌리 아저씨가 말한다. "지난 25년 동안, 한 번이라도 그 다리에 망치질한 사람이 없지 않은가."

"빌리 아저씨, 그 다리가 얼마나 오래된 거죠?" 퀵이 말한다.

"그게 지어진 게……어디 보자……1888년이었어." 빌리 아저씨가 말한다. "그 다리를 처음으로 건넌 사람이 피바디 선생인데, 조디가 태어나서 우리 집에 오던 길이었어. 그래서 기억하지."

"자네 아내가 아이를 낳을 때마다 내가 다리를 건넜다면, 아마도 오래전에 다리가 닳아 없어졌을 거야, 빌리." 피바디 선생이 말한다.

우리는 갑자기 큰 소리를 내어 웃다가 갑자기 조용해진다. 우리는 곁눈질하며 서로 쳐다본다.

"많은 사람이 그 다리를 건넜는데, 이제 다시는 그 다리를 건너지 못하겠군요." 휴스턴이 말한다.

"그러게요." 리틀존이 말한다. "정말 그러네요."

"그 다리를 다시 건너지 못할 사람이 한 사람 늘었네요." 암스티드가 말한다. "마차에 싣고 시내까지 가는 데 이삼일 걸리죠. 부인을 제퍼슨에 묻고 돌아오려면, 일주일은 걸리겠네요."

"그런데 앤스는 왜 그렇게 부인을 제퍼슨으로 데려가려고 안달인 거지?" 휴스턴이 말한다.

"부인에게 약속했거든." 내가 말한다. "부인이 거기 출신이야. 부인이 그걸 원했다나 봐."

"그리고 앤스도 그걸 원하는 거고." 퀵이 말한다.

"아아." 빌리 아저씨가 말한다. "일평생 만사를 흘러가는 대로 내버려 두더니, 작정하고 자기가 아는 사람 모두에게 극심한 고통을 주는 일에 매달리는 꼴이네."

"그나저나 주님의 도움이 있어야 강을 건널 수 있을 텐데." 피바디 선생이 말한다. "앤스가 할 수 있는 일이 아니야."

"주님이 도와주시겠죠." 퀵이 말한다. "이제까지 오랫동안 앤스를 돌봐주셨잖아요."

"아무렴요." 리틀존이 말한다.

"너무 오랫동안 돌봐 주셔서 지금 그만두실 수 없는 거죠." 암스티드가 말한다.

"신께서도 여기 있는 사람들과 매한가지인 거야." 빌리 아저씨가 말한다. "너무 오랫동안 돌봐 주셔서 지금 그만두실 수 없는 거지."

캐시가 나온다. 깨끗한 셔츠를 입고 있다. 젖은 머리카락이 이마 위에 부드럽게 빗겨 있는데, 머리에 검은색으로 부드럽게 그려 놓은 것 같다. 캐시는 우리 사이에 뻣뻣이 쪼그려 앉고, 우리는 캐시를 쳐다본다.

"이 날씨가 느껴지지, 그렇지?" 암스티드가 말한다.

캐시는 아무 말도 하지 않는다.

"뼈가 부러진 사람은 늘 날씨에 민감하죠." 리틀존이 말한다. "뼈가 부러진 사람은 비가 오는 걸 알 수 있죠."

"캐시가 운이 좋아서 한쪽 다리만 부러진 거야." 암스티드가 말한다. "다쳐서 침대에 누워 지내야 하는 신세가 될 뻔했으니까. 얼마나 높은 곳에서 떨어진 거지, 캐시?"

"28피트 4.5인치 정도요." 캐시가 말한다. 나는 캐시 옆으로 간다.

"젖은 판자 위에서는 미끄러지기 쉽지." 퀵이 말한다.

"거참 안됐어." 내가 말한다. "하지만 어쩔 수 없었잖아."

"망할 여자들 때문이에요." 캐시가 말한다. "엄마에 맞게 관을 만들었어요. 엄마 치수하고 몸무게에 맞게요."

젖은 판자 때문에 사람들이 떨어지는 것이라면, 이번 비가 그치기 전에 많은 사람이 떨어질 것이다.

"어쩔 수 없었잖아." 내가 말한다.

나는 사람들이 떨어지는 것에 신경 쓰지 않는다. 내가 신경 쓰는 것은 면화와 옥수수다.

피바디 선생도 사람들이 떨어지는 것은 신경 쓰지 않는다. 안 그래요, 의사 선생?

사실이다. 면화와 옥수수가 땅에서 완전히 씻겨 내려갈 것이다. 무슨 일이 항상 일어나는 것 같다.

물론 그렇다. 그러니까 가치가 있는 거다. 아무 일도 일어나지 않고 모든 사람이 수확을 많이 한다면, 농사지을 가치가 있을까?

내가 땀 흘려 일한 결과물이 땅에서 씻겨 내려간다면 얼마나 참담하겠는가.

사실이다. 스스로 비를 조절할 수 있는 사람이라면 곡식이 비에 씻겨 내려가는 것은 신경 쓰지 않을 것이다.

그럴 수 있는 사람이 누가 있을까? 그런 사람의 눈빛은 어디 있을까?

아아 주님께서 곡식을 자라게 하신다. 그분 뜻이 그렇다면 곡식을 떠나버리게 하는 것 역시 주님이다.

"어쩔 수 없었잖아." 내가 말한다.

"망할 여자들 때문이에요." 캐시가 말한다.

집 안에서 여자들이 찬송가를 부르는 소리가 들린다. 첫 소절이 시작되고 음이 잡히면서 노랫소리가 커지기 시작하고, 우리는 모자를 벗고 씹던 코담배를 버리고, 자리에서 일어나 문 쪽으로 간다. 우리는 안으로 들어가지 않는다. 계단에서 걸음을 멈추고 모여서는, 몸 앞이나 뒤에서 모자를 두 손으로 살짝 잡는다. 한 발을 앞으로 내민 채 머리를 숙이고, 옆을 보고, 손안에 있는 모자를 보고, 땅을 보고, 이따금 하늘을 보다가, 심각하고 차분한 서로의 얼굴을 바라본다.

찬송이 끝난다. 성량이 풍부했던 목소리가 떨리고 낮아지면서 사라진다. 위트필드 목사의 기도가 시작된다. 목소리가 체구보다 크다. 위트필드 목사에게서 나오는 목소리가 아닌 것 같다. 목소리와 사람이 따로 나란히 말을 타고 여울을 건너 집에 돌아와 보니, 하나는 진흙으로 범벅이 되어 있고 다른 하나는 물에 젖지도 않은 듯하고, 하나는 의기양양하고 다른 하나는 슬픈 것 같다. 집 안에 있던 누군가가 울기 시작한다. 마치 부인의 눈과 목소리가 몸 안으로 되돌아가서 울음소리를 듣고 있는 것 같다. 우리는 무게 중심을 다른 쪽 다리로 옮기고, 눈이 마주쳐도 그렇지 않은 척한다.

드디어 위트필드 목사의 기도가 끝난다. 여자들이 다시 찬송을 시작한다. 여자들의 목소리가 공기 안에서 나와 슬프고도 위안이 되는 선율에 맞춰, 두터운 공기 안에서 함께 흐르는 것 같다. 여자들이 노래를 멈추어도 그 소리가 사라지지 않을 것 같다. 목소리가 공기 속으로 사라져도, 우리가 움직이면 슬프고도 위안이 되는 목소리를 우리 주변의 공기에서 다시 들을 수 있을 것 같다. 그러고 나서 찬송이 끝나고, 우리는 마치 생전 처음 모자를 쓰는 것처럼 뻣뻣하게 모자를 쓴다.

집으로 가는 길에 코라는 여전히 찬송가를 부르고 있다. "나의 하느님과 내가 받을 보상을 향해 나아가고 있네." 비가 오지 않지만, 우산을 쓰고, 숄을 어깨에 두르고, 마차에 앉아 찬송가를 부른다.

"부인도 보상받았어." 내가 말한다. "어디로 갔건, 앤스 번드런으로부터 자유로워진 거잖아." 부인은 그 관 안에 사흘간 누워 기다렸고,

다알과 주얼은 집에 와서 새 바퀴를 가지고 도랑에 빠진 마차가 있는 곳으로 되돌아가야 했다. 내 마차를 가져가게, 앤스, 내가 말했다.

우리 마차가 오길 기다리겠네, 앤스가 말했다. 아내도 그걸 원할 거라네. 세심한 데까지 신경 쓰는 사람이었잖나.

사흘째 되던 날 다알과 주얼이 돌아와 부인을 마차에 싣고 출발했지만 이미 너무 늦었다. 샘슨 다리까지 돌아가야 할 거야, 거기까지 꼬박 하루가 걸릴 테고. 그러면 제퍼슨까지 40마일이나 되는데, 내 마차를 가져가게나, 앤스.

우리 마차가 오길 기다리겠네, 아내가 그걸 원할 거야.

진창 가장자리에 앉아 있는 바더먼을 본 것은 집에서 1마일쯤 떨어진 곳이었다. 내가 아는 한 그 진창에는 물고기가 한 마리도 없다. 바더먼이 고개를 돌려 우리를 바라보았는데, 둥근 두 눈은 침착하고, 얼굴은 지저분하고, 막대기가 무릎 위에 놓여 있었다. 코라는 아직도 찬송가를 부르고 있었다.

"오늘은 낚시하기 좋은 날이 아니란다." 내가 말했다. "우리랑 같이 집에 가자. 나랑 내일 아침 일찍 강에 가서 물고기를 잡자."

"여기 한 마리 있어요." 바더먼이 말한다. "듀이 델이 봤어요."

"우리랑 같이 가자. 낚시하기엔 강이 제일 좋단다."

"여기 있어요." 바더먼이 말했다. "듀이 델이 봤어요."

"나의 하느님과 내가 받을 보상을 향해 나아가고 있네." 코라가 찬송가를 불렀다.

다알

"주얼, 네 말이 죽은 게 아니잖아." 내가 말한다. 주얼은 몸을 앞으로 조금 기울이고, 의자에 꼿꼿이 앉아 있는데, 등이 나무로 되어 있는 것 같다. 물에 흠뻑 젖어 두 군데가 정수리 부분에서 떨어져 나간 모자의 챙이, 주얼의 나무 얼굴 위로 늘어져 있다. 마치 투구의 면갑을 통해 보는 것처럼, 주얼은 고개를 숙이고, 모자 틈으로, 계곡 너머 저 멀리 절벽에 기대어 있는 헛간을 바라보면서, 보이지 않는 말의 형상을 그린다. "말똥가리들이 보여?" 내가 말한다. 집 위 높은 곳에, 순식간에 짙어지는 하늘을 배경으로, 말똥가리들이 좁아지는 원을 그리며 꾸물거리고 있다. 여기서 보면 말똥가리들은 완강하고 끈질기고 불길한 점으로 보인다. "네 말이 죽은 게 아니잖아."

"빌어먹을." 주얼이 말한다. "빌어먹을."

난 엄마가 없어서 엄마를 사랑할 수 없다. 주얼의 엄마는 말이다.

커다란 말똥가리 무리가 미동도 하지 않고 솟구치는 원 모양으로 매달려있고, 구름 때문에 말똥가리 무리가 뒤로 물러가는 것처럼 보인다.

주얼은 나무 같은 등과 나무 같은 얼굴로 미동도 하지 않는다.

날개가 구부러진 매처럼, 뻣뻣하게 몸을 앞으로 굽히고 말의 형상을 그린다. 사람들이 관을 옮기려 준비하면서, 우리를 기다리고, 주얼을 기다리고 있다. 주얼은 마구간에 들어가 말이 자신에게 발길질할 때까지 기다렸다가 미끄러지듯 빠져나가 여물통 위에 올라가서 잠시 멈추고, 시야를 가로막는 마구간 지붕 너머 텅 빈 길 쪽을 내다보더니 다락으로 들어간다.

"빌어먹을. 빌어먹을."

캐시

균형이 안 맞을 거야. 균형을 맞춰 마차에 실으려면, 우린———
"올려. 빌어먹을. 들어 올려."
"균형을 맞춰 마차에 실으려면———"
"올려! 들어 올려. 빌어먹을 멍청한 자식아, 들어 올려!"
균형이 안 맞을 거야. 균형을 맞춰 마차에 실으려면

다알

관을 들고 있는 여덟 개의 손 가운데, 두 손으로 잡고 있던 주얼이 관 위로 몸을 굽힌다. 주얼의 얼굴에서 피가 파도친다. 그 파도 사이로, 주얼의 살이 초록색으로 보인다. 매끄럽고 두꺼운 연녹빛 소여물 색 같다. 주얼의 얼굴은 숨 막힐 듯 몹시 화가 나 있고, 입술은 이빨 위로 들려 있다. "올려!" 주얼이 말한다. "들어 올려. 빌어먹을 멍청한 자식아!"

주얼이 갑자기 관 한쪽을 들어 올려 관을 완전히 내동댕이치기 전에, 우리는 모두 관을 번쩍 들어 올려 균형을 잡는다. 의지가 있는 것처럼, 관이 잠시 저항한다. 막대기처럼 마른 시신이 되어 관 안에 누워 있지만, 더럽혀지는 것을 몸으로는 막지 못해도 더러워진 옷을 감추려는 듯, 몹시 예의를 지키려는 것 같다. 그때 관이 도망치듯 갑자기 솟아오른다. 수척해진 시신이 판자에 부력을 더한 것처럼, 옷이 몸에서 떨어져 나가는 것을 보고, 옷 자체의 욕망과 필요에 대한 비웃음을 격정적으로 번복하려고 황급히 돌진하는 것처럼 보인다. 주얼의 얼굴이 완전히 파래지고, 숨 쉴 때 이가 부딪히는 소리가 들린다.

우리는 복도를 따라 관을 들고 간다. 거칠고 어설프게 바닥을 딛고, 발을 끌면서, 문을 통과한다.

"자, 잠시 그대로 서 있어라." 아버지가 손을 놓으며 말한다. 아버지가 뒤를 돌아 문을 닫고 잠그는데, 주얼이 기다리려 하지 않는다.

"빨리요." 주얼이 숨 막힌 듯한 목소리로 말한다. "빨리."

우리는 조심스레 관을 낮추고 계단을 내려간다. 냄새를 맡지 않기 위해 얼굴을 돌리고, 이 사이로 숨을 쉬면서, 굉장히 귀중한 것을 옮기기라도 하는 것처럼, 균형을 맞춰 움직인다. 우리는 길을 따라 비탈을 향해 내려간다.

"잠시만요." 캐시가 말한다. "지금 균형이 잘 안 맞아요. 언덕에서는 사람이 더 필요할 거예요."

"그럼 손 놓고 저리 가." 주얼이 말한다. 주얼은 멈추려 하지 않는다. 캐시는 뒤처지기 시작하고, 따라잡으려고 발을 절뚝거리며 거칠게 숨을 쉰다. 그러다 거리가 벌어지고 주얼 혼자 앞쪽을 든다. 길이 경사지기 시작하자, 관이 기울어지더니 내게서 쏜살같이 빠져나간다. 마치 보이지 않는 눈 위를 달리는 썰매처럼 공기 위로 미끄러지고, 아직 관의 느낌이 형체로 남아 있는 대기를 매끄럽게 빠져나간다.

"기다려, 주얼." 내가 말한다. 그러나 주얼은 기다리려 하지 않는다. 주얼은 이제 거의 뛰고 있고, 캐시는 뒤처져 있다. 지금 내가 혼자 들고 있는 부분은 전혀 무게가 나가지 않는 것 같다. 성난 파도에 밀려가는 지푸라기처럼, 주얼의 절망이 담긴 관이 미끄러져 내려간다. 주얼이 돌아서며, 관을 머리 위로 올리고, 앞뒤로 흔들다가 멈춘다. 같은 동작으로 마치 바닥에 관을 놓고, 나를 돌아보았는데, 그 얼굴에는 분노와 절망이 가득했고, 그때 내 손은 관을 붙잡고 있지도 않았다.
"빌어먹을. 빌어먹을."

바더먼

우리는 시내에 간다. 듀이 델이 장난감 기차는 산타클로스의 물건이고 다음 크리스마스까지 산타클로스가 도로 가지고 가니 팔리지 않을 거라고 한다. 그러면 장난감 기차는 진열창 뒤에 있을 테고, 기다림으로 빛날 것이다.

아버지와 캐시가 언덕 아래로 내려오고, 주얼은 헛간으로 가고 있다. "주얼." 아버지가 말한다. 주얼은 멈추지 않는다. "어디 가냐?" 아버지가 말한다. 그러나 주얼은 멈추지 않는다. "그 말은 여기 두고 가거라." 아버지가 말한다. 주얼이 걸음을 멈추고 아버지를 바라본다. 주얼의 눈이 대리석 같다. "그 말은 여기 두고 가거라." 아버지가 말한다. "엄마가 바라던 대로, 우리는 모두 엄마랑 같이 마차로 갈 거다."

하지만 엄마는 물고기다. 버넌 아저씨가 봤다. 아저씨가 거기 있었다.

"주얼의 엄마는 말이야." 다알이 말했다.

"그럼 내 엄마는 물고기일 수도 있네, 그렇지, 다알?" 내가 말했다.

주얼은 나의 형이다.

"그렇지 않으면 내 엄마도 말이어야 해." 내가 말했다.

"어째서?" 다알이 말했다. "아버지가 네 아버지인데, 주얼의 엄마가 말이라고 해서 왜 네 엄마가 말이어야 하지?"

"왜 그래?" 내가 말했다. "왜 그런 거야, 다알?"

다알은 나의 형이다.

"그럼 형 엄마는 뭐야, 다알?" 내가 말했다.

"난 엄마가 없어." 다알이 말했다. "내게 엄마가 있었다면 그건 과거의 얘기야. 과거에 존재했다면 현재엔 존재할 수 없어. 그렇지?"

"응." 내가 말했다.

"그래서 난 현재 존재하지 않아." 다알이 말했다. "그렇지?"

"응." 내가 말했다.

나는 존재한다. 다알은 나의 형이다.

"하지만 형은 존재하잖아, 다알." 내가 말했다.

"알아." 다알이 말했다. "그래서 내가 존재하지 않는 거야. 존재한다고 하기엔 여자 한 명이 낳은 애들이 너무 많거든."

캐시가 공구 상자를 옮기고 있다. 아버지가 캐시를 바라본다. "돌아오는 길에 툴 아저씨 집에 들를 거예요." 캐시가 말한다. "헛간 지붕을 손봐야 해요."

"존경심이 없구나." 아버지가 말한다. "일부러 엄마와 나를 무시하는 거냐."

"그럼 아버지는 캐시가 여기까지 그 먼 길을 다시 와서 툴 아저씨 집까지 연장을 들고 걸어가길 바라는 거예요?" 다알이 말한다. 아버지가 코담배를 씹으며 다알을 바라본다. 이제 아버지는 매일 면도하는데, 엄마가 물고기이기 때문이다.

"그건 옳지 않다." 아버지가 말한다.

듀이 델이 손에 꾸러미를 들고 있다. 우리 저녁이 든 바구니도 들고 있다.

"그건 뭐냐?" 아버지가 말한다.

"툴 아주머니가 만든 케이크예요." 듀이 델이 마차에 타면서 말한다. "아주머니 대신 시내에 가져가는 거예요."

"그건 옳지 않다." 아버지가 말한다. "그건 고인을 무시하는 거다."

장난감 기차가 거기에 있을 거다. 크리스마스가 되면 장난감 기차가 반짝이는 선로 위에 있을 거라고 듀이 델이 말한다. 주인이 도시 아이들에게 장난감 기차를 팔지 않을 거라고 한다.

다알

주얼이 마당에 들어서서 헛간을 향해 가는데, 등이 나무로 된 것 같다.

듀이 델이 한 팔로 바구니를 들고, 다른 손으로는 신문지로 싼 사각형 물건을 들고 있다. 듀이 델의 얼굴은 차분하면서 시무룩하고, 눈은 생각에 잠긴 듯 경계하는 것 같다. 듀이 델의 눈에서 피바디 선생의 등이 보이는데, 마치 골무 두 개 안에 둥근 완두콩 두 개가 있는 것 같다. 아마 피바디 선생의 등에 벌레 두 마리가 있는데, 그 벌레 두 마리가 은밀하고 꾸준히 움직여 몸속을 꿰뚫고 반대편 몸 밖으로 기어 나오면, 갑자기 잠에서 깨거나 깨어난 후에, 갑작스럽고 몰두한 듯 걱정스러운 표정을 지을 것이다. 듀이 델이 바구니를 마차 안에 놓고, 마차에 오른다. 꽉 조이는 원피스 아래로 다리가 길게 나와 있다. 세상을 움직이는 지렛대. 인생의 길이와 폭을 재는 측경기. 듀이 델이 바더먼 옆에 앉아 꾸러미를 무릎 위에 올려놓는다.

그때 주얼이 헛간에 들어선다. 주얼은 뒤를 돌아보지 않는다.

"옳은 일이 아니다." 아버지가 말한다. "제 엄마를 위해 그런 작은 일도 못 한다니."

"가요." 캐시가 말한다. "주얼이 원하면 여기 있게 해요. 여기 있으면 별일 없을 거예요. 툴 아저씨 집에 가 있을 수도 있고요."

"우릴 따라올 거예요." 내가 말한다. "주얼이 길을 가로지르면 툴 아저씨네 앞에서 우리랑 만날 수 있어요."

"내가 말리지 않았다면 녀석은 저 말을 탔을 거다. 퓨마보다도 더 난폭한 망할 놈의 점박이 말 같으니라고. 일부러 제 엄마와 나를 무시하는 거다."

마차가 움직인다. 노새의 귀가 까딱까딱 움직이기 시작한다. 우리 뒤로, 집 위로, 미동도 없이 솟구쳐 올라가는 커다란 동그라미를 그리던 말똥가리 무리가 작아지더니 사라진다.

앤스

죽은 엄마를 생각해서 그 말을 가져오지 말라고 했다. 망할 서커스 동물을 타고 활보하는 것이 좋아 보이지 않고, 제 엄마가 자기 살과 피로 낳은 자식들과 함께 마차를 타고 가고 싶어 하기 때문이다. 그런데 우리가 툴네 앞길을 채 지나기도 전에 다알이 웃기 시작했다. 발치에 제 엄마가 누워 있는 관이 있는데도, 판자를 깔아 놓은 자리에 캐시와 함께 앉아서 웃고 있다. 그런 행동 때문에 사람들이 네 얘기를 하는 거라고 얼마나 많이 얘기했는지 모른다. 내가 말한다. 너는 신경 쓰지 않더라도, 설령 내가 망할 놈의 사내 녀석들을 그렇게 키웠더라도, 사람들이 내 혈육에 대해 이러쿵저러쿵 말하는 것이 신경 쓰이는데, 네가 그렇게 행동하니 사람들 입에 오르내리는 거고, 그건 내가 아니라 네 엄마를 욕먹게 하는 거다. 나는 남자니까 참을 수 있다. 네가 여자들, 네 엄마와 여동생을 돌봐야 한다. 그러고 나서 몸을 돌려 보니, 다알이 거기 앉아서 웃고 있다.

"네가 날 존경하리라곤 기대하지 않는다." 내가 말한다. "하지만 아직 식지 않은 채 관 안에 누워 있는 네 엄마는 존중해야 하지 않겠냐."

"저기 보세요." 캐시가 길 쪽으로 머리를 홱 움직이며 말한다. 아직 상당히 멀리 떨어진 곳에서, 말이 꽤 빠른 속도로 다가오고 있다. 그게 누구인지는 말할 필요도 없다. 나는 그저 거기 앉아 웃고 있는 다알을 뒤돌아보았다.

"난 최선을 다했다." 내가 말한다. "너희 엄마가 원하는 대로 하려고 노력했다. 그러니 주님께서 날 용서하시고 내게 보내주신 아이들의 행동도 용서해주실 거다." 그리고 다알은 제 엄마가 누워 있는 곳 바로 위에 깔아 놓은 판자 자리에 앉아 웃고 있다.

다알

주얼이 좁은 길을 빠르게 올라오고 있지만, 달리는 말발굽 아래에서 진흙을 튀기며 큰 길에 들어설 때 우리와는 300야드나 떨어져 있었다. 그때 가볍게 그리고 꼿꼿하게 안장에 앉아, 주얼이 속도를 조금 줄이자, 말이 진흙을 헤치며 짧은 보폭으로 빠르게 걷는다.

툴 아저씨가 마당에 있다. 아저씨가 우리를 보더니 손을 든다. 마차가 삐걱대고, 진흙이 바퀴에 소곤대고, 우리는 나아간다. 아저씨가 아직 거기에 서 있다. 아저씨는 주얼이 지나가는 걸 바라본다. 300야드 뒤에서, 말이 가볍게 무릎을 치켜들고, 달리는 듯한 속보로 움직이고 있다. 앞으로 나아간다고 추측할 수 없을 정도로 몽환적이고, 졸린 듯한 움직임으로, 우리는 나아간다. 우리와 길 사이에서 줄어드는 것이 공간이 아니라 시간인 것 같다.

길이 직각으로 꺾이고, 지난 일요일에 난 바퀴 자국이 지금은 말끔히 지워져 있다. 매끄럽고 붉은 길이 굽어져 소나무 숲으로 이어진다. 빛바랜 글자가 쓰여 있는 흰색 표지판. 뉴호프 교회. 3마일. 깊고 황량한 바다 위로 올라와 미동 없는 손처럼, 표지판이 굴리긴다. 그 너머로 붉은 도로가 바큇살처럼 뻗쳐 있는데, 애디 번드런이 그 바퀴 테인 것 같다. 길이 텅 빈 채 아무런 흠집 없이 굴러 돌아가고, 흰색 표지판은 퇴색해 가는 고요한 주장을 뒤로하며 사라져 간다. 우리가 표지판을 지나갈 때, 캐시가 침착한 얼굴로 올빼미같이 고개를 돌려 조용히 길을 올려다본다. 아버지는 등을 구부리고 정면을 바라본다. 듀이 델 역시 길을 바라보고, 경계하고 거부하는 눈빛으로 나를 바라본다. 캐시가 품고 있는 의문과는 다른 의문을 잠시 억누르는 것처럼 보인다. 표지판이 지나간다. 흠집 없는 길이 굴러간다. 그때 듀이 델이 고개를 돌린다. 마차가 삐걱대며 나아간다.

캐시가 바퀴 위로 침을 뱉는다. "이제 이틀이 지나면 냄새가 나기 시작할 거야." 캐시가 말한다.

"그 말은 주얼에게 해야지." 내가 말한다.

교차로에 도달한 주얼이 꼿꼿한 자세로 말 위에 앉아 우리를 보고 있다. 맞은편에서 퇴색해가는 항복의 백기를 들고 있는 표지판 못지않게, 주얼에게 움직임이 없다.

"오랫동안 싣고 가기에는 균형이 맞지 않아." 캐시가 말한다.

"그 말을 주얼에게 해 봐." 내가 말한다. 마차가 삐걱대며 나아간다.

1마일 앞에서 주얼이 우리를 앞지르는데, 고삐를 뒤로 당길 때마다, 말이 목을 동그랗게 구부리고 빠르게 달린다. 주얼은 나무 같은 얼굴로 가볍게 균형을 잡고, 꼿꼿한 자세로 안장에 앉아 있는데, 망가진 모자가 뽐내는 각도로 비스듬히 기울어져 있다. 주얼이 우리를 쳐다보지 않고 빠르게 지나간다. 진창에서 달리는 말의 말굽이 쉭 소리를 낸다. 뒤로 날아간 진흙 덩이가 관 위에 떨어진다. 캐시가 몸을 앞으로 굽혀 공구 상자에서 연장을 꺼내 조심스레 진흙을 제거

한다. 화이트리프 강을 건너는 길에 이르자 캐시가 그 근처에 늘어진 버드나무 가지를 꺾어 젖은 잎으로 얼룩을 문질러 없앤다.

앤스

사람이 살기 힘든 곳이다. 힘들다. 주님께서 땀 흘리라고 말씀하신 주님의 땅에서, 땀 흘리며 간 8마일이 물에 떠내려갔다. 이 죄 많은 세상 어디에도 열심히 정직하게 일한 사람이 이득을 얻을 수 있는 곳은 없다. 시내에서 가게를 경영하면서, 땀 한 방울 흘리지 않고, 땀 흘리며 일하는 사람에 빌붙어 사는 사람들이나 이득을 얻는다. 농부처럼 열심히 일하는 사람들이 이득을 얻는 게 아니다. 그런데도 왜 계속 농사를 짓는지 가끔 궁금해진다. 천상에서 주는 보상이 있기 때문인데, 그곳에는 자동차 같은 것들을 가져갈 수 없다. 천상에서 만인은 평등할 것이고, 주님께서 가진 자의 것을 거두어 가지지 못한 자에게 줄 것이다.

　하지만 그건 정말 오래 기다려야 하는 일이다. 옳은 일을 한 것에 대한 보상이, 고인과 함께 무시당하는 것이라니 불쾌하다. 우리는 종일 달려서 해가 질 무렵 샘슨네에 도착했는데, 그곳에 있던 다리도 사라지고 없었다. 그렇게 강물이 많이 불어난 걸 본 적이 없다고들 하는데, 아직 비가 그치지 않았다. 어르신들은 살아생전에 강물이 이렇게 불어난 것을 본 적도 들은 적도 없다고 했다. 나는 주님의 선택을 받은 사람이다. 주님은 자신이 사랑하는 자를 징벌하시기 때문이다. 하지만 정말이지 주님은 그걸 기묘한 방식으로 보여주시는 것 같다.

하지만 이제 이를 해 넣을 수 있다. 그게 위안이 될 것이다. 그럴 것이다.

샘슨

일몰 직전이었다. 우리가 현관에 앉아 있었는데, 다섯 명이 탄 마차와 그 뒤로 말을 탄 남자가 길을 따라 올라왔다. 그중 한 사람이 손을 들었지만, 그들은 멈추지 않고 가게를 지나가고 있었다.

"저게 누구야?" 맥캘럼이 말한다. 그 이름이 생각나지 않는다. 레이프의 쌍둥이. 바로 그거였는데.

"뉴호프 너머 저 아랫마을에 사는 번드런이네." 퀵이 말한다. "주얼이 타고 있는 건 스놉스네 말이고."

"남은 말이 있는 줄 몰랐는걸." 맥캘럼이 말한다. "너희 집안에서 그 말들을 모두 거저 나눠 준 줄 알았어."

"그럼 가서 한 마리 얻어 보지 그래." 퀵이 말한다. 마차가 계속 움직인다.

"내 장담하는데 론 양반이 말을 거저 줬을 리가 없지." 내가 말한다.

"그렇고말고." 퀵이 말한다. "주얼이 아버지한테 산 거야." 마차가 계속 움직인다. "저 사람들, 다리에 관한 소식을 듣지 못했나 봐." 퀵이 말한다.

"그러나저러나 여기까지 와서 뭐 하는 거지?" 맥캘럼이 말한다.

"아내를 묻고 나서 쉬는 게 아닐까." 퀵이 말한다. "툴네 다리도 떠내려갔으니, 시내로 가는 길이겠지. 다리에 관해서 아무 말도 듣지 못했나 봐."

"그럼 날아가야겠는걸." 내가 말한다. "여기서 이샤타 입구까지 갈 수 있는 다리가 하나도 없을 텐데."

마차 안에 무언가가 있었다. 그러나 퀵이 3일 전에 장례식에 다녀왔기에, 저 사람들이 매우 늦게 집에서 출발했고 다리에 관한 소식을 전혀 듣지 못했다는 것 외에 우리는 당연히 다른 생각을 하지 않았다. "저 사람들에게 소리라도 질러야겠어." 맥캘럼이 말한다. 정말이지 이름이 맴돌 뿐 기억나지 않는다. 그래서 퀵이 소리를 질렀고, 그들이 멈추자 퀵이 마차로 가서 말했다.

퀵이 그들과 함께 돌아온다. "제퍼슨에 가는 길인데." 퀵이 말한다. "툴네 다리도 떠내려갔다는군." 퀵은 마치 우리가 아무것도 모르는 것처럼 말했는데, 콧구멍 주위로 얼굴이 웃기게 생겼다. 그들은 그냥 거기 앉아 있었다. 번드런과 여자아이 그리고 꼬마 아이는 의자에, 캐시와 사람들 입방아에 오르내리는 둘째는 개폐식 널빤지에 앉아 있었고, 나머지 한 명은 점박이 말에 타고 있었다. 내가 뉴호프까지 되돌아가서 어떻게 하는 게 더 나은지 캐시에게 얘기했는데, 이 사람들은 이런 일에 익숙해진 모양인지 캐시가 이렇게 말한다.

"우린 거기 갈 수 있어요."

나는 간섭하는 걸 그다지 좋아하지 않는다. 자기 일은 각자 자기 좋을 대로 하게 내버려 두어야 한다는 주의다. 하지만 이들이 시신을 처리할 전문 장의사를 고용한 것도 아니고 게다가 7월이라, 이 가족의 상황을 레이첼에게 말한 후, 나는 헛간으로 내려가서 번드런과 이 문제를 상의했다.

"아내에게 약속했소." 번드런이 말한다. "아내의 마음이 확고했답니다."

게으른 사람, 움직이는 것을 싫어하는 사람도 일단 출발하면 계속해서 움직이는 법이다. 가만히 있는 것도 마찬가지다. 그런 사람이 싫어하는 것은 움직임 그 자체가 아니라, 출발했다가 멈추는 것 같다. 그리고 그런 사람은 움직임이나 멈춤을 어렵게 하는 일이 생기면, 그게 무엇이든 굉장히 자랑스러워한다. 번드런은 등을 구부린 채 마차에 앉아, 눈을 껌뻑이며 다리가 얼마나 빨리 떠내려갔는지 물이 얼마나 많이 불었는지 우리 얘기를 듣더니, 정말이지 자기가 강물을 불어나게 한 것이라도 되는 양 자랑스러워 죽겠다는 듯 행동했다.

"강물이 이렇게나 많이 불어난 건 처음이라는 거죠?" 번드런이 말한다. "하늘의 뜻이죠." 번드런이 말한다. "아침이 돼도 강물이 줄어들 것 같지 않네요." 번드런이 말한다.

"오늘 밤은 여기서 묵고." 내가 말한다. "내일 아침 일찍 뉴호프로 출발해요." 뼈만 앙상하게 남은 그들의 노새가 불쌍했다. 레이첼에게 말했다. "날도 어두운데 집에서 8마일이나 떠나온 사람들을 외면하라는 거야? 다른 방도가 없잖아." 내가 말한다. "딱 하룻밤이고, 관은 헛간에 둘 테고, 틀림없이 아침 일찍 떠날 사람들이야." 그래서 나는 말한다. "오늘 밤 여기서 묵고, 내일 아침 일찍 뉴호프로 돌아가요. 나한테 연장도 충분히 있으니, 원하면 저녁 식사 후에 바로 사내아이들이 땅을 파고 준비할 수도 있답니다."라고 말하는데, 여자아이가 나를 보고 있다. 여자아이의 두 눈이 권총이었다면, 난 아마도 지금 이렇게 얘기하고 있지 못할 것이다. 그 두 눈은 마치 나를 불태워 버리려는 것 같았다. 그리고 내가 헛간에 내려갔을 때 우연히 그들을 보게 되었는데, 내가 오는 걸 알아채지 못하고, 여자아이가 말하고 있었다.

"엄마에게 약속하셨잖아요." 여자아이가 말한다. "아버지가 약속을 지킬 때까지 엄마는 떠나지 않을 거예요. 엄마는 아버지를 믿을 수 있다고 생각했어요. 약속을 지키지 않으면, 아버지에게 저주가 내릴 거예요."

"내가 약속을 지키지 않는다고 누가 그러더냐." 번드런이 말한다. "내 양심은 그 누구에게도 떳떳하다." "아빠 마음이 어떤지는 관심 없어요." 여자아이가 말한다. 여자아이는 속삭이는 듯 빠르게 말하고 있다. "엄마에게 약속하셨어요. 지키셔야죠. 아버지는———" 그때 여자아이가 나를 보더니, 그 자리에 서서 말을 멈춘다. 그 두 눈이 권총이었다면, 난 지금 이렇게 얘기하고 있지 못할 것이다. 그래서 내가 그 얘기를 했더니, 번드런이 말한다.

"아내에게 약속했소. 아내의 마음이 확고했답니다."

"하지만 아이는 엄마를 가까이에 묻고 싶어 하는 것 같은데, 그래야 아이가———"

"내가 약속한 건 아내 애디랍니다." 번드런이 말한다. "아내는 확고했답니다."

그래서 나는 다시 비가 올 것 같으니, 관을 헛간으로 옮기라 하고, 저녁이 거의 준비되었다고 말했다. 그러나 그들은 집 안에 들어가려 하지 않았다.

"고맙소." 번드런이 말한다. "폐를 끼치고 싶지 않습니다. 바구니에 먹을 게 좀 있으니, 그럭저럭 해결할 수 있답니다."

"그런데." 내가 말한다. "아내에게 각별한 걸 보니 말인데, 나도 그렇답니다. 식사 시간에 방문한 사람이 식사하려 하지 않으면, 아내가 모욕받았다고 생각할 겁니다."

그래서 여자아이가 레이첼을 도우러 부엌으로 갔다. 그리고 나니 주얼이 내게 온다.

"물론이지." 내가 말한다. "마구간 다락에서 꺼내 맘껏 먹이렴. 노새에게 먹이 줄 때 같이 먹이면 돼."

"차라리 돈을 내고 싶습니다." 주얼이 말한다.

"뭐 하러?" 내가 말한다. "말에게 먹이를 좀 주는 게 뭐 그리 아깝다고."

"차라리 돈을 내고 싶습니다." 주얼이 말한다. 뭔가 다른 의미가 있는 것 같았다.

"필요한 게 더 있니?" 내가 말한다. "말이 건초하고 옥수수를 안 먹는 거야?"

"먹이가 더 필요해요." 주얼이 말한다. "제가 먹이를 좀 많이 주는 편인데, 신세 지고 싶지 않습니다."

"난 말먹이를 돈 받고 파는 사람이 아니란다, 애야." 내가 말한다. "마구간 다락에 있는 먹이를 다 먹여도 돼. 오전에 헛간에 둔 관을 마차에 싣는 걸 도와주마."

"그 말 때문에 누구에게도 신세 진 적이 없습니다." 주얼이 말한다. "차라리 돈을 내고 싶습니다."

내가 너처럼 차라리라는 표현을 사용한다면, 넌 아예 여기 있지도 못할 거라고 말하고 싶었다. 하지만 난 그저 말한다. "그럼 이참에 신세 좀 지면 되겠구나. 난 말먹이를 팔지 않는단다."

저녁을 차린 후, 레이첼이 여자아이와 함께 가서 잠자리를 봤다. 하지만 그들 중 누구도 집 안으로 들어오려 하지 않았다. "아내가 죽은 지 여러 날이 지났으니 그런 어리석은 짓을 그만둘 때가 됐는데." 내가 말한다. 나도 누구 못지않게 고인을 존중하는 사람이다. 무엇보다 고인을 먼저 존중해야 하는 법인데, 나흘이나 관에 누워 있는 고인을 가장 존중하는 것은, 최대한 빨리 땅에 묻어 주는 것이다. 하지만 그들은 그렇게 하지 않으려 했다.

"집 안으로 들어가는 건 옳지 않습니다." 번드런이 말한다. "그럼요. 아이들이 안에서 자고 싶다면, 내가 아내 곁을 지키면 됩니다. 난 불만이 없습니다."

그래서 내가 거기 내려갔을 때, 그들은 모두 마차 주위에 쪼그리고 앉아 있었다. "꼬마 아이라도 집 안에서 자게 합시다." 내가 말한다. "그리고 너도 들어가자." 내가 여자아이에게 말한다. 간섭하려는 것은 아니었다. 그리고 정말 내 기억으로는 여자아이에게 아무 짓도 하지 않았다.

"아이는 벌써 자고 있답니다." 번드런이 말한다. 그들은 텅 빈 마구간 구유에 자리를 펴고 꼬마 아이를 눕혀 놨다.

"그럼 너라도 들어가자." 내가 여자아이에게 말한다. 그러나 여자아이는 여전히 아무 말도 하지 않았다. 그들은 그냥 거기에 쪼그리고 앉아 있었는데, 잘 보이지도 않았다. "너희는 어때?" 내가 말한다. "내일 온종일 고생해야 하잖니." 잠시 후 캐시가 말한다.

"감사합니다. 그럭저럭 괜찮습니다."

"신세 지고 싶지 않습니다." 번드런이 말한다. "친절에 감사합니다."

그래서 나는 거기 쪼그리고 앉아 있는 그들을 두고 자리를 떴다. 나흘이나 지난 후라 이런 일에 익숙해졌나 보다 하고 생각했다. 하지만 레이첼은 달랐다.

"이건 모욕이에요." 레이첼이 말한다. "모욕이라고요."

"그럼 어쩌겠어?" 내가 말한다. "아내에게 약속했다잖아."

"누가 그 사람 얘기래요?" 레이첼이 말한다. "누가 그 사람한테 신경이나 쓴대요?" 레이첼이 울면서 말한다. "당신이나 그 사람이나 세상 남자들은 살아생전에 우리 여자들을 그렇게 고문하더니, 죽어서는 이리저리 끌고 다니면서 무시하고――"

"자, 자." 내가 말한다. "당신 화났군."

"건드리지 말아요!" 레이첼이 말한다. "건드리지 말라고요!"

남자는 결코 여자를 알 수 없다. 한 여자랑 15년을 살았지만, 정말이지 알 수가 없다. 아내하고 여러 가지로 언쟁하리라 생각은 했지만, 죽은 지 나흘이나 된 시신 때문에, 그것도 여자 시신 때문에 언쟁하리라고는 정말이지 생각하지 못했다. 여자들은 남자들처럼 무슨 일이든 일어난 그대로 받아들이지 못해서, 삶을 고되게 만든다.

그래서 나는 누워서, 내리기 시작하는 빗소리를 들으며, 저 아래 마차 주위에 쪼그리고 앉아 있는 사람들과 비가 지붕에 떨어지는 소리, 저기 울고 있는 레이첼을 생각했는데 시간이 좀 흐르고 아내가 잠들었는데도 여전히 울음소리가 들리는 것 같았고, 그럴 리 없다는 것을 알면서도 그 냄새가 나는 것 같았다. 그때까지도 냄새가 나는 것인지 아닌지, 아니면 그게 무엇인지 알고 있어서 냄새가 난다고 생각하는 것은 아닌지 결정할 수 없었다.

그래서 다음 날 아침, 나는 거기에 내려가지 않았다. 노새를 마차에 매는 소리가 들리고 그들이 떠날 준비가 되었다는 걸 알고 난 후에야, 나는 현관 밖으로 나가 다리로 향하는 길을 따라 내려갔는데, 마차가 마당을 나와 뉴호프로 돌아가는 소리가 들렸다. 그리고 나서 집에 돌아왔는데, 내가 없어서 그들에게 아침 식사를 대접하지 못했다며 아내가 달려들었다. 도무지 여자를 알 수 없다. 여자들이 원하는 게 이거구나 하고 생각한 순간, 정말이지 생각을 바꿔야 하고 또 그렇게 생각한 대가로 질책받아야 한다.

그런데 아직도 그 냄새가 나는 것 같다. 그래서 가끔 착각하듯이, 관이 거기 있었다는 걸 알고 있기 때문이지, 실제로 냄새가 나는 게 아니라고 결정해 버렸다. 하지만 헛간에 갔을 때, 그게 아니라는 걸 알게 됐다. 중앙 통로로 걸어 들어가는데, 무언가 보였다. 내가 들어가자 무언가 웅크린 듯 서 있어서 처음에는 그들이 놓고 간 물건이라 생각했는데, 그게 무엇인지 보게 됐다. 말똥가리였다. 말똥가리는 주위를 둘러보고 나를 보고 중앙 통로 아래로 내려가서, 두 다리를 벌리고, 날개를 약간 구부리고, 나의 한쪽 어깨 너머를 먼저 보고 그런 다음 다른 쪽 어깨 너머를 보았다. 마치 대머리 노인 같았다. 말똥가리가 문밖으로 나가 날기 시작했다. 말똥가리는 한참 지나서야 공중으로, 마치 자기처럼 탁하고 무겁고 비를 가득 머금은 공중으로 날아올랐다.

그들이 제퍼슨으로 가고자 한다면, 맥캘럼이 그랬던 것처럼, 버넌 산으로 돌아갈 수도 있었을 것이다. 말을 타면 내일모레쯤 집에 돌아갈 수 있다. 그러면 시내까지 18마일이다. 그런데 이 다리마

저 유실됐으니, 주님의 뜻과 심판이 어떠한지 번드런이 알게 됐을 수도 있다.

맥캘럼 녀석. 끊어진 적은 있지만 그래도 12년 동안 나와 거래를 해왔다. 어렸을 때부터 알고 지내 온 터라, 나만큼이나 녀석에 대해 잘 알고 있다. 하지만 정말이지 그 이름이 도무지 생각나지 않는다.

듀이 델

표지판이 눈에 들어온다. 표지판이 길을 바라보고 있는 것처럼 보이는데, 그건 기다릴 수 있기 때문이다. 뉴호프. 3마일. 이렇게 쓰여 있을 것이다. 뉴호프. 3마일. 뉴호프. 3마일. 그런 다음 길이 다시 이어지고 숲속으로 굽어지면, 텅 빈 길에는 뉴호프 3마일이라고 쓰여 있는 표지판만 기다릴 뿐이다.

엄마가 돌아가셨다고 한다. 엄마가 좀 더 있다가 돌아가셨으면 좋았을 텐데. 그러길 바랄 시간이라도 있었으면 좋았을 텐데. 거칠고 격분한 땅에서 이건 너무 이르고 너무 이르고 너무 이르다. 엄마가 돌아가실 시기를 내가 결정하겠다는 게 아니라, 엄마의 죽음이 너무 이르고 너무 이르고 너무 이르다는 것이다.

이제 표지판의 글자가 보이기 시작한다. 뉴호프 3마일. 뉴호프 3마일. 이게 바로 시간의 자궁이라는 것이다. 점점 뻗어가는 뼈의 고통과 절망. 단단한 이음뼈 안에 사건으로 능욕당한 내장 표지판에 다가가니 캐시의 머리가 천천히 돌아간다. 창백하고 공허하고 슬프고 차분하고 질문이 있는 것 같은 캐시의 얼굴이 붉고 텅 빈 굽잇길을 따라간다. 뒷바퀴 옆에서 말을 타고 있는 주얼은 정면을 바라보고 있다.

다알의 눈에서 땅이 사라진다. 다알의 눈이 끝 지점을 향해 미끄러지듯 움직인다. 다알의 눈이 내 발에서 시작해 몸을 따라 올라와 얼굴로 이동한다. 그러자 내 옷이 사라진다. 노새가 서두르지 않지만 고되게 끄는 마차 위에, 나는 벌거벗은 채 앉아 있다. 다알에게 고개를 돌려보라고 한다 치자. 다알은 내가 말한 대로 할 것이다. 다알이 내가 말한 대로 하려란 걸 모르니? 한 번은 내 아래로 돌진하는 검은 공간 때문에 잠에서 깬 적이 있다. 나는 볼 수 없었다. 바더먼이 일어나 창가로 가서 물고기에 칼을 쑤셔 넣고, 피가 솟구치고 증기처럼 쉭 소리가 나는 걸 보면서도, 나는 볼 수 없었다. 다알은 내가 말한 대로 할 것이다. 늘 그러니까. 내가 설득하면 다알은 무엇이든 들어줄 것이다. 난 할 수 있다. 여기로 고개를 돌려보라고 한다 치자. 바로 그때 나는 죽었다. 그렇다고 치자. 우리는 뉴호프로 갈 것이다. 우리는 시내에 갈 필요가 없을 거다. 나는 일어서서 아직 쉭 소리를 내며 피가 솟구치는 물고기에서 칼을 뽑고, 다알을 죽였다.

바더먼과 같이 잠을 잘 때 악몽을 꾼 적이 있다 깨어있다고 생각했지만 볼 수도 느낄 수도 없었다 내가 누워 있는 침대도 느낄 수가 없었고 내가 누구인지 생각할 수 없었다 내 이름도 생각할 수 없었다 내가 여자인지도 생각할 수 없었다 생각할 수도 없었고 깨어나고 싶다는 생각도 생각할 수 없었고 깨어나는 것의 반대가 무엇인지도 기억할 수 없어서 그것도 하지 못했다 무언가 지나가고 있다는 것을 알았지만 시간을 생각조차 할 수 없었다 그러자 갑자기 무엇이 있다는 것을 알게 되었는데 그건 내 위로 부는 바람이었다 마치 바람이 원래 있던 곳에서부터 불어와 나를 날려버리려는 것 같았다 내가 방에 바람을 불어 넣고 있는 것도 아니었고 바더먼은 잠을 자고 있었고 그 모든 것들이 내 아래로 다시 내려와 맨다리 위를 스치며 가로지르는 시원한 비단 조각처럼 움직

였다

바람이 한결같이 슬픈 소리를 내며 소나무 숲에서 시원하게 불어온다. 뉴호프. 3마일이었다. 3마일이었다. 나는 신을 믿는다 나는 신을 믿는다.

"왜 뉴호프로 안 가요, 아빠?" 바더먼이 말한다. "샘슨 아저씨 말로는 우리가 뉴호프로 갈 거라 했는데, 길을 지나쳤어요."

다알이 말한다. "이봐, 주얼." 하지만 다알은 나를 바라보고 있지 않다. 하늘을 바라보고 있다. 말뚝가리가 못 박힌 것처럼 움직이지 않는다.

우리는 툴 아저씨네 앞길로 들어선다. 헛간을 지나 계속 움직이고, 바퀴가 진흙 속에서 질척거리며 거친 땅에 일렬로 심어진 초록빛 목화와 들판을 조금 가로질러 쟁기 뒤에 서 있는 버넌 아저씨를 지나간다. 우리가 지나갈 때 아저씨가 손을 들었는데, 우리가 지나간 뒤에도 아저씨는 오랫동안 우리의 뒷모습을 바라보며 서 있다.

"이봐, 주얼." 다알이 말한다. 말 위에 앉아 있는 주얼이 정면을 바라보고 있는데, 둘 다 나무로 만들어진 것 같다.

나는 신을, 신을 믿는다. 신을, 나는 신을 믿는다.

툴

 그들이 지나간 후, 나는 노새를 끌고 나와 봇줄을 노새의 등에 동그랗게 동여매고 뒤따라갔다. 내가 따라잡았을 때, 그들은 강둑 끝에 세워둔 마차에 앉아 있었다. 앤스는 거기에 앉아, 강물 안으로 가라앉아 양쪽 끝만 겨우 보이는 다리를 바라보고 있었다. 다리가 유실되었다는 사람들의 말이 거짓말이라고 내내 믿었던 것처럼, 그러면서도 실제로 다리가 유실되었기를 내내 바라왔던 것처럼, 앤스는 다리를 바라보고 있었다. 놀랐지만 약간 기분 좋은 듯, 나들이 바지를 입고, 마차에 앉아 입을 우물거리고 있었다. 빗질을 안 하고 잔뜩 차려입은 말처럼 보였다. 모르겠다.

 바더먼이 눈을 크게 뜨고 다리를 바라보고 있었는데, 다리 가운데는 물에 잠기고, 그 위로 통나무 같은 것들이 떠다니고, 축 늘어지고 흔들거리는 게 금방이라도 전부 사라질 것 같은 서커스를 보는 것 같았다. 듀이 델도 마찬가지였다. 내가 다가가자, 듀이 델이 나를 돌아보는데, 마치 내가 건드리기라도 한 것처럼, 그 두 눈에 불꽃이 튀며 굳어졌다. 그러더니 다시 앤스를 바라보고 다시 강물을 보았다.

강물은 양쪽 제방까지 올라와 있었고, 다리에서 물속으로 이어지는, 우리가 서 있는 혓바닥 모양의 땅을 제외하고 모두 물에 잠겨 있었다. 길과 다리의 예전 모습을 알지 못했다면, 어디가 강이고 어디가 땅인지 분간하지 못했을 것이다. 온통 황토색 천지에 강둑은 칼등보다도 넓지 않았고, 우리는 마차 안에 말과 노새 위에 앉아 있었다.

다알이 나를 바라보고 있었는데, 그때 캐시가 몸을 돌려 그날 밤 판자가 애디의 크기에 맞는지 가늠하던 눈빛으로 나를 바라보았다. 마음속으로 재면서 상대방에게 의견을 요구하지 않고, 상대방의 의견을 듣지 않는 척하면서도 다 듣고 있는 그런 눈빛이었다. 주얼은 움직이지 않았다. 주얼은 몸을 조금 앞으로 기울인 채 말 위에 앉아 있었다. 어제 다알과 함께 엄마를 실으러 돌아오면서 집을 지날 때와 똑같은 표정을 짓고 있었다.

"다리만 위로 나와 있으면, 건널 수 있는데." 앤스가 말한다. "마차를 몰고 바로 건널 수 있는데."

가끔 통나무가 잡다한 표류물 위로 나와, 구르고 뒤집히면서 여울이 있던 곳으로 떠내려갔다. 속도가 줄어들면서 통나무가 옆으로 빙그르르 돌다가 잠시 물 밖으로 나왔는데, 그것을 보고 여울이 있던 자리라는 것을 알 수 있었다.

"하지만 보이는 게 다가 아닐 수 있지." 내가 말한다. "유사(流沙)가 쌓여 있는 걸 수도 있어." 우리는 통나무를 바라본다. 그때 듀이 델이 나를 다시 바라본다.

"위트필드 목사님도 건넜어요." 듀이 델이 말한다.

"목사님은 말을 타고 건넜지." 내가 말한다. "그것도 사흘 전에.

그 후로 5피트나 강물이 불었단다."

"다리가 위로 나와 있으면." 앤스가 말한다.

통나무가 갑자기 위아래로 움직이더니 다시 떠내려간다. 쓰레기와 거품이 가득하고, 물소리가 들린다.

"그런데 다리가 무너져 내렸어." 앤스가 말한다.

캐시가 말한다. "조심만 한다면, 판자와 통나무 위를 걸어서 저쪽으로 건널 수 있을 것 같아요."

"그렇게는 관을 옮길 수 없단다." 내가 말한다. "판자와 통나무 더미에 발을 딛는 순간, 그 더미들이 다 사라질 거야. 네 생각은 어때, 다알?"

다알이 나를 바라보고 있다. 다알은 아무 말도 하지 않는다. 그저 사람들의 입방아에 오르내리게 하는 그 이상한 눈빛으로 나를 바라본다. 내가 늘 말했듯이, 다알이 사람들의 입방아에 오르내리는 것은 행동이나 말 때문이 아니라 그 눈빛 때문이다. 어떻게 해서든지 사람들의 마음속으로 들어가려는 것 같은 그 눈빛 말이다. 다알의 눈을 통해 나 자신과 행동을 들여다보는 것 같다. 그때 듀이 델의 시선이 느껴진다. 마치 내가 자기를 건드리기라도 한 것처럼, 나를 보고 있다. 듀이 델이 앤스에게 무언가를 말한다. "……위트필드 목사님이…." 듀이 델이 말한다.

"난 주님 앞에서 네 엄마에게 약속했다." 앤스가 말한다. "걱정할 필요가 없어."

그러나 앤스는 아직 노새를 출발시키지 않는다. 우리는 물 위 그곳에 앉아 있다. 또 다른 통나무가 잡다한 표류물 위로 튀어 오르더니 계속 떠내려간다. 통나무는 장애물을 만나 잠시 멈추었다가 여울이 있던 자리에서 천천히 돈다. 그러더니 계속 떠내려간다.

"오늘 밤에 강물이 줄어들기 시작할 수도 있잖나." 내가 말한다. "하루만 더 머무는 게 어때."

그때 말에 타고 있던 주얼이 몸을 옆으로 돌린다. 그때까지 움직이지 않던 주얼이 몸을 돌리고 나를 바라본다. 다소 파란 주얼의 얼굴빛이 붉으락푸르락하게 변했다. "빌어먹을. 돌아가서 밭이나 가세요." 주얼이 말한다. "빌어먹을. 누가 여기까지 따라오래요?"

"해를 주려고 한 말이 아니다." 내가 말한다.

"입 닥쳐, 주얼." 캐시가 말한다. 주얼이 이를 악물고 강물을 바라보는데 붉으락푸르락하던 얼굴이 다시 붉어진다. "그럼." 잠시 후 캐시가 말한다. "어떻게 하실래요?"

앤스는 아무 말도 하지 않는다. 입을 우물거리며 구부정하게 앉아 있다. "다리가 위로 나와 있으면 건널 수 있는데." 앤스가 말한다.

"어서요." 주얼이 말을 움직이며 말한다.

"잠깐만." 캐시가 말한다. 캐시가 다리를 바라본다. 앤스와 듀이 델을 제외한 나머지 사람들이 캐시를 바라본다. 그 두 사람은 강물을 바라본다. "듀이 델, 바더먼, 아버지는 걸어서 다리를 건너는 게 좋겠어요." 캐시가 말한다.

"버넌 아저씨가 도와주시면 되겠네요." 주얼이 말한다. "아저씨 노새를 우리 노새 앞에 매는 거예요."

"내 노새를 물속으로 끌고 들어갈 생각은 말아라." 내가 말한다.

주얼이 나를 바라본다. 그 눈이 깨진 접시 조각 같다. "망할 노새 값을 내면 되잖아요. 지금 당장 아저씨 노새를 살게요."

"내 노새를 물속에 들여보낼 수 없다." 내가 말한다.

"주얼이 자기 말을 이용할 거예요." 다알이 말한다. "왜 아저씨 노새는 안 되는 거죠?"

"입 닥쳐, 다알." 캐시가 말한다. "너랑 주얼 모두."

"내 노새를 물속에 들여보낼 수 없다." 내가 말한다.

다알

주얼이 말 위에 앉아, 버넌 아저씨를 노려보았는데, 주얼의 수척한 얼굴이 창백하고 경직된 눈 위까지 상기되어 있다. 15살이던 해 여름, 주얼은 잠의 마법에 걸렸었다. 내가 노새에게 먹이를 주러 간 어느 날 아침 젖소가 아직 외양간에 있었는데, 그때 아버지가 집으로 돌아가서 주얼을 부르는 소리가 들렸다. 우리가 아침을 먹으러 집에 돌아왔을 때, 주얼이 우유 담는 양동이를 들고 지나쳤는데, 마치 술에 취한 것처럼 비틀거렸고, 주얼이 소젖을 짜는 동안, 우리는 노새를 외양간에 들여놓고 들판으로 나갔다. 한 시간이나 지났는데도 주얼이 나타나지 않았다. 듀이 델이 우리 점심을 가지고 왔을 때, 아버지가 주얼을 찾아오라고 듀이 델을 보냈다. 주얼은 외양간 의자에 앉은 채 잠들어 있었다.

그 후 매일 아침 아버지가 가서 주얼을 깨웠다. 주얼은 저녁을 먹다가도 잠들었고 저녁 식사가 끝나자마자 또 잠들었는데, 내가 잠자러 가서 보면 죽은 사람처럼 누워 있었다. 그래도 아버지는 아침에 주얼을 깨워야 했다. 주얼은 일어나서도 거의 정신을 차리지 못했다. 아버지의 잔소리와 불평을 아무 말없이 참고, 우유 담는 양동이를 들고 헛간으로 갔다. 한 번은 반쯤 찬 양동이를 제자리에 두고 손목까지 우유에 담근 채 머리를 젖소 옆구리에 기댄 채 잠들어 있었다.

그 후로 듀이 델이 소젖을 짜야 했다. 주얼은 여전히 아버지가 깨우면 일어나서, 멍한 상태로 우리가 하라는 일을 했다. 열심히 일하려 애쓰는 것 같았고, 다른 사람들처럼 당황한 것 같았다.

"어디 아프니?" 엄마가 말했다. "괜찮은 거야?"

"예." 주얼이 말했다. "저 괜찮아요."

"걘 그냥 게으르고, 날 괴롭히려는 거야." 아버지가 말했는데, 아니나 다를까 주얼이 선 채로 잠들었다. "아니야?" 아버지가 대답하라고 주얼을 깨우면서 말했다.

"아니에요." 주얼이 말했다.

"오늘은 일을 쉬고 집에 있어라." 엄마가 말했다.

"농사지으려면 할 일이 얼마나 많은지 알고 있니?" 아버지가 말했다. "아프지 않다면, 도대체 뭐가 문제냐?"

"아무것도 아니에요." 주얼이 말했다. "저 괜찮아요."

"괜찮다고?" 아버지가 말했다. "지금도 서서 잠들었잖아."

"아뇨." 주얼이 말했다. "저 괜찮아요."

"오늘 하루 집에서 쉬게 해요." 엄마가 말했다.

"녀석이 필요하단 말이야." 아버지가 말했다. "우리 모두 일해도 벅차다고."

"캐시하고 다알이 있잖아요." 엄마가 말했다. "오늘 하루 쉬게 해요."

하지만 주얼이 그러려고 하지 않았다. "저 괜찮아요." 주얼이 돌아가면서 말했다. 하지만 주얼은 괜찮지 않았다. 누구라도 알 수 있었다. 살이 점점 빠지고, 도끼질하면서도 잠들었다. 위아래로 움직이는 괭이질 동작이 점점 작아지다 멈추면, 주얼은 뜨겁게 일렁이는 햇빛 아래 미동도 없이 괭이에 기대어 있었다.

엄마는 의사를 부르고 싶어 했지만, 아버지는 필요한 경우가 아니면 돈 쓰는 것을 원치 않았고, 수척해지고 아무 때나 잠드는 것을 제외하면, 주얼은 정말 괜찮아 보였다. 주얼은 충분히 배불리 먹었지만, 빵조각을 입에 반쯤 넣고 턱으로는 계속 씹으면서 식사 도중에 잠들어 버렸다. 하지만 주얼은 맹세코 괜찮다고 했다.

주얼이 하던 소젖 짜기를 듀이 델에게 시키고 약간의 보상을 준 것은 바로 엄마였다. 엄마는 저녁 식사 전에 주얼이 해 오던 다른 집안일도 듀이 델과 바더먼이 하도록 했다. 아버지가 없을 때는 엄마가 직접 그 일을 했다. 엄마는 주얼에게 먹일 특별한 음식을 만들어 숨겨 놓기도 했다. 아마 그때 처음으로 애디 번드런이 무언가 숨기고 있다는 걸 알게 된 것 같다. 기만이 판치는 세상에서는 기만만큼 나쁘고 영향력이 큰 것이 없으며 가난도 기만에 비할 게 못된다고 우리에게 가르쳐왔던 장본인이었다. 이따금 내가 잠을 자러 가면 엄마가 어둠 속에서 잠들어 있는 주얼 옆에 앉아 있곤 했다. 그래서 나는 엄마가 그 기만 때문에 자신을 미워하고, 주얼을 사랑해야 했는데 기만할 수밖에 없어서 주얼을 미워한다는 걸 알게 됐다.

엄마가 아팠던 어느 날 밤이었다. 나는 헛간에 가서 노새를 마차에 매고 툴 아저씨 집에 가려고 했는데, 손전등을 찾을 수 없었다. 전날 밤 못에 걸려 있던 손전등을 본 기억이 나는데, 자정인 지금 거기에 없었다. 그래서 나는 어둠 속에서 노새를 마차에 매고 갔다가, 날이 밝은 직후 툴 아주머니와 함께 돌아왔다. 그런데 그곳에 손전등이 있었다. 기억하고 있었지만 찾지 못했던 그곳에, 손전등이 못에 걸려 있었다. 그러던 어느 날 아침, 일출 직전에 듀이 델이 소젖을 짜고 있었다. 그런데 그때 주얼이 뒷벽에 있는 구멍을 통해 헛간에 들어왔고, 손에 손전등을 들고 있었다.

나는 캐시에게 말했고, 캐시와 나는 서로 바라봤다.

"발정이 난 거야." 캐시가 말했다.

"그러게." 내가 말했다. "그런데 손전등은 왜 필요하지? 그것도 매일 밤 말이야. 그러니 살이 빠지지. 주얼한테 말할 거야?"

"소용없을걸." 캐시가 말했다.

"걔가 지금 하는 일도 소용없는 건 마찬가지잖아."

"알아. 하지만 스스로 배워야지. 미래를 위해 힘을 아껴둬야 한다는 걸, 내일은 더 많은 기회가 있다는 걸, 스스로 깨달을 시간을 줘야지. 그러면 걔도 괜찮을 거야. 난 아무한테도 말하지 않을 거야."

"알았어." 내가 말했다. "듀이 델에게도 아무 말 말라고 했어. 어쨌든 엄마한테도 말이야."

"그럼. 엄마한테도 안 돼."

그 후 나는 매우 우습다는 생각이 들었다. 어처구니없이 행동하고, 기꺼이 그리고 죽은 듯 잠을 자고, 콩대를 받치는 막대기처럼 여위어서는, 식구들을 감쪽같이 속이는 자신이 똑똑하다고 생각하는 주얼이 우스웠다. 그러자 어떤 여자인지 궁금했다. 가능성이 있는 여자들을 모두 생각해 봤지만, 확실히 누구라고 말할 수 없었다.

"미혼은 아닐 거야." 캐시가 말했다. "어디 사는 유부녀일 거야. 젊은 여자가 이렇게 대담하고 끈기가 있을 리 없지. 그래서 마음에 안 들어."

"왜?" 내가 말했다. "주얼에게는 젊은 여자보다 유부녀가 더 안전하지. 판단력이 더 있으니까."

눈으로 더듬고, 하려던 말을 더듬거리며, 캐시가 나를 바라보았다. "이 세상에서 항상 안전한 것은 아닌데 사람들이……."

"안전한 것이 항상 최선은 아니라고 말하려는 거야?"

"그래. 최선." 캐시가 다시 더듬거리며 말했다. "그게 주얼에게…… 젊은 사내에게 좋은 것이, 최선은 아니야. 사람들은 그런 거 싫어해……. 다른 사람의 수렁에 빠져있는 거……." 바로 그것이 캐시가 하려던 말이다. 새롭고 단단하고 빛나는 것에는 단순히 안전한 것 이상의 어떤 것이 있는 법이다. 안전한 것은, 사람들이 오랫동안 해오던 거라 닳아빠져 있고, 안전한 일만 해서는, 이것은 전에 누구도 해본 적이 없는 일, 다시는 해낼 수 없는 일이라 말할 수 없다.

그래서 얼마 후, 밤새 집에서 잠을 잔 것처럼 꾸며낼 시간도 없이, 주얼이 갑자기 우리 옆에 나타나 밭일을 할 때도, 우리는 아무 말도 하지 않았다. 주얼은 아침에 배가 고프지 않다거나, 노새를 마차에 매는 동안 빵 조각을 먹었다고 엄마에게 말하곤 했다. 하지만 캐시와 나는 주얼이 밤마다 집에 없었다는 것, 그리고 숲에서 우리가 일하고 있는 밭으로 온다는 것을 알고 있었다. 하지만 우리는 말하지 않았다. 그즈음 여름이 거의 끝나가고 있었다. 우리는 밤에 시원해지기 시작하면, 주얼에게 그럴 마음이 없더라도 여자가 끝내리라는 것을 알고 있었다.

그러나 가을이 오고 밤이 길어지기 시작했을 때, 주얼이 달라진 점이라고는, 아버지가 깨울 때까지 침대에 누워 있다는 건데, 이런 일이 처음 시작되었을 때처럼 반백치의 상태에서 일어나긴 했지만, 밖에서 밤새던 때보다 반백치의 상태가 더 심해졌다는 것이다.

"그 여자 정말 정력 좋네." 내가 캐시에게 말했다. "그 여자에게 감탄했는데, 이제 정말 존경스러워."

"여자가 아니야." 캐시가 말했다.

"뭔지 아는구나." 내가 말했다. 하지만 캐시는 나를 빤히 바라보고만 있다. "그럼 뭐야?"

"그걸 알아내야지." 캐시가 말했다.

"밤새 숲에서 주얼을 미행하려는 거라면." 내가 말했다. "난 안 할래."

"미행하지 않을 거야." 캐시가 말했다.

"그럼?"

"미행하지 않을 거야." 캐시가 말했다. "그런 뜻으로 한 말이 아니야."

며칠이 지난 어느 날 밤, 주얼이 일어나 창문을 타고 밖으로 나가는 소리가 나고, 곧이어 캐시가 주얼을 뒤따라가는 소리가 났다. 다음 날 아침, 내가 헛간에 갔을 때, 캐시는 노새에게 여물을 먹이고 나서 듀이 델이 소젖 짜는 것을 도와주고 있었다. 그리고 캐시를 보았는데, 캐시가 내막을 알게 되었다는 걸 알 수 있었다. 이따금 캐시가 기묘한 표정으로 주얼을 바라보는 걸 포착했는데, 주얼이 어디서 무엇을 하는지 알아내고 이제야 진정으로 생각할 거리가 생긴 것 같은 표정이었다. 하지만 걱정하는 표정은 아니었다. 아버지는 주얼이 한다고 여전히 생각하고 엄마는 듀이 델이 한다고 생각하는 주얼 몫의 집안 일을 대신할 때에도, 캐시는 같은 표정을 지었다. 그래서 나는 잠자코 있었다. 캐시가 그 일을 마음속에서 헤아려 살피고 완전하게 이해하면 말해 줄 거라 믿었다. 하지만 캐시는 아무 말도 해주지 않았다.

  어느 날 아침—그 일이 시작된 지 다섯 달이 지나고 11월이 되었다—주얼은 침대에도 없고 우리가 일하던 들판에도 없었다. 그때 처음으로 무슨 일이 벌어지고 있었는지 엄마가 알게 되었다. 엄마는 바더먼을 보내 주얼이 어디 있는지 찾아보게 했고, 얼마 후엔 직접 나왔다. 기만이 조용히 그리고 반복적으로 이루어지면, 우리는 모두 부지불식간에 아니면 겁이 나서 기만을 부추기고 또 속아주는 것 같다. 모든 사람이 겁쟁이인데다가, 겉으로도 무난해 보이니 자연스레 갖은 배반을 선호하기 때문이다. 하지만 이제 우리는 모두—우리가 인정해 온 두려움에 대해 이심전심으로 합의에 도달한 결과—침대 커버를 던지듯 모든 것을 내던지고, 벌거벗은 채 꼿꼿이 앉아 서로를 바라보며, "이제 진실이 드러나는 거야. 주얼이 집에 오지 않았어. 무슨 일이 일어난 거야. 우리가 그런 일이 일어나도록 방치한 거야."라고 말하는 것 같았다.

  그때 주얼이 보였다. 말을 타고, 도랑을 따라 올라와 방향을 틀고 들판을 똑바로 가로질렀다. 말의 갈기와 꼬리가 털가죽에 반점 무늬를 스스로 만들어내려는 것처럼 움직이고 있었다. 주얼은 안장도 없이, 밧줄로 된 굴레를 잡고, 머리에 모자도 쓰지 않아, 마치 커다란 바람개비를 타고 있는 것 같았다. 그 말은 25년 전에 플렘 스놉스가 이곳에 데려온 텍사스 조롱말의 후손으로, 마리당 2달러에 경매했지만, 론 퀵 할아버지 말고는 아무도 길들이지 못했다. 퀵 할아버지는 아무에게도 그 말들을 나눠 주지 않았고, 지금까지 그 혈통 일부를 보유하고 있었다.

주얼이 전속력으로 달려와 멈추었는데, 발뒤꿈치가 말의 갈비뼈에 닿아 있었다. 말갈기와 꼬리 모양, 반점 무늬 털가죽이 그 안의 살과 뼈와는 무관하다는 듯, 말이 빙빙 돌며 춤을 추었다. 주얼이 말 위에 앉아 우리를 바라보았다.

"그 말은 어디서 난 거냐?" 아버지가 말했다.

"샀어요." 주얼이 말했다. "퀵 할아버지한테서요."

"샀다고?" 아버지가 말했다. "무슨 돈으로? 내 이름을 대고 외상으로 산 거냐?"

"제 돈으로 샀어요." 주얼이 말했다. "제가 벌었어요. 돈에 대해선 걱정하지 않아도 돼요."

"주얼." 엄마가 말했다. "주얼."

"괜찮아요." 캐시가 말했다. "주얼이 돈을 번 게 맞아요. 지난봄 퀵 할아버지가 새로 구획한 40에이커의 땅을 주얼이 일궜어요. 밤에 손전등을 켜놓고, 주얼 혼자 한 거예요. 제가 봤어요. 그래서 저 말을 사는데, 주얼 돈 말고 다른 사람 돈은 안 들었어요. 우리가 걱정할 필요가 없어요."

"주얼." 엄마가 말했다. "주얼———" 그리고 엄마가 말했다. "바로 집에 가서 자거라."

"아직은 안 돼요." 주얼이 말했다 "시간이 없어요. 안장하고 굴레를 사야 해요. 퀵 할아버지 말로는———"

"주얼." 엄마가 주얼을 바라보며 말했다. "내가 줄게——— 내가 줄게——— 줄게———" 그러더니 울기 시작했다. 엄마는 빛바랜 실

내복을 입고 그 자리에 서서, 얼굴을 가리지도 않은 채, 심하게 울었고, 말을 탄 주얼을 바라보고, 자신을 내려다보았다. 주얼의 얼굴이 차갑고 약간 질렸다는 표정으로 변하더니 재빨리 시선을 돌리자, 캐시가 다가와 엄마를 위로했다.

"집으로 들어가세요." 캐시가 말했다. "여기 땅이 엄마에겐 너무 축축해요. 이제 들어가세요." 엄마는 두 손으로 얼굴을 가리고 잠시 후 돌아갔는데, 쟁기 자국이 있는 곳에서 조금 비틀거렸다. 그러나 곧바로 몸을 바로 하고 앞으로 나아갔다. 엄마는 뒤돌아보지 않았다. 도랑에 도착했을 때, 걸음을 멈추고 바더먼을 불렀다. 바더먼은 말을 바라보며, 그 옆에서 위아래로 움직이며 춤을 추고 있었다.

"태워줘, 주얼." 바더먼이 말했다. "태워줘, 주얼."

주얼이 바더먼을 보더니, 말고삐를 뒤로 당기고, 시선을 돌렸다. 아버지가 주얼을 보며, 입을 우물거렸다.

"그래서 네가 말을 샀다 이거냐." 아버지가 말했다. "나 모르게 말을 샀다 이거지. 나한테 상의도 안 하고. 우리가 얼마나 팍팍하게 사는지 알면서도 말을 사고, 나보고 말을 먹일 돈을 대라는 거지. 네 혈육의 일을 빼앗고 그걸로 말을 사다니."

주얼이 아버지를 바라보았는데, 그 눈이 어느 때보다 창백했다. "아버지 돈으로는 한 입도 먹이지 않을 거예요." 주얼이 말했다. "한 입도요. 한 입이라도 먹으면, 제가 먼저 말을 죽일 거예요. 그러니 걱정하지 마세요. 조금도요."

"태워줘, 주얼." 바더먼이 말했다. "태워줘, 주얼." 바더먼의 목소리가 풀밭 속에서 작은 귀뚜라미가 내는 소리 같았다. "태워줘, 주얼."

그날 밤, 주얼이 잠자고 있는 침대 옆에 엄마가 앉아 있는 것을 보았다. 엄마는 심하게 울었는데, 아마도 조용히 울어야 했기 때문인지도 모른다. 어쩌면 기만에 대한 것과 마찬가지로 눈물에 대해 생각했기 때문인지도 모른다. 우는 자신을 미워하고, 또 울 수밖에 없어서 주얼을 싫어하는 것처럼 말이다. 그때 나는 내가 알고 있다는 것을 알게 됐다. 그날 듀이 델에 대해 알게 된 것처럼, 그날 나는 명확하게 알았다.

툴

 마침내 아이들이 앤스에게 어떻게 할지 물었고, 앤스와 듀이 델과 바더먼이 마차에서 내렸다. 하지만 우리가 다리 위에 있을 때도, 앤스는 계속 뒤를 돌아보았다. 마치 마차에서 내리면, 모든 게 폭발해서 자신은 다시 들판에 나가고, 아내는 집 안에 누워 죽기를 기다리고, 원점으로 돌아가 다시 시작할 수 있다고 생각하는 것 같았다.

 "자네 노새를 끌고 갈 수 있게 해주게." 앤스가 말한다. 다리가 우리 아래에서 흔들리고 기울어지더니, 맞은편 땅까지 깔끔하게 관통한 것처럼, 흙탕물 안으로 들어간다. 다른 쪽 끝은 같은 다리가 아니라는 듯 물 밖으로 솟아올라 있고, 그쪽에서 물 밖으로 걸어 나오려면 땅 밑에서 나와야 할 것처럼 보였다. 하지만 다리는 아직 이어져 있었다. 이쪽 다리 끝이 물에 잠겨 있지만, 다른 쪽 끝은 물에 잠겨 있지 않은 것처럼 보였다. 반대편에 있는 나무와 제방이, 마치 커다란 시계에 매달려 있는 것처럼, 앞뒤로 천천히 움직이고 있는 것을 보면 알 수 있었다. 통나무들이 가라앉은 다리에 긁히고 충돌하다가, 한쪽 끝이 위로 치켜진 채 기울어지고, 물 밖으로 완전히 치솟았다가 여울 쪽으로 굴러떨어지더니, 멈췄다가 미끄러지고 빙빙 돌며 거품을 일으킨다.

"그게 무슨 소용이 있겠나." 내가 말한다. "여울을 찾았는데 마차를 끌고 건너지 못하면, 노새가 세 마리인들 설사 열 마리가 있다고 한들 무슨 소용이 있겠나?"

"자네한테 부탁하지 않겠네." 앤스가 말한다. "나와 가족을 위한 일이라면, 난 언제든 할 수 있다네. 자네 노새를 위험에 빠뜨리는 일을 부탁하지 않겠어. 자네 가족이 죽은 것도 아니잖나. 자네를 탓하는 게 아니라네."

"내일까지는 돌아가서 기다려야 한단 말이네." 내가 말한다. 물이 차가웠다. 질척질척 녹기 시작한 얼음처럼 걸쭉했다. 하지만 살아 있는 것 같았다. 마음 한구석으로는 이게 그냥 물이라는 걸, 똑같은 다리 밑을 오랫동안 흘러온 똑같은 물이라는 걸 알고 있었다. 통나무가 물 밖으로 갑자기 뿜어져 나올 때, 마치 통나무가 물의 일부인 듯 기다렸다가 위협을 가하는 것이 놀랍지 않았다.

내가 놀란 건 우리가 강을 건너고 물 밖으로 나와 단단한 땅을 밟았을 때였던 것 같다. 다리가 건너편 제방 끝까지 이어져 있으리라고 기대하지 않았다. 또한, 익히 잘 알고 있고, 이전에도 밟아온 이 단단하게 길들어진 땅을 다시 밟으리라고 기대하지 못했던 것이다. 여기 서 있는 내가 마치 내가 아닌 것 같았다. 진정 나라면 방금 내가 한 것보다 훨씬 분별 있는 행동을 했을 것이다. 뒤를 돌아 다른 쪽 제방을 바라보니, 나의 노새가 내가 있던 곳에 서 있었다. 어쨌든 저곳으로 되돌아가야 한다는 것을 알았을 때, 정말이지 나는 내가 아닌 것 같았다. 도대체 내가 무엇 때문에 저 다리를 건넜는지 도저히 알 수 없었기 때문이다. 하지만 나는 여기에 있다. 코라가 시킨다

해도, 나는 이 다리를 두 번 건널 수 있는 사람이 아니다.

바더먼이였다. 나는 "여기, 내 손을 잡아"라고 말했고, 바더먼이 기다렸다가 내 손을 꼭 잡았다. 정말이지 바더먼이 돌아와서 나를 꼭 붙잡은 것 같은 느낌이었다. 마치 저 사람들이 아저씨를 해치지 못하게 할 거라 말하는 것 같았다. 크리스마스가 추수감사절과 함께 두 번 찾아오고 겨울을 지나 봄과 여름까지 이어지는 멋진 곳을 알고 있으니 자기와 함께 있으면 내가 괜찮을 거라고 얘기하는 것 같았다.

뒤를 돌아 나의 노새를 바라보았는데, 마치 망원경을 통해 보는 것 같았다. 저기 서 있는 노새가 보이고, 넓디넓은 땅이 보이고, 넓은 땅에 땀 흘려 지은 내 집이 보였다. 땀을 많이 흘릴수록 땅이 넓어지고, 땀을 많이 흘릴수록 집이 더 단단해지는 법이다. 코라를 위해서는 단단한 집이 필요하고, 코라를 지키려면 샘에 담가둔 우유병처럼 단단한 집이 필요하다. 단단한 우유병이나 물 많은 샘물이 필요하고 큰 샘물이 있다면, 단단하게 잘 만들어진 유리병을 갖고 싶다는 마음이 생긴다. 상한 우유건 아니건 그건 내 우유이기 때문이다. 사람이기에 상하지 않을 우유보다는 상할 우유를 마셔야 하기 때문이다.

바더먼이 내 손을 잡고 있는데, 바더먼의 손이 뜨겁고 확신에 차 있어서 내가 이렇게 말하는 것 같았다. 여기를 봐. 저기 노새가 보이지 않니? 노새가 여기 없는 것은, 여기서 볼일이 없기 때문이지, 노새에 불과해서가 아니란다. 가끔 아이가 어른보다 더 분별력이 있다는 것을 알게 된다. 하지만 어른은 아이가 수염이 날 때까지 그 사실을 인정하고 싶어 하지 않는다. 수염이 나면 아이들이 너무 바빠지고, 수염이 나기 이전의 분별력이 있던 상태로 돌아갈 수 있을지 잘 모르기 때문이다. 그때쯤에는 아이들도 어른과 마찬가지로 걱정할 가치가 없는 걸 똑같이 걱정하고 있을 거라서, 사실을 말해도 거리낄 것이 없다.

강을 건넌 후 우리는 그 자리에 서서 캐시가 마차를 돌리는 걸 바라보았다. 아이들은 오솔길이 제방 아래 강바닥 쪽으로 꺾어 들어가는 곳으로 마차를 몰고 돌아가고 있었다. 잠시 후 마차가 시야에서 사라졌다.

"우리도 여울로 가서 도울 준비를 해야겠어." 내가 말했다.

"아내에게 약속했다네." 앤스가 말한다. "그건 내게 신성한 거라네. 못마땅하겠지만, 아내가 하늘에서 자네에게 축복을 내려줄 걸세."

"이제 아이들이 위험천만한 물속에 들어가려면, 그 전에 먼저 지형을 잘 살펴봐야 할 텐데." 내가 말했다. "가세나."

"그건 되돌아가는 거잖나." 앤스가 말했다. "되돌아가면 행운이 따르지 않아."

앤스는 등을 구부리고, 슬픔에 잠긴 채, 그 자리에 서서, 흔들리고 기울어지는 다리 너머 텅 빈 길을 바라보았다. 듀이 델도 한쪽 팔에는 점심 바구니를, 다른 쪽 팔에는 꾸러미를 낀 채, 텅 빈 길을 바라보고 있었다. 그냥 시내에 가는 거구나. 시내에 가는 데만 관심이 있구나. 이들은 바나나 한 부대만 준다면 물불 안 가리고 모든 위험을 무릅쓰고 시내로 가려 할 것이다. "하루 늦추는 게 좋겠어." 내가 말했다. "내일 아침에는 강물이 좀 줄 테고. 오늘 밤에는 비가 안 올 수도 있잖나. 그러면 강물이 더 불어나지 않을 테니 말일세."

"약속했다네." 앤스가 말한다. "아내가 내 약속을 믿고 있다네."

다알

 우리 앞에 걸쭉하고 어두운 물살이 흐른다. 물살이 끊임없이 무수히 소곤거린다. 황토색 물살이 괴물처럼 움푹 들어가 소용돌이가 되었다가, 일순간 조용해지고 일순간 현저히 두드러지면서 수면을 따라 이동한다. 마치 수면 아래에 사는 거대한 생명체가, 나른한 경계 태세에서 잠시 깨어났다가 다시 가벼운 잠을 자려고 하는 것 같다.
 황토색 물살이 바큇살 사이에서 그리고 노새의 무릎 근처에서 꼬꼬댁거리며 소곤거린다. 마치 질주한 말이 땀 흘리며 거품을 물고 있는 것처럼, 노랗게 엉긴 표류물과 걸쭉하고 더러운 거품이 가득하다. 강물이 생각에 잠긴 듯한 구슬픈 소리를 내며 덤불 사이를 흐른다. 작은 돌풍에 기울어진 묘목과 풀어진 갈대가 강물에 잠긴 채 그림자도 없이 흔들린다. 마치 보이지 않는 철사로 높은 나뭇가지에 묶여 있는 것 같다. 끊임없이 흐르는 수면 위로—나무와 갈대, 덩굴들이—땅에서 잘려 나가 뿌리 뽑힌 채, 유령처럼 서 있다. 광활하면서도 폐허로 둘러싸인 황량한 광경에 쓰레기와 구슬픈 강물 소리가 가득하다.
 캐시와 나는 마차에 앉아 있다. 주얼은 마차의 오른쪽 뒷바퀴 옆에서 말에 앉아 있다. 말이 덜덜 떨면서, 길쭉한 분홍 얼굴에 옅은 파란색 눈을 거칠게 굴리고, 앓는 것처럼 드렁드렁 소리를 내며 숨을 쉬고 있다. 주얼은 균형을 잡고, 꼿꼿이 앉아, 조용히 계속 재빠르게 주위를 둘러본다. 주얼의 얼굴은 차분하고 약간 창백하며 경계하는 듯하다. 캐시의 얼굴 역시 근엄할 정도로 침착하다. 캐시와 나는 면밀히 살피는 표정으로, 방해받지 않고 서로의 눈을 통과하여 궁극의 비밀 장소로 빠져들어 가는 표정으로, 오랫동안 서로를 바라본다. 그 궁극의 비밀 장소에서, 캐시와 다알이 잠시 모든 오래된 공포와 오래된 예감 속에서, 노골적이고 뻔뻔하게, 기민하고 비밀스럽고 부끄럼 없이, 웅크리고 앉아 있다. 말을 하는 우리의 목소리가 조용하고 무심하다.

"우리는 아직도 길에 있는 것 같아. 그렇지."

"툴 아저씨가 커다랗고 하얀 떡갈나무 두 그루를 베어 버렸어. 예전에 강물이 얼마나 불어났는지 알려고 여울 옆에 떡갈나무를 나란히 심었다는 얘기를 들은 적이 있어."

"툴 아저씨가 2년 전에 그 나무들을 베서 통나무로 만들었지. 이 여울이 다시 필요하리라곤 생각지 못했을 거야."

"그랬겠지. 그래. 분명 그때였어. 그때 툴 아저씨가 여기서 엄청 많은 목재를 마련했어. 그걸로 대출금을 갚았다지."

"응, 그래. 그럴 거야. 버넌 아저씨라면 그렇게 했을 거야."

"사실 그렇지. 이 지방에서 벌목꾼이 제재소를 운영하려면 정말 좋은 농장이 필요하지. 아니면 가게라도. 버넌 아저씨라면 그렇게 했을 거야."

"그럴 거야. 참 대단한 분이셔."

"그래, 대단하지. 그런데, 여기 여울이 있어야 하는데 말이야. 아저씨가 그 낡은 길을 정비하지 않았다면, 여기서 목재를 반출하지 못했을 거야. 우린 아직도 길에 있는 것 같아." 캐시가 조용히 주변을 둘러본다. 몸을 이리저리 기울이며 나무의 위치를 바라보고, 바닥없는 길을 따라 뒤를 돌아보니 가지가 부러지고 쓰러진 나무의 위치 때문에 형체가 불분명해진 길이 하늘 높이 나 있는데, 마치 땅으로부터 떨어져 나온 길이 물에 잠겼다가 떠올라서는, 안전했던 옛 시절의 사소한 것들에 관해 우리가 지금 조용히 얘기하며 앉아 있는 이곳보다도 더 심각한 폐허가 된 이 유령 같은 흔적 안에 기념비를 남기려는 것 같다. 주얼이 캐시를 바라보고, 나를 바라보고, 그러고 나서 얼굴을 돌려 조용하면서도 부단히 현장을 탐색하는데, 말이 주얼의 무릎 사이에서 조용히 계속 떨고 있다.

"주얼이 천천히 앞으로 가면서, 여울의 형세를 살펴볼 거야." 내가 말한다.

"그래." 캐시가 나를 바라보지 않고 말한다. 앞에서 움직이는 주얼을 정면으로 바라보고 있는 캐시의 옆얼굴이 보인다.

"주얼이 강을 놓칠 리가 없어." 내가 말한다. "50야드 앞에서 보는데 놓칠 리가 없지."

캐시는 나를 바라보지 않고, 나는 캐시의 옆얼굴을 본다. "의심만 했더라면, 지난주에 와 봤을 텐데."

"그때는 다리가 있었잖아." 내가 말한다. 캐시는 나를 바라보지 않는다. "위트필드 목사님은 말을 타고 건넜어."

주얼이 우리를 다시 바라보는데, 표정이 진지하고 경계하듯 감정을 억누르는 것 같다. 주얼의 목소리가 조용하다. "내가 어떻게 하면 돼?"

"내가 지난주에 와 봤어야 했어." 캐시가 말한다.

"누가 알았겠어." 내가 말한다. "우리가 어떻게 알았겠어."

"내가 말을 타고 앞장설게." 주얼이 말한다. "내가 가는 대로 따라와." 주얼이 고삐를 당긴다. 말이 고개를 숙이고 움츠러든다. 주얼이 몸을 기울이고, 말에게 말을 걸면서, 거의 온몸을 이용해 말을 앞으로 밀어 올린다. 말이 조심스레 물을 헤치며 발을 내려놓는데, 거친 숨을 쉬며, 몸을 떨고 있다. 주얼이 말에게 소곤거리며 말한다. "가자." 주얼이 말한다. "널 다치게 하지 않을게. 자, 가자."

"주얼." 캐시가 말한다. 주얼은 뒤돌아보지 않는다. 주얼이 계속 고삐를 당긴다.

"말은 수영할 수 있어." 내가 말한다. "시간만 주면 말은 어떻게든……." 주얼이 태어났을 때, 상황이 좋지 않았다. 엄마는 등불 아래 앉아, 무릎 위에 베개를 놓고 그 위에서 주얼을 안고는 했다. 우리가 잠에서 깨어났을 때, 엄마는 그렇게 있곤 했다. 두 사람에게서 아무 소리도 나지 않았다.

"그 베개가 주얼보다 길었지." 캐시가 말한다. 캐시가 몸을 앞으로 조금 숙이고 있다. "지난주에 와 봤어야 했어. 그랬어야 했어."

"그랬지." 내가 말한다. "주얼의 발과 머리가 베개 양쪽 끝에 닿지 않았겠지. 다리가 유실될 지 어떻게 알았겠어." 내가 말한다.

"그랬어야 했어." 캐시가 말한다. 캐시가 고삐를 들어 올린다. 노새가 주얼이 지나간 흔적 안으로 움직인다. 살아있는 것처럼, 바퀴가 물속에서 소곤거린다. 캐시가 뒤를 돌아보고, 애디를 내려다본다. "균형이 안 맞아." 캐시가 말한다.

마침내 나무가 길을 연다. 탁 트인 강물을 배경으로, 주얼이 몸을 반쯤 틀어 말에 앉아 있는데, 말의 배까지 물에 잠겨 있다. 강 건너 버넌 아저씨와 아버지, 바더먼과 듀이 델이 보인다. 버넌 아저씨가 우리를 향해 손을 흔들면서 더 하류 쪽으로 내려가라고 손짓한다.

"상류로 너무 올라왔어." 캐시가 말한다. 버넌 아저씨가 우리를 향해 소리 지르고 있지만, 우리는 물소리 때문에 아저씨 말을 알아듣지 못한다. 강물이 이제 방해받지 않고 꾸준히 깊게 흘러서, 움직인다는 느낌이 들지 않는다. 그러다가 통나무 하나가 흘러 내려와 천천히 돈다. "조심해." 캐시가 말한다. 통나무가 흔들리더니 잠시 멈추었는데, 그 뒤에서 물살이 큰 파도를 만들고 통나무가 잠시 강물에 잠겼다가 솟아오르고 굴러떨어진다.

"저기야." 내가 말한다.

"그러네." 캐시가 말한다. "저기네." 우리는 버넌 아저씨를 다시 바라본다. 이제 아저씨가 팔을 위아래로 파닥거리고 있다. 우리는 버넌 아저씨를 보면서 천천히 그리고 조심스럽게 하류로 내려간다. 아저씨가 손을 내린다. "바로 여기네." 캐시가 말한다.

"좋아, 그럼 어서 건너자." 주얼이 말한다. 주얼이 말을 타고 나아간다.

"주얼, 기다려." 캐시가 말한다. 주얼이 다시 멈춘다.

"이런, 세상에———" 캐시가 말한다. 캐시가 강물을 보고, 뒤돌아 애디를 바라본다. "균형이 안 맞아." 캐시가 말한다.

"그럼 돌아가서 망할 다리를 걸어서 건너." 주얼이 말한다. "두 사람 모두. 마차는 나한테 맡겨."

캐시는 주얼에게 아무 관심이 없다. "균형이 안 맞아." 캐시가 말한다. "정말 그래. 잘 지켜봐야 해."

"지켜보라고, 젠장." 주얼이 말한다. "내가 몰 테니, 마차에서 내려. 맙소사. 마차를 몰고 강을 건너기가 무서우면……." 주얼의 두 눈이 표백된 나무 조각처럼 창백하다. 캐시가 주얼을 바라본다.

"우리가 마차를 몰고 건널 거야." 캐시가 말한다. "내 말대로 해. 너는 말을 타고 되돌아갔다가 걸어서 다리를 건너. 그리곤 밧줄을 챙겨 맞은편 제방에서 우리랑 만나는 거야. 버넌 아저씨가 네 말을 집으로 가져갔다가, 우리가 돌아올 때까지 맡아 주실 거야."

"닥쳐." 주얼이 말한다.

"밧줄을 가지고 제방으로 내려가서 준비하고 있어." 캐시가 말한다. "두 사람이면 충분해. 한 명은 마차를 몰고 다른 한 명은 균형을 잡고."

"빌어먹을." 주얼이 말한다.

"주얼한테 밧줄 끝을 잡고 상류 쪽을 건너서 만일의 사태에 대비하라고 하자." 내가 말한다. "그렇게 할래, 주얼?"

주얼이 나를 냉혹하게 바라본다. 주얼은 캐시를 휙 보고, 다시 나를 바라보는데, 그 눈이 경계하듯 냉혹하다. "상관없어. 그렇게 해서 뭐라도 한다면야. 여기 앉아서 두 손 놓고 있는 건...."

"그렇게 하자, 캐시." 내가 말한다.

"그렇게 해야겠다." 캐시가 말한다.

강 자체는 폭이 100야드가 되지 않았지만, 유일하게 눈에 보이는 거라고는 아버지와 버넌 아저씨, 바더먼과 듀이 델뿐이다. 이들은 오른쪽에서 왼쪽으로 약간 기울어진 무시무시한 폐허의 단조로움에서 벗어나 있다. 피폐한 세계가 마지막 낭떠러지를 바로 앞에 두고 가속하는 지점에 도달한 것처럼 보인다. 하지만 그들은 왜소해 보인다. 우리 사이에 있는 것이, 공간이 아니라 시간인 것 같다. 돌이킬 수 없는 시간. 시간이 우리 앞에서 일직선으로 달리다가 점점 사라지는 것이 아니라, 환상선처럼 우리 사이에서 나란히 달리는 듯하고, 거리도 두 곳 사이의 간격이 아니라, 그 선을 두 배로 늘린 것 같다. 노새들이 서 있는데, 몸의 앞쪽이 이미 약간 기울어져 있고, 엉덩이가 높이 들려 있다. 이제 노새들이 끙끙 소리를 내며 숨 쉬고 있다. 뒤를 한 번 돌아보고 우리를 훑고 지나가는 노새의 그 눈빛에 사나움과 슬픔, 심오한 절망이 서려 있다. 마치 자기들은 말할 수 없고 우리는 볼 수 없는 재앙의 모습을 이미 걸쭉한 강물에서 보기라도 한 듯하다.

캐시가 마차 안으로 되돌아간다. 애디 위에 손을 평평하게 놓고 조금 흔들어 본다. 차분한 얼굴로 고개를 아래로 숙이고 있는데, 무언가 계산하며 걱정하는 것처럼 보인다. 캐시가 연장통을 들어 올리더니 의자 밑으로 밀어 넣는다. 우리는 함께 애디를 앞으로 밀어 연장과 마차 바닥 사이에 끼워 넣는다. 그러고는 캐시가 나를 바라본다.

"아니." 내가 말한다. "내가 남을게. 우리 둘 다 잘못될 수 있으니까."

캐시가 연장통에서 둘둘 말려있는 밧줄을 꺼내 그 끝을 의자 기둥에 두 번 감은 후 묶지 않고 내게 건넨다. 다른 쪽 끝을 주얼에게 건네고, 주얼은 안장 머리에 있는 뿔에 밧줄을 감는다.

주얼이 말을 끌고 강물에 들어가야 한다. 말이 무릎을 높이 들고, 목을 구부린 채, 재미없고 짜증 나는 듯 움직인다. 주얼은 살짝 앞쪽에 앉아, 무릎을 조금 들고 있다. 민첩하고 경계하듯 차분한 주얼의 시선이 우리를 쓸고 지나간다. 주얼이 말을 달래는 듯 속삭이며, 말을 몰고 강물로 내려간다. 말이 미끄러져 안장까지 물에 잠겼다가, 발을 딛고 다시 솟아오른다. 거센 물살이 주얼의 허벅지에 닿는다.

"조심해." 캐시가 말한다.

"여기가 여울이야." 주얼이 말한다. "지금 오면 돼."

캐시가 고삐를 잡고 조심스럽게 그리고 능숙하게 마차를 몰면서 강물 안으로 들어간다.

우리를 잡는 물살이 느껴진다. 그 물살로 우리가 여울에 있다는 걸 알 수 있는데, 미끄러지는 물살의 감촉만이 우리가 조금이나마 움직이고 있다는 걸 말해 준다. 한때 평평했던 수면은 이제 잇닿아 있는 언덕과 골짜기처럼 우리 주위에서 올라갔다가 내려가고, 우리를 밀치고, 놀린다. 발밑에 단단한 것을 밟았다고 생각한 순간 헛되게도 그 느낌은 가볍고 나른한 촉감으로 바꾸어 버린다. 캐시가 뒤돌아 나를 보았는데, 그때 나는 모두 끝장났다는 걸 알았다. 나는 통나무를 보고 나서야 밧줄이 왜 필요한가를 깨달았다. 통나무가 물 위로 솟아오르더니, 솟구치고 너울지는 물결의 폐허 속에서, 마치 예수님처럼 수직으로 잠시 서 있다. 거기서 나와 물살에 몸을 맡기고 강이 굽어지는 곳까지 내려가 캐시가 말했다. 넌 할 수 있어 괜찮아. 아니, 내가 말했다. 이러나저러나 물에 젖을 거야.

강바닥에서 치솟기라도 한 듯, 언덕처럼 솟은 두 개의 물결 사이에서 통나무가 갑자기 나타난다. 노인이나 염소의 수염처럼, 긴 거품 덩이가 통나무 끝에 매달려 있다. 캐시가 내게 말할 때 나는 캐시가 내내 통나무를 주시해 왔고, 통나무를 주시하면서 우리보다 10피트 앞에 있는 주얼을 주시하고 있었다는 걸 알았다. "밧줄을 놔." 캐시가 말한다. 캐시는 다른 쪽 손을 아래로 뻗어 두 번 감았던 밧줄을 기둥에서 풀어 놓는다. "계속 가, 주얼." 캐시가 말한다. "통나무가 오기 전에 우리를 끌어내야 해."

　주얼이 말에게 소리친다. 무릎 사이에 있는 말을 또다시 온몸으로 밀어 올리는 것 같다. 주얼의 몸이 가까스로 여울의 수면 밖으로 나와 있다. 말은 발 디딜 곳이 있는지, 물 밖으로 반쯤 나온 젖은 몸을 반짝이며, 연속적으로 돌진하며 앞으로 밀고 나아간다. 말이 믿을 수 없을 만큼 빠르게 움직인다. 이를 보고 주얼은 밧줄이 풀렸다는 것을 깨닫고, 팔을 뻗어 톱질하듯 고삐를 쥐고 뒤돌아보는데, 통나무가 우리 사이에서 길고 느릿느릿 솟아오르더니 노새를 덮친다. 노새들도 통나무를 본다. 잠시 노새들이 물 밖에서 검게 빛난다. 그러자 하류 쪽에 있던 노새가 다른 노새를 끌고 사라진다. 통나무가 마차를 덮치자 여울 꼭대기에서 균형을 잡고 있던 마차가 옆으로 돌아가면서 위로 들린 채 기울어진다. 캐시가 몸을 반쯤 돌리고, 한 손으로 고삐를 바짝 당기고, 다른 쪽 손을 뒤로 뻗어 애디를 마차 위쪽 벽으로 밀어붙인 채, 물속으로 사라진다. "피해." 캐시가 조용히 말한다. "노새 가까이 가지 말고 물살에 몸을 맡겨. 그러면 강이 굽어지는 곳까지 갈 수 있어."

　"같이 가." 내가 말한다. 버넌 아저씨와 바더먼은 제방을 따라 달리고, 아버지와 듀이 델은 서서 우리를 바라보고 있다. 듀이 델은 바구니와 꾸러미를 팔에 끼고 있다. 주얼은 말을 되돌리려 애쓰고 있다. 눈을 크게 뜬, 노새 머리가 하나 나타난다. 노새는 사람처럼 소리 내며, 잠시 우리를 돌아본다. 노새 머리가 다시 사라진다.

　"돌아와, 주얼." 캐시가 소리친다. "돌아와, 주얼." 잠시 후 캐시가 애디와 연장을 팔로 받치고, 기울어지는 마차에 몸을 기대고 있다. 통나무가 솟아오르고 수염 난 통나무 앞쪽 부분이 다시 덮치고, 그 너머에 있는 주얼이 말을 일으켜 세우며, 비틀려 돌아간 말머리를 주먹으로 때린다. 나는 하류 쪽으로 마차에서 뛰어내린다. 언덕처럼 솟아오른 두 개의 물결 사이로 노새가 다시 한 번 보인다. 완전히 뒤집힌 채, 노새들이 잇달아 수면 위로 굴러 나오고, 땅과의 접촉을 잃었을 때처럼 다리가 뻣뻣하게 뻗쳐 있다.

바더먼

캐시의 노력에도 엄마가 떨어지고 다알은 물속으로 뛰어내려 물속에 있고 캐시는 엄마를 잡으라고 소리 지르고 나도 달리며 소리 지르고 소리 지르고 듀이 델은 나를 향해 바더먼 얘 바더먼 얘 바더먼 소리 지르고 엄마가 물 위로 떠오르는 것을 보고 버넌 아저씨가 나를 지나쳐가고 엄마가 다시 물속으로 들어가고 다알은 아직 엄마를 잡지 못했다

다알이 물 위로 올라오고 나는 엄마를 잡아 다알 엄마를 잡아 소리 질렀고 엄마가 너무 무거워서 다알은 돌아오지 않고 엄마를 계속 붙잡으러 다녀야 했고 물속에서는 엄마가 남자보다 빨리 움직이기 때문에 나는 엄마를 잡아 다알 엄마를 잡아 다알 소리 질렀고 다알은 손으로 더듬어 엄마를 찾아야 했고 노새들이 앞을 가로막고 있어도 다알이 가장 잘 찾으니까 다알이 엄마를 찾을 수 있을 거다 또다시 노새들이 다리를 뻣뻣하게 뻗은 채 수면 위로 굴러 나왔다가 다시 수면 아래로 굴러 들어가고 이제는 등이 위를 향해 있고 물속에서는 다른 남자나 여자보다 엄마가 더 빠르기 때문에 다알이 다시 해야 했고 나는 버넌 아저씨를 지나쳤는데 아저씨는 물에 들어가서

다알을 도와주려 하지 않았다 아저씨는 다알과 함께 엄마를 더듬어 찾으려 하지 않았고 아저씨는 알지만 도와주려고 하지 않았다

　노새들이 수면 위로 다시 떠오르고 다리가 뻣뻣해진 채 수면 아래로 내려가고 뻣뻣한 다리가 천천히 구르고 그러고 나니 다시 다알이고 나는 엄마를 잡아 다알 엄마를 잡아서 제방으로 가 다알 소리 질렀고 버넌 아저씨는 도와주려고 하지 않았고 그때 다알이 노새를 피하고 물속에서 엄마를 붙잡아 천천히 제방으로 오는데 엄마가 물속에서 안 나오려고 버티고 있기 때문이고 하지만 다알은 힘이 세고 다알이 천천히 오고 있고 천천히 오는 걸 보니 엄마를 붙잡은 거라서 도와주러 물 속으로 달려갔고 다알은 힘이 세고 물속에서 엄마를 계속 붙들고 있어서 나는 소리 지르는 것을 멈출 수가 없었다 엄마가 버틴다고 해도 다알이 엄마를 놓아주지 않을 거다 다알이 나를 바라보고 있었는데 엄마를 붙잡고 있을 거고 이제 됐다 이제 됐다 이제 됐다

　그때 다알이 물 밖으로 나온다. 다알의 몸이 천천히 올라오고 한참 후에 손이 올라오는데 엄마를 붙잡고 있어야 하는데 그래야 하는데 내가 견딜 수 있다. 그때 다알의 손이 올라오고 몸 전체가 물 밖으로 나온다. 나는 멈출 수가 없다. 그럴 시간이 없다. 가능하면 해 보겠지만, 다알이 빈손으로 물속에서 나와 물을 털어내고 또 털어내고 있다

　"엄마는 어디 있어, 다알?" 내가 물었다. "형은 엄마를 붙잡지 못했어. 엄마가 물고기라는 걸 알고 있으면서도 엄마가 가도록 내버려 둔 거야. 형은 엄마를 붙잡지 못했어. 다알. 다알. 다알." 나는 제방을 따라 달리기 시작했고, 노새들이 수면 아래에 있다가 다시 천천히 수면 위로 떠올랐다가 다시 수면 아래로 가라앉고 있었다.

툴

다알이 어떻게 마차에서 뛰어내렸고, 캐시가 거기 혼자 앉아 어떻게 관을 구하고 마차가 전복되는 것을 막으려 했는지, 제방까지 거의 왔던 주얼이 가지 않으려는 말을 끌고 가느라 얼마나 애썼는가를 코라에게 들려주었다. 코라가 말한다. "당신도 다알이 이상하고 똑똑하지 않은 아이라고 말하는 사람들 중 한 명이죠. 하지만 그 마차에서 뛰어내릴 만큼 지각 있는 사람은 다알이 유일해요. 앤스는 너무 영악해서 마차에 타고 있지도 않았겠죠."

"마차에 타고 있었다 하더라도 도움이 안 됐을 거야." 내가 말했다. "잘 건너고 있었는데, 그 통나무만 없었다면 잘 도착했을 텐데."

"통나무 때문이라니, 말도 안 되는 소리예요." 코라가 말했다. "그건 하느님이 내린 징벌이라고요."

"그러면 그걸 어떻게 어리석다고 할 수 있지?" 내가 말했다. "그 누구도 하느님의 징벌에 맞설 수 없잖아. 맞서려 하는 건 신성모독이니까."

"그런데 그 사람들은 왜 감히 하느님의 징벌에 맞서려는 거죠?" 코라가 말한다. "얘기해 봐요."

"앤스는 맞서지 않았어." 내가 말했다. "그래서 당신이 비난했던 거잖아."

"앤스가 있어야 할 곳은 거기였어요." 코라가 말했다. "앤스가 진정한 사내였다면, 자기가 감히 하지 못하는 일을 아들들에게 시키지 않고 거기 있었겠죠."

"당신이 무슨 말을 하려는 건지 모르겠어." 내가 말했다. "언제는 하느님의 징벌에 맞서려 했다며 무모하다더니, 또 이제는 앤스가 아이들과 함께 있지 않았다며 비난하잖아." 그러자 코라가 빨래하며 노래하기 시작했는데, 이제 사람들과 그들의 모든 어리석음을 포기했으니 하늘까지 먼저 나아가겠다는 듯한 표정으로 노래를 불렀다.

마차 아래에서 거세진 물살이 오랫동안 움직이지 못하던 마차를 여울에서 밀어내는 동안, 캐시는 관이 미끄러져 마차가 기울어지지 않도록, 점점 더 몸을 기울여 관을 받치고 있었다. 마차가 상당히 기울어지고 물살에 끝장날 것 같은 순간, 통나무가 떠내려갔다. 통나무가 마차 주변으로 오더니, 사람이 수영하는 것처럼 떠내려갔다. 통나무가 어떤 임무를 수행하러 왔다가 임무를 완수하고 가는 것처럼 보였다.

마침내 노새가 발길질하여 마차에서 떨어져 나오고, 잠시 캐시가 마차를 도로 잡은 것처럼 보였다. 마차와 캐시 모두 움직이지 않는 것처럼 보였고, 주얼만이 말을 마차로 돌리려 애쓰고 있었다. 그때 바더먼이 나를 지나쳐 달려가며 다알에게 소리 지르고, 듀이 델이 바더먼을 잡으려고 했는데, 노새들이 천천히 수면 위로 굴러 나오더니, 마치 뒤집히기를 망설이기라도 하는 것처럼 두 다리를 뻣뻣하게 벌리고 있다가, 다시 수면 아래로 굴러 들어갔다.

그때 마차가 전복되었고, 마차와 주얼, 말이 모두 한데 엉키었다. 캐시는 보이지 않았지만, 여전히 관을 받치고 있었다. 그때 말이 달려들어 물장구를 치는 바람에 도무지 분간할 수 없었다. 그때쯤 캐시가 관을 놓치고, 놓친 관을 붙잡으러 헤엄치고 있을 거라는 생각이 들어서 주얼에게 돌아오라고 소리치고 있었는데, 그때 갑자기 주얼과 말이 물속으로 들어갔다. 나는 모두 잘못되는 줄 알았다. 말은 이미 여울에서 밀려 나갔고, 물에 가라앉는 저 사나운 말과 저 마차 그리고 마차에서 떨어져 나온 관까지, 상황이 안 좋아질 거라는 걸 알고 있었기에, 나는 거기 무릎까지 오는 물속에 서서, 내 뒤에 있는 앤스에게 소리를 질렀다. "자네가 무슨 짓을 했는지 이제 알겠나? 자네가 무슨 짓을 했는지 이제 보이나?"

말이 물 위로 다시 올라왔다. 그제야 말이 머리를 들고 제방으로 향하고 있었는데, 그때 하류 쪽에서 누군가 안장을 붙잡고 있는 게 보였고, 나는 수영을 못하는 캐시를 찾으려고, 제방을 따라 달리며, 아직도 제방 아래에서 다알을 향해 소리를 질러대는 바더먼만큼이나 조악하게, 주얼을 향해 캐시가 어디 있냐고 바보처럼 소리 질렀다.

그래서 나는 물속으로 들어갔다. 바닥에 진흙이 있어서 미끄러지진 않았는데, 바로 그때 주얼이 보였다. 상류 쪽으로 힘껏 몸을 젖힌 주얼의 몸이 반쯤 물에 잠겨있길래, 어찌 되었든 거기가 여울이라는 걸 알 수 있었다. 그때 밧줄이 보였는데, 주얼이 여울 바로 아래 처박힌 마차를 잡고 있던 곳에서 물이 불어나고 있었다.

자연인처럼 신음하고, 낑낑거리고 물을 튀기며, 제방 위를 오르는 말을 붙잡은 것은 캐시였다. 내가 다가가자 말이 안장을 붙들고 있는 캐시를 제치려고 마구 발길질하고 있었다. 물속으로 미끄러져 들어가는 캐시의 얼굴이 잠시 보였다. 캐시의 얼굴은 잿빛이었는데, 눈은 감겨 있었고 얼굴에는 진흙이 가로로 길게 묻어 있었다. 그러다가 미끄러지고 물속에서 몸이 뒤집혔다. 마치 제방에 대고 위아래로 비벼가며 세탁 중인 오래된 옷 무더기처럼 보였다. 캐시는 얼굴을 강물에 묻고, 위아래로 조금씩 흔들리면서, 강바닥에 있는 무언가를 바라보고 있는 것 같았다.

밧줄이 끊어져서 물속으로 들어가는 것이 보였는데, 마치 그 일을 하지 않으려는 듯, 육중한 마차가 쿵 떨어지며 게으름 피우듯 앞으로 쏠리고, 끊어진 밧줄은 쇠막대처럼 세차게 물속으로 빨려 들어가고 있었다. 빨갛게 달궈진 쇠막대 위를 흐르는 것처럼, 밧줄 위로 물소리가 쉭쉭거렸다. 마치 우리가 강바닥에 박힌 곧은 쇠막대기의 한쪽 끝을 붙잡고 있는 것 같았다. 마차가 느긋하게 게으름 피우듯 위아래로 움직이고 있었는데, 우리 뒤로 돌아왔다는 듯, 마차가 우리를 밀고 찌르는데, 그 느긋한 모습이 그 일을 하지 않기로 결심이라도 한 것처럼 보였다. 풍선처럼 부푼 새끼돼지 한 마리가 지나갔다. 론 퀵네 점박이 새끼돼지였다. 새끼돼지는 쇠막대기 같은 밧줄에 부딪혀 튕기고 계속 떠내려갔고, 우리는 밧줄이 기운 채 물속으로 들어가고 있는 모습을 지켜보았다.

다알

캐시가 돌돌 만 옷에 머리를 받치고, 땅바닥에 등을 대고 누워있다. 눈은 감겨 있고, 얼굴은 잿빛이고, 머리카락은 붓으로 칠한 것처럼 이마를 가로질러 매끄럽게 달라붙어 있다. 얼굴이 약간 내려앉은 것처럼 보인다. 피부를 팽팽하게 해주던 단단함이 물에 젖어 풀어져 버린 것처럼, 눈구멍 주위의 뼈에서부터 코, 잇몸이 처져있다. 창백한 잇몸에 박혀 있는 이가 조용히 웃는 듯 조금 벌어져 있다. 젖은 옷을 입은 채 누워 있는 캐시의 몸은 막대기처럼 가늘고, 머리맡에는 작은 토사물 웅덩이가 있다. 고개를 빨리, 아니 충분히 뒤로 젖힐 수 없었는지, 토사물이 입 가장자리에서 볼 아래로 실 가닥처럼 흘러내리고 있었고, 듀이 델이 몸을 굽혀 토사물을 옷자락으로 닦아낸다.

주얼이 다가온다. 대패를 들고 있다. "버넌 아저씨가 직각자를 찾았어." 주얼이 말한다. 물을 뚝뚝 흘리며, 캐시를 내려다본다. "캐시가 아직도 말을 안 해?"

"캐시한테 톱이랑 망치, 분필선, 자가 있었어." 내가 말한다. "그건 내가 알아."

주얼이 직각자를 내려놓는다. 아버지가 주얼을 바라본다. "멀리 가지 못했을 거다." 아버지가 말한다. "몽땅 사라져 버렸다. 이렇게 운이 없는 사람이 있을까."

주얼은 아버지를 보지 않는다. "바더먼을 여기로 다시 부르는 게 좋겠어요." 주얼이 말한다. 주얼은 캐시를 바라본다. 그러고는 돌아서서 가 버린다. "되도록 빨리 캐시가 말할 수 있도록 해 봐." 주얼이 말한다. "그래야 뭐가 더 있었는지 알지."

우리는 강으로 되돌아간다. 불어난 강물에서 완전히 끌어낸 마차는 바퀴에 받침나무를 괸 채 (조심스럽게: 우리 모두 도왔다. 불과 한 시간 전에, 마차를 끌던 노새를 죽인 폭력이, 허름하고 낯익고 망가진 마차 어딘가에 잠재되어 있다가, 당장에라도 튀어나올 것 같았다.) 물가에 놓여 있다. 관이 마차 바닥 깊숙이 놓여 있는데, 창백하고 긴 판자는 물에 젖어 빛이 약간 바랬지만, 진흙이 길게 묻어있는 두 군데를 제외하면, 물속에서 본 황금빛처럼 여전히 노랗다. 우리는 마차를 지나 제방으로 간다.

밧줄 한쪽 끝이 나무에 단단히 매여 있다. 바더먼이 무릎까지 물에 잠기는 강가에 서서, 몸을 약간 앞으로 구부리고, 넋 나간 듯 몰입한 채, 버넌 아저씨를 바라보고 있다. 바더먼은 더 이상 소리를 지르지 않았고 겨드랑이까지 젖어 있다. 어깨까지 강물이 차오르는 곳에서, 버넌 아저씨가 다른 쪽 밧줄 끝을 잡고, 바더먼을 돌아본다. "그보다 더 뒤로." 아저씨가 말한다. "나무 있는 데까지 가서 밧줄을 잡아주거라. 미끄러지지 않게."

바더먼이 밧줄을 따라, 앞을 보지 않고 아저씨를 보면서, 뒷걸음질하여 나무로 간다. 우리가 다가가자, 바더먼이 둥글고 약간 멍한 눈으로 우리를 한번 바라본다. 그러더니 몰입한 듯 경계하는 자세로 다시 버넌 아저씨를 바라본다.

"망치도 찾았어." 버넌 아저씨가 말한다. "분필선을 진즉 찾았어야 했는데. 떠내려갔나 보다."

"완전히 떠내려간 거죠." 주얼이 말한다. "찾지 못할 거예요. 하지만 톱은 찾아야 해요."

"그렇지." 버넌 아저씨가 말한다. 아저씨가 강물을 본다. "그 분필선도 찾아야 하는데. 또 뭐가 있었지?"

"캐시가 아직 말을 못해요." 주얼이 강물로 들어가며 말한다. 주얼이 뒤돌아 나를 바라본다. "돌아가서 캐시를 깨우고 말 좀 하게 해 봐." 주얼이 말한다.

"아버지 계시잖아." 내가 말한다. 나는 주얼을 따라 밧줄을 잡고 강물로 들어간다. 내 손안에 있는 밧줄이 마치 살아있는 것처럼 느껴진다. 약간 불룩해진 밧줄이 원호 모양을 따라 길게 공명한다. 버넌 아저씨가 나를 바라보고 있다.

"넌 돌아가는 게 좋겠다." 아저씨가 말한다. "거기 있는 게 나아."

"물에 떠내려가기 전에 뭐라도 더 찾을 수 있는지 보죠." 내가 말한다.

우리는 밧줄을 잡고 있고, 물살이 우리 어깨 주변에서 동글게 말리며 잔물결을 일으킨다. 하지만 그 거짓 온화함 아래로, 물살의 진짜 힘이 우리를 느릿느릿 밀고 있다. 7월인데 물이 이렇게 차가우리라고는 생각지 못했었다. 손처럼 생긴 바늘이 뼈의 윤곽을 만들고 뼈를 찔러대는 것 같다. 버넌 아저씨는 아직도 제방 쪽을 뒤돌아보고 있다.

"밧줄이 버텨 줄까?" 아저씨가 말한다. 우리는 물속에서부터 나무까지 팽팽하게 이어진 밧줄을 따라 뒤돌아보고, 바더먼은 나무 옆에 쪼그리고 앉아 우리를 바라보고 있다. "내 노새가 집으로 가지 않아야 할 텐데." 버넌 아저씨가 말한다.

"어서." 주얼이 말한다. "여기서 나가요."

차가운 물의 벽이 우리 발밑에서 비스듬히 기운 진흙을 뒤로 그리고 상류로 빨아들인다. 우리는 밧줄을 붙잡고, 서로를 움켜잡은 채, 차례로 물속으로 들어가고, 차가운 강바닥을 따라 더듬으며 그렇게 매달려 있다. 강바닥의 진흙도 가만히 있지 않는다. 우리 밑에 있는 땅이 움직이기라도 하는 것처럼, 차가운 진흙이 빠르게 움직인다. 우리는 팔을 뻗어 서로 만지고 더듬으면서, 밧줄에 기대어 조심스럽게 움직인다. 그렇지 않으면 차례로 일어서서, 나머지 두 사람이 수면 아래에서 더듬는 곳을 향해 물이 빨려 들어가 비등하는 것을 바라본다. 아버지가 강가로 내려와 우리를 바라보고 있다.

버넌 아저씨가 물을 줄줄 흘리며 물 밖으로 나온다. 물이 아저씨의 경사진 얼굴을 타고 내려가, 오므리고 숨을 내쉬는 입속으로 흘러 들어갈 것 같다. 비바람에 풍화된 고무 고리처럼, 아저씨 입술이 푸르스름하다. 아저씨가 자를 들고 있다.

"캐시가 기뻐할 거예요." 내가 말한다. "완전히 새 거거든요. 카탈로그를 보고 지난달에 산 거예요."

"뭐가 더 있는지 확실히 알기만 해도 좋을 텐데." 버넌 아저씨가 말한다. 어깨 너머를 바라보고, 몸을 돌려 주얼이 사라진 곳을 바라본다. "주얼이 나보다 먼저 물속에 들어가지 않았니?" 버넌 아저씨가 말한다.

"모르겠어요." 내가 말한다. "그런 것 같아요. 예. 맞아요."

우리는 동글게 말리는 걸쭉한 수면이 완만한 나선형 소용돌이를 이루며 우리에게서 멀리 흘러가는 것을 바라본다.

"주얼이 붙잡고 있는 밧줄을 당겨 봐라." 버넌 아저씨가 말한다.

"주얼은 아저씨 쪽 밧줄 끝을 잡고 있어요." 내가 말한다.

"내 쪽 끝에 아무도 없는데." 아저씨가 말한다.

"줄을 당기세요." 내가 말한다. 아저씨는 이미 물 위로 밧줄 끝을 잡고 밧줄을 당기고 있었다. 그때 주얼이 보인다. 주얼은 10야드 떨어진 곳에 있다. 주얼이 물을 내뿜으며 물 위로 올라와 고개를 휙 젖히고 긴 머리카락을 뒤로 넘기며 우리를 바라보고, 제방 쪽을 본다. 주얼이 폐에 공기를 채우고 있다.

"주얼." 버넌 아저씨가 말한다. 크지는 않지만, 성량이 풍부하고 분명하며 단호하지만 재치 있는 아저씨의 목소리가 물을 따라 흘러간다. "이제 돌아와라."

주얼이 물속으로 다시 들어간다. 우리는 물살을 등지고, 거기에 서서, 주얼이 사라진 곳의 물을 바라본다. 소방 호스의 분사구를 들고 물이 나오기를 기다리고 있는 사람들처럼, 우리 두 사람은 쓸데없는 밧줄을 들고 있다. 갑자기 듀이 델이 우리 뒤 물속에 있다. "주얼보고 돌아오라고 해." 듀이 델이 말한다. "주얼!" 듀이 델이 말한다. 주얼이 다시 물 위로 올라오고, 눈에 붙은 머리카락을 뒤로 젖힌다. 주얼은 이제 제방을 향해 수영하고, 물살이 그의 사지를 찢어 버리기라도 하려는 듯, 주얼을 하류 쪽으로 쓸어내고 있었다. "야, 주얼!" 듀이 델이 말한다. 우리는 밧줄을 잡고 서서 주얼이 제방에 다다르고 제방을 넘는 걸 바라본다. 주얼이 물에서 나와 몸을 숙이더니 무언가를 집어 들고, 제방을 따라 돌아온다. 주얼이 분필선을 찾았다. 주얼이 우리 맞은편으로 와 그 자리에 서서, 무언가를 찾고 있는 것처럼 주위를 둘러본다. 아버지가 제방을 내려간다. 강이 굽어 물살이 약한 곳에, 서로 조용히 스치며 둥둥 떠다니는 노새들의 둥근 시체를 보러 돌아가고 있다.

"망치는 어쩌셨어요, 버넌 아저씨?" 주얼이 말한다.

"저 아이에게 주었지." 버넌 아저씨가 바더먼을 향해 머리를 홱 움직이며 말한다. 바더먼이 눈으로 아버지를 좇고 있다. 그러더니 주얼을 본다. "직각자도 함께 주었다." 버넌 아저씨가 주얼을 바라보고 있다. 아저씨가 듀이 델과 나를 지나 제방으로 향한다.

"넌 여기서 나가." 내가 말한다. 듀이 델은 아무 말도 하지 않고, 주얼과 바더먼을 바라본다.

"망치는 어디 있니?" 주얼이 말한다. 바더먼이 종종걸음으로 제방에 올라가 망치를 가져온다.

"망치가 톱보다 무겁지." 버넌 아저씨가 말한다. 주얼이 분필선 끝을 망치 손잡이에 동여맨다.

"망치에 나무가 제일 많이 들어가니까요." 주얼이 말한다. 주얼과 버넌 아저씨가 서로 마주 보고, 주얼의 손을 바라본다.

"다듬개도 나무가 많이 들어가지." 버넌 아저씨가 말한다. "다듬개가 물에 뜰 확률은 3분의 1이야. 거의 그래. 대패로 시험해 보렴."

주얼이 버넌 아저씨를 바라본다. 버넌 아저씨도 키가 크다. 길고 호리호리한 두 사람은, 젖어서 몸에 밀착된 옷을 입은 채, 서로의 눈을 바라보며 서 있다. 론 퀵이라면 구름 낀 하늘을 보고도 10분 단위로 시간을 알 수 있을 거다. 아들 론 말고 아버지 론 말이다.

"물에서 나오는 게 어때?" 내가 말한다.

"대패는 톱처럼 물에 뜨지 않을 거예요." 주얼이 말한다.

"대패는 망치보다 톱에 가까우니 물에 뜰 거다." 버넌 아저씨가 말한다.

"내기해요." 주얼이 말한다.

"난 내기를 안 한단다." 버넌 아저씨가 말한다.

두 사람은 그 자리에 서서, 주얼의 움직이지 않는 손을 바라본다.

"제기랄." 주얼이 말한다. "그럼 대패로 해 보죠."

그래서 두 사람은 대패를 분필선에 묶고 다시 물속으로 들어간다. 아버지가 제방을 따라 돌아온다. 아버지는 잠시 걸음을 멈추고, 쇠약한 수소나 덩치 큰 늙은 새처럼, 등을 구부리고, 애절하게, 우리를 바라본다.

버넌 아저씨와 주얼이 돌아와, 물살에 기대고 있다. "비켜." 주얼이 듀이 델에게 말한다. "물 밖으로 나가."

듀이 델은 두 사람이 지나갈 수 있도록 나를 밀친다. 마치 깨지는 물건이라도 되는 듯, 주얼이 대패를 높이 들고 있다. 파란색 분필을 바른 분필선이 주얼의 어깨 너머로 늘어져 있다. 두 사람은 우리를 지나 멈추고, 마차가 전복된 장소를 두고 조용히 언쟁하기 시작한다.

"다알이 알 거야." 버넌 아저씨가 말한다. 두 사람이 나를 본다.

"모르겠어요." 내가 말한다. "그곳에 그렇게 오래 있지 않았거든요."

"제기랄." 주얼이 말한다. 두 사람은 물살에 기댄 채, 발로 여울을 읽으며, 조심조심, 움직인다.

"밧줄을 잡고 있지?" 버넌 아저씨가 말한다. 주얼은 대답하지 않는다. 계산하는 것처럼, 강가를 흘긋 바라보고, 강물을 바라본다. 대패를 바깥쪽으로 던지자, 분필선 줄이 손가락 사이를 빠져나가면서 줄에 닿은 주얼의 손가락이 파랗게 변한다. 분필선이 멈추고, 주얼이 버넌 아저씨에게 분필선을 건넨다.

"이번에는 내가 해보지." 버넌 아저씨가 말한다. 주얼은 이번에도 대답하지 않는다. 주얼이 수면 아래로 몸을 획 수그린다.

"주얼." 듀이 델이 훌쩍이며 말한다.

"저긴 그렇게 깊지 않아." 버넌 아저씨가 말한다. 아저씨는 뒤돌아보지 않는다. 주얼이 들어간 강물을 바라보고 있다.

주얼이 물 위로 나올 때 톱을 들고 있다.

우리는 마차를 지나간다. 아버지는 마차 옆에 서서, 진흙이 묻어 있는 두 군데를 한 줌의 나뭇잎으로 문지르고 있다. 숲을 등지고 서 있는 주얼의 말이 빨랫줄에 널어놓은 조각보 이불 같다.

캐시는 여태 움직이지 않는다. 우리는 대패와 톱, 망치, 직각자, 자, 분필선을 들고 서서, 캐시를 내려다보고, 듀이 델은 웅크리고 앉아 캐시의 머리를 들어 올린다. "캐시." 듀이 델이 말한다. "캐시."

캐시가 눈을 뜨고, 거꾸로 된 우리 얼굴을 뚫어지게 올려다본다.

"이렇게 운이 없는 사람이 있을까." 아버지가 말한다.

"어이, 캐시." 우리는 캐시가 볼 수 있도록 연장을 들어 올리고 말한다. "이것들 말고 또 뭐가 있어?"

캐시는 말하려고 애쓰다가, 머리를 좌우로 흔들더니, 눈을 감는다.

"캐시." 우리가 말한다. "캐시."

캐시가 토하려고 머리를 돌린 것이다. 듀이 델이 자기의 젖은 옷자락으로 캐시의 입을 닦는다. 그러자 캐시가 말할 수 있다.

"톱이 세트래." 주얼이 말한다. "자를 살 때 함께 산 새것이래." 주얼이 움직이더니 돌아선다. 버넌 아저씨가 아직 웅크린 채 주얼의 뒷모습을 올려다본다. 그러고는 아저씨가 일어나 주얼을 따라 강으로 간다.

"이렇게 운이 없는 사람이 있을까." 아버지가 말한다. 웅크리고 있는 우리 위로, 아버지의 키가 커 보인다. 아버지는 술에 취한 희화 작가가 거친 나무에 서툴게 조각한 인물상처럼 보인다. "이건 시련이야." 아버지가 말한다. "하지만 난 아내에게 인색하지 않아. 아무도 내가 아내에게 인색하다고 하지 못할 거다." 듀이 델은 접은 외투 위에 캐시의 머리를 놓고, 토할까 봐 캐시의 머리를 옆으로 약간 돌린다. 캐시 옆에 연장이 놓여 있다. "교회에서 떨어졌을 때 부러졌던 다리를 이번에도 다쳤으니 다행이라 할 수 있지." 아버지가 말한다. "하지만 난 아내에게 인색하지 않아."

주얼과 버넌 아저씨가 다시 강물 속에 있다. 여기서 보면 두 사람이 강물의 수면을 침해한 것처럼 보이지 않는다. 강물에 의해 한 방에 절단당한 두 개의 몸통이, 한없이 미미하게 그리고 우스꽝스러울 정도로 조심스럽게, 수면 위를 움직이는 것처럼 보인다. 기계가 그렇듯이, 오랫동안 보고 들은 뒤라, 강물이 평화로워 보인다. 응집되어 있던 인간이 해체되어 무수히 많은 본래의 움직임으로 분해되고, 보고 듣는 그 자체가 눈멀고 귀먹은 것 같다. 분노 그 자체도 한 자리에 머물러 있으면 고요해진다.

웅크리고 있는 듀이 델의 젖은 원피스는 눈먼 세 남자의 죽은 눈에 대지의 수평선과 골짜기를, 그러니까 포유류의 젖가슴을 형상화한다.

캐시

관의 균형이 맞지 않았다. 내가 얘기했건만 균형에 맞춰 마차에 실으려면 사람들이

코라

우리가 얘기를 나누던 어느 날이었다. 애디는 결코 순수한 신앙인인 적이 없었고, 지난여름 전도 집회를 하고 난 후에도 마찬가지였는데, 당시 위트필드 목사님은 애디를 지목해서, 독실하지 않은 애디의 신앙과 싸우고, 육신의 마음속에 있는 허영심과 싸웠다. 나도 애디에게 "하느님께서 아이들을 보내주신 건, 고된 인간의 운명을 위로하기 위함입니다. 당신은 하느님 자신의 고통과 사랑의 징표로, 사랑 속에서, 아이들을 잉태하고 낳은 거랍니다."라고 여러 번 말했다. 내가 이런 말을 한 것은, 애디는 하느님의 사랑과 그분에 대한 의무를 너무나 당연한 것으로 간주하지만, 하느님께서는 그런 행동에 기뻐하지 않으시기 때문이다. 나는 "하느님께서는 우리에게 소리 높여 하느님을 영원히 찬송할 수 있는 선물을 주셨어요"라고 말했다. 천국에서는 한 번도 죄를 짓지 않은 백 명의 사람보다 한 사람의 죄인으로 인한 기쁨이 더 크기 때문이다. 그러자 애디가 "나는 매일매일 나의 죄를 인정하고 속죄합니다"라고 말했고, 이에 나는 "당신이 뭐라고 무엇이 죄인지 무엇이 죄가 아닌지 얘기하는 거죠? 판단은 주님의 몫이에요. 우리 몫은 다른 사람이 듣는 데서 주님의 자비와 거룩한 이름을 찬양하는 거라고요."라고 말했다. 주님만이 마음을 들여다보실 수 있기 때문이고, 또 제아무리 여자의 삶이 남자가 보기에 올바르게 보인다 해도, 여자가 자기 마음에 죄가 없는지 알기 위해서는 주님께 자신의 마음을 열고 주님의 은총을 받아야 하기 때문이다. 나는 "당신이 충실한 아내로 살아왔다고 해서 당신 마음에 죄가 없는 게 아니고, 당신의 삶이 고되다고 해서 주님의 은총이 당신의 죄를 용서하는 게 아니에요."라고 말했다. 그러자 애디가 "나는 나의 죄를 알고 있어요. 내가 벌을 받아 마땅하다는 것도 알고 있죠. 그에 대해선 불만이 없어요."라고 말했다. 그래서 내가 말했다. "주님을 대신해 죄와 구원을 판단하는 건, 바로 당신의 허영심 때문이에요. 우리 인간의 몫은 고통을 받는 것이고, 주님을 찬송하는 목소리를 드높이는 겁니다. 주님은 죄를 심판하시고 시련과 고난의 시간을 통해 구원을 주십니다. 아멘. 위트필드 목사님처럼 신의 숨결이 감도는 경건한 분이 당신을 위해 기도하고, 그 누구도 할 수 없을 만큼 애쓰셨는데도, 아직 그런 생각을 버리지 못했나요."

죄를 심판하는 것은 우리가 아니고, 주님의 눈으로 무엇이 죄인가를 아는 것도 우리 몫이 아니다. 애디는 고된 삶을 살아왔지만, 모든 여자의 삶이 그렇다. 하지만 애디는 자기가 주님보다도, 이 인간 세상에서 죄와 싸우며 고투해 온 사람들보다도, 죄와 구원에 대해 더 많이 알고 있다는 듯이 얘기한다는 생각이 든다. 우리 인간에게는 이상해 보여도 신의 사랑을 받고 또 애디를 사랑하는 다알 대신, 애디를 절대 사랑하지 않는 주얼을 편애한 것이 애디의 유일한 죄라면, 그건 그 자체가 죄에 대한 징벌이다. 내가 말했다. "당신은 죄를 범했고 벌도 받았죠. 주얼이 당신의 벌이에요. 하지만 당신의 구원은 어디에 있나요? 인생은 짧답니다." 내가 말했다. "하지만 영원한 은총을 얻을 정도는 되죠. 그리고 하느님은 질투의 신이랍니다. 심판하고 은총과 징벌을 할당하는 분은 하느님이지 당신이 아니에요."

"알고 있어요." 애디가 말했다. "난———" 그러고는 애디가 말을 멈추었고, 그래서 내가 말했다.

"뭘요?"

"아무것도 아니에요." 애디가 말했다. "그가 나의 십자가이고 또 나의 구원이 될 것입니다. 그가 물에서 그리고 불에서 나를 구할 거예요. 내가 죽는다 해도, 그가 나를 구할 거예요."

"주님께 마음을 열고 소리 높여 주님을 찬송하지 않고 어떻게 알죠?" 내가 말했다. 그때 나는 애디가 신을 염두에 둔 게 아니라는 것을 깨달았다. 마음속에 있는 허영심 때문에 애디가 신성을 모독했음을 깨달았다. 그래서 나는 바로 그 자리에서 무릎을 꿇었다. 나는 애디에게, 무릎을 꿇고 마음을 열어 허영심이라는 악마를 버리고 주님의 자비에 몸을 던지라고 간청했다. 하지만 애디는 그러려고 하지 않았다. 그냥 거기에 앉아, 자신의 허영심과 자만심에 빠진 채, 하느님에 대한 마음을 닫고 그 이기적인 아들을 하느님 자리에 세웠다. 나는 그 자리에서 무릎을 꿇고 애디를 위해 기도했다. 나와 내 가족을 위해서도 지금까지 한 번도 해 본 적 없는 기도를 저 불쌍하고 눈먼 여자를 위해 올렸다.

애디

학교가 파하고 마지막으로 남은 아이가 작고 더러운 코를 훌쩍이며 학교를 나서는 오후가 되면, 나는 집에 가는 대신 언덕을 내려가 샘에 가서 조용히 아이들을 미워할 수 있었다. 그때쯤 그곳은 조용했다. 물이 보글보글 끓어올랐다가 사라지고, 해가 조용히 나무를 비스듬히 비추고, 축축하니 썩어가는 나뭇잎과 새로운 흙에서 나는 조용한 냄새가 한 데 어우러져 있었다. 특히 이른 봄이 최악이었다.

 살아있는 이유가 오랫동안 죽을 준비를 하기 위한 것이라던 아버지의 말씀이 아직도 기억난다. 각자 은밀하고 이기적인 생각을 하며, 서로에게 그리고 내게 낯선 피가 흐르는 아이들을 매일매일 보면서, 이게 내가 죽음을 준비하는 유일한 방법이라고 생각했을 때, 이런 생각을 심어준 아버지를 미워하곤 했다. 나는 아이들이 잘못해서 매질할 수 있을 때를 고대했다. 매질할 때면 내 살갗에 회초리가 닿는 것 같았다. 회초리 매질에 부풀어 오른 자국이 생기고 피가 흘러내리면, 마치 내 피가 흘러내리는 것 같았다. 그래서 나는 회초리로 내려칠 때마다 생각했다. 이제 네가 나를 알아주는구나! 네 피에 내 흔적을 영원히 남겼으니, 이제 나는 너의 은밀하고 이기적인 삶

속에 중요한 존재가 된 것이다.

그래서 난 앤스를 받아들였다. 앤스가 교사 사택을 지나가는 걸 서너 번 본 후에야, 나는 그가 가던 길을 벗어나 4마일이나 마차를 몰고 그곳에 왔다는 것을 알게 됐다. 그때 나는 앤스의 등이 굽어지기 시작했다는 것을 알아차렸는데—키가 큰 젊은이—마차에 앉아 있을 때면, 앤스는 이미 추운 날에 등을 구부린 키 큰 새처럼 보였다. 앤스는 삐걱대는 마차를 천천히 몰면서 교사 사택을 지나가곤 했는데, 굽은 길을 돌아 시야에서 사라질 때까지, 고개를 천천히 돌려 교사 사택 문을 바라보았다.

어느 날 나는 문 앞에 가서 앤스가 지나갈 때 거기 서 있었다. 앤스는 나를 보자마자 재빨리 시선을 돌렸고 다시는 뒤돌아보지 않았다.

이른 봄이 최악이었다. 밤에 침대에 누워 있으면, 북쪽으로 가는 야생 기러기 울음소리가 거친 어둠 속에서 희미하고 높고 거칠게 들려와 견디지 못하겠다는 생각이 가끔 들었다. 낮에는 마지막으로 남은 아이가 떠나고 샘에 갈 수 있을 때까지 기다릴 수 없을 것 같았다. 그래서 그날 나들이옷을 입은 앤스가 거기에 서서 손으로 모자를 돌리는 것을 보았을 때, 내가 말했다.

"여자 식구가 있는데도, 도대체 왜 당신에게 머리를 깎으라고 하지 않죠?"

"여자 식구가 없어요." 앤스가 말했다. 그러고는 갑자기 말했는데, 앤스의 두 눈이 낯선 마당에 있는 사냥개 두 마리처럼 내게 덤벼들었다. "그래서 당신을 만나러 왔습니다."

"그리고 어깨도 좀 들고 다녀요." 내가 말했다. "여자 식구가 없다고요? 하지만 집은 있잖아요. 사람들이 그러는데 당신에겐 집도 좋은 농장도 있다던데요. 그러면 거기서 혼자 살면서 스스로의 힘으로 살아가는 거네요. 그래요?" 앤스는 손으로 모자를 돌리며, 그저 나를 바라보았다. "새집이라던데요." 내가 말했다. "결혼할 건가요?"

그리고 내 눈을 맞추면서, 앤스가 다시 말했다. "그래서 당신을 만나러 왔습니다."

나중에 앤스가 말했다. "내겐 가족이 없습니다. 그러니 당신이 걱정할 일은 없습니다. 당신에겐 가족이 있겠죠."

"예. 가족이 있어요. 제퍼슨에요."

앤스가 얼굴을 약간 숙였다. "저, 내게 약간의 재산이 있습니다. 돈도 아껴 씁니다. 정직하다는 평판도 듣고 있습니다. 도시 사람들이 어떤지 알고 있지만, 아마도 내게 말하실 땐......."

"귀 기울여 듣겠죠." 내가 말했다. "하지만 대화는 어려울 거예요." 앤스가 내 얼굴을 바라보고 있었다. "교회에 묻혀 있거든요."

"하지만 살아있는 친척은." 앤스가 말했다. "다르겠죠."

"그럴까요?" 내가 말했다. "모르겠네요. 다른 친척은 없어요."

그래서 나는 앤스를 받아들였다. 캐시를 임신했다는 것을 알았을 때, 나는 산다는 게 끔찍하다는 것을, 이런 생각에 대한 응답으로 캐시를 임신하게 되었다는 것을 알았다. 바로 그때 말이 소용없다는 걸 알게 되었다. 말은 결코 그것이 말하고자 하는 것에 들어맞지 않는다. 캐시가 태어났을 때, 나는 모성애라는 말이 모성애라는 실체 대신 그 말이 필요했던 사람이 만들어 낸 것이라는 걸 알았다. 아이가 있는 사람은 모성애라는 말이 있든 없든 신경 쓰지 않기 때문이다. 두려움이라는 말은 두려움을 느껴본 적이 없는 사람이 만들어냈다는 것을 알았다. 자존심이라는 말도 자존심이 없는 사람이 만들어 낸 것이다. 내가 매질했던 것은 아이들의 코가 더러워서가 아니라, 말로 서로를 이용해야 했기 때문이다. 입에서 나온 줄을 이용해 대들보에 매달려, 몸을 흔들고 비틀면서도 서로 몸이 닿지 않는 거미들처럼 말이다. 회초리로 때려야만, 나의 피와 아이들의 피가 하나가 되어 흐를 수 있었기 때문이다. 나의 혼자 있음이 매일 되풀이하여 침해된 것이 아니라, 나의 혼자 있음은 캐시가 태어나기 전까지 침해당한 적이 없다는 것을 알았다. 앤스와 함께 있던 밤 역시 나의 혼자 있음을 침해하지 못했다.

앤스에게도 말이 있었다. 사랑, 앤스는 그렇게 말했다. 하지만 난 오랫동안 말에 익숙해져 있었다. 난 사랑이라는 말 역시 다른 것과 같다는 것을 알았다. 말은 결핍을 메우기 위한 형상에 불과해서, 때가 되면 자존심이나 두려움처럼 사랑이란 말도 필요 없으리라는 것을 알았다. 캐시는 내게 그 말을 할 필요가 없었고 나 또한 마찬가지였다. 앤스가 원한다면, 그 말을 쓰도록 두자, 라고 말하곤 했다. 그래서 앤스 아니면 사랑, 사랑 아니면 앤스였다. 상관없었다.

어둠 속에서 앤스와 함께 누워 있을 때도, 손을 뻗으면 닿는 거리에서 캐시가 요람에서 자고 있을 때도, 나는 그런 생각을 했다. 잠에서 깨어나 우는 캐시에게 젖을 물릴 때도 그런 생각을 했다. 앤스 아니면 사랑. 상관없었다. 나의 혼자 있음은 침해당했고, 그 침해로 인해 다시 온전하게 되었다. 시간, 앤스, 사랑, 무엇이든 관심 밖에 있었다.

그때 다알을 임신했다는 걸 알았다. 처음에는 믿지 않으려 했다. 그러다 앤스를 죽이고 싶었다. 앤스가 말 안에 숨어서 나를 속인 것 같았다. 종이 막 뒤에 숨어서 종이 막을 뚫고 내 등을 찌른 것처럼 말이다. 그러다가 앤스나 사랑보다 오래된 말에 속았다는 것을 깨달았다. 그리고 앤스도 똑같은 말에 속았다는 걸, 내가 복수하고 있다는 것을 앤스가 절대로 모르게 하는 것이 나의 복수라는 걸 깨달았다. 다알이 태어났을 때, 나는 앤스에게 내가 죽으면 제퍼슨에 묻어주겠다는 약속을 해달라고 부탁했다. 아버지가 자신이 옳다는 걸 알 수 없었던 것처럼, 나도 내가 틀렸다는 걸 알 수 없었을 때조차도, 아버지 말씀이 늘 옳았다는 것을 깨달았기 때문이다.

"말도 안 되는 소리." 앤스가 말했다. "당신하고 나하고 이제 기껏해야 아이 두 명을 낳았는데 그 무슨 소리."

그때 앤스는 자신이 죽은 존재라는 걸 알지 못했다. 이따금 어둠 속에서 앤스 옆에 누워, 이제 나의 피와 살로 된 땅에서 나오는 소리에 귀 기울이며 생각하곤 했다. 앤스. 왜 앤스인가. 당신은 왜 앤스인가. 나는 그 이름에 대해 생각하곤 했다. 얼마 후, 드디어 그 이름이 형상이고 그릇이라는 것을 알게 되었다. 차가운 당밀이 어둠 속에서 흘러나와 그릇 안으로 들어가듯, 앤스가 액화되어 그릇으로 흘러 들어가고 마침내 그 병이 가득 차 움직이지 않는 것이다. 텅 빈 문틀처럼, 생명은 없지만 엄청나게 중요한 형상. 그때 그 병의 이름을 잊고 있었다는 것을 알게 되었다. 이런 생각을 했다. 처녀였을 때 내 몸의 형상은   이런 모양이었는데, **앤스**가 생각나지도 **앤스**를 기억하지도 못했다. 처녀가 아닌 나를 더 이상 생각할 수 없어서가 아니라, 이제 내가 셋이 되었기 때문이다. **캐시**와 **다알**을 그런 식으로 생각하면, 아이들의 이름이 없어지고 형상으로 굳어져 사라지게 된다. 그러면 나는 괜찮아, 라고 말한다. 상관없다. 아이들을 뭐라 부르든 상관없다.

그래서 코라 툴이 내가 진정한 엄마가 아니라고 했을 때, 나는 이렇게 생각했다. 말은 빠르고 악의 없이 가느다란 선이 되어 똑바로 올라가지만, 행동은 끔찍할 정도로 집요하게 땅에 들러붙어 땅을 따라 돌아다니고, 그래서 어느 정도 시간이 지나면 한 사람이 다리를 한 쪽씩 걸칠 수 없을 정도로 두 선의 간격이 너무도 벌어지게 된다. 죄, 사랑, 두려움은 소리에 불과하다. 죄를 짓지도 사랑해 보지도 두려움을 느껴보지도 못한 사람들이, 자신들이 가져보지 않은 것, 그 말을 잊고 나서야 가질 수 있는 것을 지칭하는 소리에 불과하다. 요리를 제대로 못 하는 사람, 코라처럼 말이다.

코라는 내가 아이들에게, 앤스에게, 그리고 신께 갚아야 할 빚이 많다고 말하곤 했다. 나는 앤스에게 아이들을 낳아 주었다. 내가 요구한 게 아니었다. 앤스가 내게 줄 수도 있었지만 주지 않았던 것, 바로 앤스 아닌 존재가 되어 달라는 요구조차 하지 않았다. 그런 요구를 하지 않는 것이, 앤스에 대한 나의 의무이고, 나는 그 의무를 다했다. 나는 나다. 나는 앤스를 앤스라는 이름의 형상이자 메아리로 간주했다. 그것은 앤스가 요구한 것 이상이었다. 앤스는 그러한 것을 요구할 수도 없었을 뿐만 아니라, 행동을 말로 대신하는 앤스가 진정한 앤스가 될 수 없었기 때문이다.

그러자 앤스는 죽은 존재나 다름없었다. 앤스는 자기가 죽은 존재라는 것을 알지 못했다. 나는 어둠 속에서 앤스 옆에 누워, 어두운 땅이 하느님의 사랑과 아름다움 그리고 죄에 대해 말하는 걸 듣곤 했다. 어두운 무언의 소리 안에서는, 말이 곧 행동이다. 행동을 수반하지 않는 말은, 사람들의 결핍 안에 있는 간극에 불과하고, 무서웠던 옛날 밤 거친 어둠 속에서 들리는 거위의 울음소리처럼 내려와 행동을 더듬어 찾는다. 군중 속에 있는 두 얼굴을 가리키며 이 사람이 네 아버지고 저 사람이 네 어머니라는 말을 듣는 고아처럼 말이다.

나는 내가 그것을 찾았다고 믿었다. 살아있는 자에 대한 의무이자, 무시무시한 피, 그러니까 땅을 통해 들끓는 쓰디쓴 붉은 홍수에 대한 의무라고 믿었기 때문이다. 나는 죄라는 것을 우리 두 사람이 세상 사람들 앞에서 입는 옷이라고, 어쩔 수 없이 필요하고 신중을 기해야 하는 옷이라고 생각하곤 했다. 그 사람은 목사이고 나는 나였기 때문이다. 목사의 죄는 더 철저하고 끔찍하다. 목사는 죄를 창조하고 그 죄를 정당화한 하느님이 임명하신 도구였기 때문이다. 숲속에서 목사를 기다리면서, 나를 알아보기 전부터 목사를 기다리면서, 나는 목사가 죄악의 옷을 입고 있다고 생각했다. 내가 죄악의 옷을 입고 있듯, 목사도 마찬가지다. 하지만 목사가 죄와 맞바꾼 옷은 하느님께서 인정한 신성한 것이기에, 목사가 입고 있는 죄악의 옷이 더 아름다웠다. 나는 죄라는 것을, 우리가 벗어야 하는 옷이라고 생각했다. 그 무시무시한 피를 형상화하고, 하늘 높이 울려 퍼지는 죽은 말의 황량한 메아리 속으로 억지로 밀어 넣기 위해 입는 옷 말이다. 그리고 나서 나는 앤스와 다시 동침하곤 했다—나는 앤스에게 거짓말하지 않았다. 젖을 뗄 시기가 되어, 캐시와 다알에게 젖을 거부했던 것처럼, 그냥 거부했던 것뿐이었다— 어두운 땅이 말하는 무언의 소리를 들으면서.

나는 아무것도 숨기지 않았다. 나는 그 누구도 속이려 하지 않았다. 상관하지 않았을 것이다. 나의 안전을 위해서가 아니라, 목사를 위해 필요했기에, 세상 사람들 앞에서 옷을 입는 것처럼 조심했을 뿐이었다. 그래서 나는 코라가 얘기할 때, 시간이 지나면 하늘 높이 떠 있는 죽은 말이 그 중요한 소리마저 잃게 되리라 생각했다.

그러고 끝이 났다. 목사가 떠났다는 의미에서, 목사를 다시 보게 되더라도 죄악의 옷을 입고, 비밀스러운 방문 속도에 맞춰 용감하게 죄악의 옷을 펄럭이며, 빠르고 은밀하게 숲속으로 오는 모습을 다시는 보지 못할 것이라는 의미에서 끝이 났다.

그러나 그것은 내게 끝난 게 아니었다. 시작과 끝이라는 의미에서는 끝났지만, 그 당시 나에겐 어떤 것의 시작과 끝이 없었기 때문이다. 나는 여전히 냉담한 앤스를 안기조차 했다. 떠나려는 앤스를 잡으려는 게 아니라, 아무 일도 일어나지 않은 것처럼 여기려고 했기 때문이었다. 아이들은 나만의 자식이었고, 땅을 따라 들끓는 사나운 피에서 태어난 자식이요, 나와 살아있는 모든 것의 자식이었다. 누구의 자식도 아니면서 모두의 자식이었다. 그때 주얼을 임신했다는 걸 알게 되었다. 잠에서 깨어나 임신했다는 것을 알게 되었을 때는, 목사가 떠난 지 두 달이 지나 있었다.

아버지는 죽을 준비를 하기 위해 사는 거라고 말했다. 마침내 나는 그 말의 의미를 이해했는데, 아버지 본인은 정작 그 말의 의미를 몰랐을 것이다. 남자는 사후에 집을 청소하는 것에 대해 전혀 알지 못하기 때문이다. 그래서 나는 집을 청소했다. 주얼을 낳았을 때, 등불 옆에 고개를 들고 누워 있었는데, 의사가 상처 부위를 덮고 꿰맨 후 숨을 내쉬는 것을 보았다. 사나운 피는 끓어서 없어지고 그 소리도 멈추있다. 그러고 나니 따뜻하고 고요한 모유만 남고, 나는 느린 침묵 속에 조용히 누워, 집을 청소할 준비를 하고 있었다.

나는 주얼에 대한 속죄로 앤스에게 듀이 델을 낳아 주었다. 그러고 나서 앤스에게서 빼앗았던 그 아이를 대체하기 위해 바더먼을 낳아 주었다. 이제 앤스에게는 자식 셋이 있는데, 그 아이들은 내 자식이 아니다. 그제야 난 죽을 준비를 할 수 있었다.

그러던 어느 날 나는 코라와 이야기하고 있었다. 코라는 내가 나의 죄를 보지 못한다고 생각해서 무릎을 꿇고 나를 위해 기도하면서, 나 역시 무릎을 꿇고 기도하기를 바랐는데, 죄가 말에 불과한 사람들에게는 구원 역시 말에 불과하기 때문이다.

위트필드

애디 번드런이 죽어간다는 소리를 들은 날 밤, 나는 사탄과 싸워 승리를 거두었다. 나는 내 죄의 극악함을 깨달았다. 마침내 나는 진실한 빛을 보았고, 무릎을 꿇어 하느님께 고백하고 그분의 인도를 구하고 받아들였다. "일어나라." 하느님이 말씀하셨다. "네가 엄중한 거짓말을 한 그 집으로, 내 말을 거역하고 네가 모독한 사람들이 사는 그 집으로 가라. 큰 소리로 네 죄를 고백하라. 너를 용서해야 하는 사람은 그 기만당한 남편이고 그 가족일지니. 내가 아니니라."

그래서 나는 갔다. 툴네 다리가 물에 떠내려갔다는 말을 들었다. 나는 말했다. "오 주여, 감사합니다. 모든 것을 지배하는 거룩한 분이시여." 주님께서 내가 이겨내야 할 위험과 어려움을 이렇게 예비하시니 주님께서 나를 버리지 않으셨다는 것이고, 위험과 어려움을 이겨냄으로써 다시 얻게 될 주님의 성스러운 평화와 사랑이 더욱 달콤해질 것이 분명했다. "제가 배신한 사람의 용서를 받기 전에 죽지 않게만 해 주소서." 내가 기도했다. "너무 늦지 않게 하소서. 저와 그녀가 지은 죄에 관한 이야기가 제 입 대신 그녀의 입에서 나오지 않게 하소서. 그녀는 절대로 그 이야기를 하지 않겠다고 맹세했지만, 영원을 마주하는 것은 무서운 일입니다. 제가 직접 사탄과 무릎을 맞대고 싸우지 않았습니까? 그녀가 맹세를 깨뜨린 죄를 제 영혼이 짊어지지 않게 하소서. 저로 인해 상처 입은 사람들 앞에서 제 영혼의 죄를 씻어 내기 전까지, 주님의 거룩한 분노의 물결에 둘러싸이지 않도록 해 주소서."

홍수가 난 강을 안전하게 건널 수 있도록, 강물의 위험으로부터 지켜주신 것은 주님의 손길이었다. 통나무와 뿌리 뽑힌 나무들이 나의 작은 몸 위로 덮쳤을 때, 말이 놀라고 나의 심장도 놀랐다. 하지만 나의 영혼은 그러지 않았다. 몇 번이고 마지막 파멸의 순간에 통나무와 뿌리 뽑힌 나무들이 피해 가는 걸 보면서, 나는 홍수 난 강물 소리보다 목소리를 높였다. "주님을 찬양합니다. 오 거룩하신 주님이자 왕이시여. 이를 증표로 저는 영혼의 죄를 씻고 주님의 영원한 사랑을 다시 얻게 될 것입니다."

나는 그때 내가 용서받았음을 알았다. 홍수와 위험을 뒤로하고, 다시 단단한 땅을 가로질러 말을 타고 가면서, 예수님이 수난을 당한 겟세마네 동산이 점점 다가오자, 나는 내가 해야 할 말의 틀을 짰다. 집 안에 들어갈 것이다. 애디가 말하려고 하기 전에 막을 것이다. 애디의 남편에게 말할 것이다. "앤스, 내가 죄를 지었습니다. 나를 마음대로 처분하시오."

이미 죄를 고백한 것 같았다. 나의 영혼은 지난 몇 년 동안보다도 더 자유롭고 조용했다. 말을 타고 가면서 이미 영원한 평화 속에서 다시 사는 것 같았다. 길 양쪽으로 하느님의 손길을 보았다. 마음속에서 주님의 목소리를 들을 수 있었다. "용기를 내거라. 내 너와 함께 있을 것이다."

그때 나는 툴의 집에 도착했다. 툴의 막내딸이 밖으로 나와 지나가는 내게 큰 소리로 말했다. 애디가 이미 죽었다고 했다.

오 주여, 제가 죄를 지었습니다. 주님께서는 제가 얼마나 후회하는지 제 영혼의 의지가 얼마나 강한지 알고 계십니다. 하지만 주님은 자비롭다. 주님은 행동하려는 의지를 받아주시기 때문이다. 내가 고백하면서 할 말을 생각했을 때, 비록 앤스는 그 자리에 없었지만, 앤스에게 고백한 것이나 다름없다는 것을 주님은 알고 계셨다. 사랑하고 신뢰하는 사람들에 둘러싸여, 누워서 죽어 가는 애디의 입에서 그 이야기가 나오지 못하도록 막은 것은 바로 무한한 지혜를 지닌 주님이었다. 나의 고역이란 주님의 강한 손길에 의지해 그 강물을 건너는 것뿐이었다. 너그럽고 전지전능한 주님의 사랑 속에서 주님을 찬양합니다. 오 찬양합니다.

나는 상갓집에 들어갔다. 나와 함께 잘못을 저지르고 끔찍하고 돌이킬 수 없는 심판에 직면한 애디가 누워 있는 보잘것없는 곳에 들어갔다. 애디의 영혼이여 고이 잠드소서.

"이 가정에 주님의 은총이 있기를." 내가 말했다.

다알

주영이 말을 타고 암스티드 아저씨 집에 갔다가 아저씨 노새를 끌고 말을 타고 돌아왔다. 우리는 노새를 마차에 매고 캐시를 애디 위에 눕혔다. 캐시가 다시 토했지만, 때맞춰 마차 바닥 너머로 고개를 돌렸다.

"배도 다친 모양이다." 버넌 아저씨가 말했다.

"말이 배도 걷어찼나 봐요." 내가 말했다. "말한테 배를 걷어차인 거야, 캐시?"

캐시가 말하려고 했다. 듀이 델이 캐시의 입을 다시 닦는다.

"뭐라는 거냐?" 버넌 아저씨가 말했다.

"뭐라고, 캐시?" 듀이 델이 말했다. 듀이 델이 몸을 숙였다. "연장을 찾아요." 듀이 델이 말했다. 버넌 아저씨가 연장을 가져와 마차 안에 놓았다. 캐시가 볼 수 있도록 듀이 델이 캐시의 머리를 들어 올렸다. 우리는 마차를 타고 계속 움직였고, 나와 듀이 델이 옆에 앉아 캐시를 안정시키고 주영은 앞에서 말을 타고 있었다. 버넌 아저씨는 한동안 우리를 바라보고 서 있었다. 그러고는 돌아서서 다리 쪽으로 갔다. 아저씨는 방금 젖기라도 한 것처럼, 젖은 소맷자락을 털면서 조심조심 걸었다.

주얼은 말에 앉아 문 앞에 있었다. 암스티드 아저씨가 정문에서 기다리고 있었다. 우리가 마차를 멈추자 주얼이 말에서 내렸고 우리는 암스티드 부인이 침대를 마련해 놓은 집 안으로 캐시를 옮겼다. 캐시의 옷을 벗기는 건 암스티드 부인과 듀이 델에게 맡겼다.

우리는 아버지를 따라 집 밖으로 나와 마차로 갔다. 아버지는 마차에 올라 마차를 몰고, 우리는 그 뒤를 따라 걸어서 마당에 들어섰다. "우리 집에 온 걸 환영하네. 그건 거기에 두면 되네."라고 암스티드 아저씨가 말하는 것을 보니, 젖은 게 도움이 되었다. 주얼이 말을 끌고 따라와서, 말고삐를 손에 쥐고, 마차 옆에 섰다.

"고맙네." 아버지가 말했다. "우린 저기 헛간을 쓰겠네. 자네에게 폐가 된다는 것을 알고 있다네."

"어서 오게." 암스티드 아저씨가 말했다. 주얼의 얼굴에 나무 같은 표정이 다시 나타났다. 주얼의 표정은 대담하고 퉁명스럽고 뿌루퉁하고 경직되어 있다. 마치 두 가지 색깔의 나무로 얼굴과 눈을 조각한 것처럼. 한쪽은 창백하고 다른 쪽은 검다. 셔츠가 마르기 시작했지만, 주얼이 움직일 때마다 여전히 몸에 달라붙었다.

"아내가 고마워할 걸세." 아버지가 말했다.

우리는 노새를 마차에서 분리하고 헛간 아래까지 마차를 굴렸다. 헛간 한쪽 벽이 없었다.

"비가 새지는 않을 거네." 암스티드 아저씨가 말했다. "하지만 차라리……"

헛간 뒤쪽에 녹슨 양철 지붕 자재가 조금 있었다. 우리는 그중에서 두 개를 가져다가 벽이 없는 쪽에 세웠다.

"잘 왔네." 암스티드 아저씨가 말했다.

"고맙네." 아버지가 말했다. "애들에게 간단하게 먹을 것을 주면 고맙겠네."

"물론이지." 암스티드 아저씨가 말했다. "캐시에게 편한 옷을 갈아입히는 대로 룰라가 저녁을 준비할 거라네." 주얼은 말에게 돌아가서 안장을 벗기고 있었고, 움직일 때젖은 셔츠가 몸에 찰싹 감겼다.

아버지는 집 안으로 들어가지 않으려 했다.

"들어와서 먹게나." 암스티드 아저씨가 말했다. "식사 준비가 거의 다 됐다네."

"생각이 없네." 아버지가 말했다. "고맙네."

"들어와서 옷도 말리고 식사하게나." 암스티드 아저씨가 말했다. "여긴 걱정하지 말고."

"아내를 위한 거라네." 아버지가 말했다. "내가 음식을 먹는 건 아내를 위해서라네. 내겐 노새도 없고 아무것도 없다네. 하지만 아내는 모두에게 감사할걸세."

"별말을 다 하네." 암스티드 아저씨가 말했다. "다들 들어와서 옷을 말리게나."

하지만 암스티드 아저씨가 아버지에게 술을 한 잔 건네자, 아버지는 기분이 좋아졌다. 우리가 캐시를 보러 집 안으로 들어갔을 때 주얼은 우리와 함께 들어가지 않았다. 뒤돌아보니 말을 끌고 헛간으로 들어가고 있었고 아버지는 벌써 다른 노새를 구하는 것에 관해 이야기하고 있었는데, 저녁 식사 시간이 되었을 때는 노새를 이미 산 것이나 다름없었다. 주얼은 헛간 아래쪽에 있다. 요란하게 달려들며 회전하는 말을 미끄러지듯 부드럽게 빠져나와. 말과 함께 마구간으로 들어간다. 구유에 올가가 건초를 끌어내리고 마구간을 나와 말빗을 찾아낸다. 그러고는 마구간으로 돌아

가. 한 번의 쿵하는 충돌은 재빨리 미끄러지듯 빠져나와 말의 발길질이 미치지 않는 곳에 선다. 주얼은 말의 발길질이 미치는 반경 안에서, 마치 곡예사처럼, 민첩하게 몸을 놀리고 빗질하며, 외설스러운 애무의 욕설을 말에게 속삭인다. 말의 머리가 뒤로 훅 젖혀지고 짧은 이빨이 드러난다. 주얼이 말빗의 등으로 말의 얼굴을 치자 화려한 벨벳 옷감에 붙어있는 구슬처럼, 말의 눈이 황혼 속에서 구른다.

암스티드

내가 앤스에게 위스키 한 잔을 더 주고 저녁 식사 준비가 거의 다 되었을 때, 앤스는 이미 외상으로 누군가의 노새를 산 것이나 다름없었다. 그때쯤 앤스는 이 노새는 싫고 아무개가 소유한 것은 심지어 닭장도 결코 돈 주고 살만한 것이 아니라며 까다롭게 고르고 있었다.

"스놉스네 건 어떤가." 내가 말했다. "스놉스에겐 서너 쌍의 노새가 있다네. 게 중 한 쌍은 마음에 들지 않겠나."

그러자 앤스가 입을 우물거리며 나를 바라보는데, 마치 이 지역에서 유일하게 노새를 소유하고 있으면서도 왜 팔지 않으려 하냐며 힐난하는 것처럼 보였다. 이들을 마당에서 내보내려면, 틀림없이 내 노새가 필요하다는 걸 알고 있었다. 다만 나에게 노새가 있다고 한들, 이들이 그걸로 무엇을 할 것인지는 모르겠다. 리틀존의 말로는 헤일리 저지대를 지나는 제방이 2마일이나 유실되어 제퍼슨으로 가는 유일한 방법은 못슨으로 돌아가는 것이었다. 하지만 그건 앤스가 해결해야 하는 일이었다.

"스놉스는 거래하기에 인색하지." 앤스가 입을 우물거리며 말한다. 하지만 식사 후 술 한 잔을 더 주었을 때, 앤스의 기분이 약간 나아졌다. 앤스는 헛간에 돌아가 밤새 아내와 있으려고 했다. 거기 머물면서 출발 준비를 하면, 산타클로스가 노새 한 쌍을 가져다 줄 것으로 생각하는 것 같았다. "여하튼 스놉스를 설득할 수 있을 것 같아." 앤스가 말한다. "신앙심이 한 방울이라도 있는 사람이라면 곤경에 처한 사람을 언제나 돕는 법이지."

"물론 내 노새를 자유롭게 이용해도 좋다네." 그 이유를 앤스가 얼마나 믿는지 알고 있기에 나는 이렇게 말했다.

"고맙네." 앤스가 말했다. "아내는 우리 노새로 가고 싶어 할 걸세." 그 이유를 내가 얼마나 믿는지 알고 있기에 앤스가 이렇게 말했다.

저녁을 먹은 후 주얼이 피바디 선생을 데리러 말을 타고 벤드로 갔다. 피바디 선생이 오늘 벤드에 있는 바너 집에 있을 거라는 말을 들었다. 주얼은 자정쯤 돌아왔다. 인버니스 아래 어딘가로 가버린 피바디 선생 대신, 빌리 아저씨가 수의사 가방을 들고 주얼과 함께 돌아왔다. 빌리 아저씨의 말대로, 사람은 말이나 노새와 그리 다르지 않다. 요컨대, 말이나 노새가 더 지각 있다는 점을 제외하면 말이다. "이번엔 무슨 일인가?" 캐시를 바라보며 빌리 아저씨가 말한다. "매트리스하고 의자, 위스키 한 잔을 가져오게." 빌리 아저씨가 말한다.

빌리 아저씨는 캐시에게 위스키를 먹이고, 앤스를 방에서 쫓아냈다. "지난 여름에 다친 다리를 또 다쳐서 다행이죠." 슬픈 듯, 우물거리고, 눈을 껌뻑이며, 앤스가 말한다. "그게 중요합니다."

우리는 매트리스를 접어 캐시의 다리와 열십자가 되도록 놓고 그 위에 의자를 놓은 후, 주얼과 나는 의자에 앉고 듀이 델은 등불을 들고 있었다. 그리고 빌리 아저씨는 담배를 씹으며 치료를 시작했다. 캐시가 한동안 힘겨워하더니 마침내 기절했다. 캐시는 가만히 누워 있었고, 커다란 땀방울이 얼굴에 맺혀 있었는데, 땀방울이 굴러 내려가다가 멈추고 캐시를 기다리고 있는 것처럼 보였다.

빌리 아저씨가 짐을 챙겨 떠난 뒤에야, 캐시가 깨어났다. 캐시는 계속 뭔가를 말하려 했고 듀이 델이 몸을 굽혀 캐시의 입을 닦았다. "연장 얘기예요." 듀이 델이 말했다.

"내가 가져왔어." 다알이 말했다. "나한테 있어."

캐시가 다시 말하려 했다. 듀이 델이 몸을 굽혔다. "연장이 보고 싶대." 듀이 델이 말했다. 그래서 다알이 연장을 가져와 캐시가 볼 수 있게 했다. 캐시가 좀 나아지면 손을 뻗어 만져볼 수 있도록, 아이들이 침대 밑에 연장을 밀어 넣었다. 다음 날 앤스가 스놉스를 만나러 그 말을 타고 벤드로 갔다. 주얼과 마당에 서서 잠시 얘기를 나눈 후, 앤스가 말을 타고 갔다. 주얼이 그 말을 다른 사람이 타도록 허락한 건 그때가 처음이었다. 앤스를 뒤쫓아 가서 말을 되찾아 올지 말지를 생각하는 것처럼, 주얼은 길을 바라보며 앤스가 돌아올 때까지 잔뜩 부어서 배회했다.

9시가 지나면서 더워지기 시작했다. 그때 처음으로 말똥가리를 보았다. 궂은 날씨 때문이려니 생각했다. 어쨌든 말똥가리를 본 것은 아침나절이 한참 지난 후였다. 다행히 바람이 집 쪽으로 불어오지 않았기 때문에, 아침나절이 한참 지나고 나서야 그것들을 보게 된 것이다. 하지만 말똥가리들을 본 순간, 그것들을 보는 것만으로도 1마일이나 떨어진 들판에서도 그 냄새가 나는 것 같았고, 말똥가리가 빙빙 돌고 있으니 이곳에 사는 사람들 모두가 내 헛간에 무엇이 있는지 알게 될 것 같았다.

집에서 반 마일은 족히 떨어져 있었는데, 바더먼이 지르는 소리가 들렸다. 바더먼이 우물이나 뭐 그런 거에 빠진 거겠지 하는 생각에, 나는 허둥대며 성큼성큼 마당으로 갔다.

헛간 마룻대를 따라 십여 마리의 말똥가리가 앉아 있었고, 마치 칠면조를 쫓듯 바더먼이 또 한 마리를 쫓아다니고 있었다. 말똥가리는 바더먼에게 붙잡히지 않을 만큼 땅 위에 떠서 날아다니다가 날개를 퍼덕이며 헛간 지붕 위에 털썩 내려앉았고, 바더먼이 헛간에서 관 위에 앉아 있는 말똥가리를 발견했다. 이미 더워진 날씨가 그때쯤엔 찌는 듯이 더웠고, 바람이 잦아들었거나 방향이 바뀌었나 그랬다. 그래서 나는 주얼을 찾아 나섰고, 그때 룰라가 밖으로 나왔다.

"어떻게 좀 해 봐요." 룰라가 말했다. "이건 너무해요."

"그럴 참이었어." 내가 말했다.

"정말 너무해요." 룰라가 말했다. "아내를 저렇게 취급하다니 저 사람 고소라도 해야겠어요."

"앤스도 아내를 매장하기 위해 최선을 다하고 있는 거야." 내가 말했다. 그래서 난 주얼을 찾아 노새를 타고 벤드로 가서 앤스와 얘기해 보는 게 어떤지 물었다. 주얼은 아무 말도 하지 않았다. 창백할 정도로 이를 악물고 하얀 눈을 드러내며 그저 나를 바라보았다. 그러고는 나가서 다알을 부르기 시작했다.

"어떻게 할 거냐?" 내가 말했다.

주얼은 대답하지 않았다. 다알이 나왔다. "서둘러." 주얼이 말했다.

"뭘 하려고?" 다알이 말했다.

"마차를 옮길 거야." 주얼이 어깨너머로 말했다.

"어리석은 짓 하지 마라." 내가 말했다. "그런 뜻이 아니었다. 너도 어쩔 수 없었잖니." 그러자 다알이 망설였다. 그러나 그 무엇도 주얼의 마음에 들지 않았다.

"빌어먹을 입이나 닥쳐요." 주얼이 말한다.

"갈 데가 있어야지." 다알이 말했다. "아버지가 돌아오시면 그때 옮기자."

"안 도와줄 거야?" 주얼이 말한다. 마치 오한이 나는 듯 눈을 희번덕거리고 얼굴을 떨고 있다.

"응." 다알이 말했다. "안 도와줄 거야. 아버지가 돌아오실 때까지 기다려."

그래서 나는 문가에 서서 주얼이 그 마차를 밀고 당기는 걸 보았다. 마차는 내리막에 있었는데 얼핏 주얼이 헛간 뒤쪽을 때려 부수는 게 아닌가 생각했다. 그때 식사 시간을 알리는 종이 울렸다. 나는 주얼을 불렀지만, 주얼은 돌아보지 않았다. "식사하러 가자꾸나." 내가 말했다. "바더먼에게도 알려주렴." 하지만 주얼은 대답하지 않았고, 나는 식사하러 갔다. 듀이 델이 바더먼을 데리러 갔다가 혼자 돌아왔다. 식사를 반쯤 했을 때, 바더먼이 말똥가리를 쫓아내며 질러대는 소리가 다시 들렸다.

"이건 너무해요." 룰라가 말했다. "너무하잖아요."

"앤스는 최선을 다하고 있는 거야." 내가 말했다. "스놉스랑 30분 만에 거래할 수 있는 사람은 없어. 그늘에 앉아 오후 내내 흥정할 거야."

"최선을 다한다고요?" 룰라가 말한다. "그래요? 이미 엄청난 일을 하긴 했죠."

나도 그렇게 생각한다. 문제는, 앤스가 그만두면 우리가 일을 시작해야 한다는 것이다. 이제까지 담보로 잡히리라 생각지도 못한 것을 담보물로 내놓지 않는다면, 스놉스는 고사하고 그 누구에게서도 노새를 살 수 없을 것이다. 그래서 들판으로 돌아갔을 때, 나는 노새를 바라보며 잠시 떨어져 있을 노새와 작별 인사했다. 그날 저녁 집에 돌아와 온종일 해가 비추던 헛간을 보니, 후회하지 않으리라는 생각이 들었다.

나는 모두 모여 있는 현관으로 나갔고, 때마침 앤스가 말을 타고 오고 있었다. 앤스는 조금 우스꽝스러워 보였다. 평소보다 조금 기죽은 것 같기도 하고, 뿌듯해하는 것 같기도 했다. 자기 딴에 멋진 일을 했는데 다른 사람들이 어떻게 받아들일지 확신하지 못하는 표정이었다.

"노새를 구했다네." 앤스가 말했다.

"스놉스한테서 노새를 샀다고?" 내가 말했다.

"이 나라에서 장사를 할 수 있는 사람이 스놉스만 있는 건 아니잖나." 앤스가 말했다.

"그렇지." 내가 말했다. 앤스는 그 이상한 표정을 지으며 주얼을 바라보았고, 주얼은 현관에서 내려와 말을 향해 가고 있었다. 앤스가 말에게 무슨 짓을 했는지 보려는 것 같았다.

"주얼." 앤스가 말한다. 주얼이 뒤돌아보았다. "와 보거라." 앤스가 말한다. 주얼이 조금 돌아오다가 다시 멈췄다.

"무슨 일인데요?" 주얼이 말했다.

"그래서 자네가 스놉스한테서 노새를 구했다는 건가." 내가 말했다. "그럼 스놉스가 오늘 밤에 노새를 보내겠군. 못슨을 지나가려면 내일 아침 일찍 출발해야 할 걸세."

그러자 앤스가 잠시 전에 지었던 표정을 거두었다. 예전처럼 입을 우물거리며 고통스러워하는 표정을 지었다.

"난 최선을 다하고 있다네." 앤스가 말했다. "이 세상에 나만큼 시련과 모욕을 당한 사람은 없을 걸세."

"스놉스하고 흥정을 잘 해낸 사람이라면 기분이 좋아야 하지 않겠나." 내가 말했다. "스놉스한테 뭘 줬나, 앤스?"

앤스는 나를 바라보지 않았다. "경운기하고 파종기를 담보로 주었다네." 앤스가 말했다.

"하지만 그것들은 40달러밖에 안 되잖나. 40달러짜리 노새로 얼마나 갈 수 있겠나?"

이제 모든 사람이 조용히 그리고 가만히 앤스를 바라보고 있다. 말이 있는 곳으로 돌아가던 주얼도 절반쯤 가다 발걸음을 멈추고 기다리고 있었다. "다른 것도 줬지." 앤스가 말했다. 누가 자신을 때려도 아무 대응도 하지 않고 맞고 있으리라 진작 결심한 사람처럼, 그 자리에 서서 다시 입을 우물거리기 시작했다.

"다른 거 뭐요?" 다알이 말했다.

"제기랄." 내가 말했다. "내 노새를 가져가게. 돌려주기만 하면 되네. 난 어떻게든 그럭저럭 지낼 수 있네."

"그래서 어젯밤에 캐시 옷을 뒤진 거군요." 다알이 말했다. 마치 신문 기사를 읽는 것처럼 말했다. 어떻게 되든 자신은 상관없다는 것처럼 들렸다. 주얼이 이제 돌아와, 대리석 같은 눈으로 앤스를 바라보고 서 있었다. "슈래트에게서 축음기를 사려고 캐시가 모아둔 돈이라고요." 다알이 말했다.

앤스는 입을 우물거리며 그 자리에 서 있었다. 주얼이 앤스를 바라보았다. 주얼은 한 번도 눈을 깜빡이지 않았다.

"하지만 그 돈은 기껏해야 8달러예요." 다알이 말했다. 듣기만 하고 상관하지 않겠다는 듯한 목소리였다. "노새를 사기에는 여전히 돈이 부족해요."

앤스가 주얼을 보았다. 미끄러지듯이 눈을 돌리고 재빠르게 주얼을 보더니, 다시 시선을 떨어뜨렸다. "나 같은 사람이 또 있을까." 앤스가 말한다. 그들은 여전히 아무 말도 하지 않았다. 그저 기다리며 앤스를 지켜보았다. 미끄러지는 앤스의 눈이 그들의 발을 향하고 다리로 향하지만, 그 위로는 시선을 두지 않는다. "그리고 말을 주었다." 앤스가 말한다.

"무슨 말요?" 주얼이 말했다. 앤스는 그냥 거기에 서 있었다. 정말이지 아버지가 아들 하나를 제대로 다루지 못하다니, 아버지를 이기려고 하는 아들은 아무리 커도 집에서 내쫓아야 한다. 그럴 수 없다면 정말이지 자기가 집을 나가야 한다. 정말이지 난 그렇게 두지 않을 거다. "그러니까 제 말과 바꾸려 하셨다는 거예요?" 주얼이 말한다.

앤스가 팔을 달랑거리며 서 있다. "15년간 이도 없이 살아왔다." 앤스가 말한다. "하느님은 알고 계신다. 하느님께서 먹고 힘내라고 허락하신 음식을 난 15년 동안 먹지도 못하고, 가족이 고통받지 않게 하려고, 한푼 두푼 여기저기서 아껴왔다. 이를 해 넣고 하느님께서 정해주신 음식을 먹으려고 그 돈을 주었다. 내가 먹지 않고 살 수 있다면, 내 아들도 말을 타지 않고 살 수 있을 거라 생각했다. 내가 어떻게 살아왔는지는 하느님이 알고 계신다."

주얼이 손을 엉덩이에 올리고 서서 앤스를 바라본다. 그러더니 시선을 돌린다. 주얼은 바위처럼 고요한 얼굴로 들판 너머를 바라보았다. 마치 다른 사람이 누군가의 말에 관해 얘기하고 있어서 그 말에 귀 기울이고 있지 않은 사람 같다. 그러더니 주얼이 천천히 침을 뱉고 "제기랄"이라 말하고는 방향을 돌려 대문으로 가서 묶어 놓은 말을 풀고 말에 올라탔다. 주얼이 안장에 다 오르기도 전에 말이 움직이고 있었고, 말에 오르자마자 경찰에 쫓기기라도 하는 것처럼 쏜살같이 길을 달려 내려갔다. 주얼과 말은 얼룩덜룩한 대형 회오리바람 같은 모습으로 내달렸고, 그렇게 시야에서 사라졌다.

"저기." 내가 말한다. "내 노새를 갖고 가게." 내가 말했다. 하지만 앤스는 그렇게 하려고 하지 않았다. 그들은 이 집에 머무르려 하지도 않았고, 뜨거운 햇빛 아래에서 온종일 말똥가리를 쫓고 있던 바더먼도 다른 사람들처럼 제정신이 아니었다. "그럼 캐시는 여기 두고 가게나." 내가 말했다. 하지만 그들은 그렇게 하려고 하지 않았다. 그들은 마차 위에 이불로 자리를 만들어 그 위에 캐시를 눕히고 그 옆에 연장을 놓은 후, 나와 함께 내 노새를 마차에 연결하고 1마일 정도 마차를 끌고 내려갔다.

"우리가 여기 있는 게 폐가 된다면." 앤스가 말한다. "그냥 말해 주게."

"그러지." 내가 말했다. "여긴 괜찮을 거네. 안전하기도 하고. 이제 돌아가서 식사하세."

"고맙네." 앤스가 말했다. "바구니에 먹을 게 좀 있으니, 그럭저력 해결할 수 있다네."

"어디서 났나?" 내가 말했다.

"집에서 가져온 거라네."

"그러면 지금쯤이면 상했을 거네." 내가 말했다. "가서 따뜻한 식사를 하세."

하지만 그들은 그렇게 하려고 하지 않았다. "그럭저럭 해결할 수 있다네." 앤스가 말했다. 그래서 나는 집에 가서 식사하고, 바구니를 그들에게 가져다주고는 집으로 돌아가자고 다시 권했다.

"고맙네." 앤스가 말했다. 나는 거기 있는 그 사람들에 대해, 그 말을 타고 쏜살같이 사라진 주얼에 대해 계속 생각했다. 아마도 그들이 주얼을 보는 건 그게 마지막일 것이다. 정말이지 주얼을 비난할 수 없다. 자기 말을 포기하지 않으려는 것에 대해서가 아니라, 앤스처럼 망할 바보와 인연을 끊으려는 것에 대해서 비난할 수 없다.

아니면 그때 그런 생각이 들었다. 정말이지 나중에 자책의 발길질을 하게 될 거라는 걸 알면서도, 앤스같이 저주받을 사람에게 도움을 줄 수밖에 없도록 만드는 무언가가 있다. 다음 날 아침 식사 후 한 시간쯤 지났을 때, 스놉스네에서 일하는 유스터스 그림이 노새 한 쌍을 끌고 와 앤스를 찾았기 때문이다.

"스놉스하고 앤스하고 거래하게 될 줄은 몰랐소." 내가 말했다.

"그렇죠." 유스터스가 말했다. "그들 모두의 마음에 든 것은 그 말밖에 없었어요. 스놉스 씨에게도 말했는데, 스놉스 씨는 이 노새 한 쌍을 50달러에 주려고 했죠. 왜냐면 스놉스 씨 삼촌 플렘이 그 텍사스 말들을 예전처럼 계속 가지고 있었더라면, 아마도 앤스는 절대로———"

"그 말이라고?" 내가 말했다. "앤스 아들이 그 말을 타고 어젯밤에 떠났는데, 아마 지금쯤 텍사스로 절반은 갔을 텐데, 그러면 앤스가——"

"누군지 모르겠지만 그 말을 가져왔답니다." 유스터스가 말했다. "전에 본 적이 없는 말이었죠. 오늘 아침 먹이를 주러 헛간에 갔다가, 그 말을 보고 스놉스 씨에게 말했더니, 여기로 노새 한 쌍을 가져다주라더군요."

확실히 그들이 주얼을 보는 것은 이게 마지막일 것이다. 아마도 크리스마스가 되면 텍사스에서 주얼이 보낸 엽서를 받아볼지도 모르겠다. 주얼이 하지 않았다면, 내가 말을 가져다 놓았을 것이다. 나도 앤스에게 그만큼 갚아줄 것이 많다. 정말이지 앤스는 어떤 식으로든 사람의 넋을 빼놓는다. 정말이지 꼴사납다.

바더먼

이제 일곱 마리가 작고 까만 원을 그리며 날고 있다.

"저기야, 다알." 내가 말한다. "보여?"

다알이 올려다본다. 우리는 말똥가리들이 미동도 하지 않고 작고 까만 원을 그리는 것을 본다.

"어제는 네 마리였는데." 내가 말한다.

헛간에 네 마리 넘게 있었다.

"저것들이 다시 마차에 앉으려고 하면 내가 어떻게 할 건지 알아?" 내가 말한다.

"어떻게 할 건데?" 다알이 말한다.

"엄마 위에 앉지 못하게 할 거야." 내가 말한다. "캐시 위에도 앉지 못하게 할 거야."

캐시는 아프다. 아파서 관 위에 누워 있다. 하지만 엄마는 물고기다.

"못슨에서 약을 구해야겠다." 아버지가 말한다. "그래야 할 것 같다."

"좀 어때, 캐시?" 다알이 말한다.

"걱정할 정도는 아니야." 캐시가 말한다.

"좀 더 높이 받쳐줄까?" 다알이 말한다.

캐시는 다리가 부러졌다. 캐시는 다리가 두 번 부러졌다. 머리 아래에 돌돌 만 이불을 대고, 무릎 아래에 나무 조각을 댄 채, 캐시가 관 위에 누워 있다.

"캐시를 암스티드네에 남겨두었어야 했나 보다." 아버지가 말한다.

나는 다리가 부러진 적이 없고 아버지도 없고 다알도 없다 "그냥 부딪친 거예요." 캐시가 말한다. "울퉁불퉁한 길을 지날 때 약간 삐걱대는 것뿐이에요. 걱정할 정도는 아니에요." 주얼이 가 버렸다. 어느 날 저녁 주얼과 말이 가 버렸다

"너희 엄마는 우리가 신세 지는 걸 원치 않을 거다." 아버지가 말한다. "맹세코 난 할 수 있는 한 최선을 다하고 있다." 주얼의 엄마가 말이라서 그런 거야 다알? 내가 말했다.

"밧줄을 좀 더 조일 수 있을 것 같아." 다알이 말한다. 그래서 주얼이랑 나 둘 다 헛간에 있었고 엄마는 마차에 있었던 거다 말은 헛간에 살고 나는 말똥가리를 엄마한테서 쫓아내야 하니까

"원하면 그렇게 해." 캐시가 말한다. 듀이 델은 다리가 부러진 적이 없고 나도 없다. 캐시는 내 형이다.

우리는 멈춘다. 다알이 밧줄을 느슨하게 하자 캐시가 다시 땀을 흘리기 시작한다. 캐시의 이가 드러난다.

"아파?" 다알이 말한다.

"원래대로 하는 게 좋겠어." 캐시가 말한다.

다알이 밧줄을 세게 당겨 원래대로 해놓는다. 캐시의 이가 밖

으로 드러난다.

"아파?" 다알이 말한다.

"걱정할 정도는 아니야." 캐시가 말한다.

"아버지한테 천천히 몰아 달라고 할까?" 다알이 말한다.

"아니." 캐시가 말한다. "지체할 시간이 없어. 괜찮아."

"못슨에서 약을 구해야겠다." 아버지가 말한다. "그래야 할 것 같다."

"아버지한테 계속 가라고 해." 캐시가 말한다. 우리는 계속 간다. 듀이 델이 뒤로 기대어 캐시의 얼굴을 닦는다. 캐시는 내 형이다. 하지만 주얼의 엄마는 말이다. 내 엄마는 물고기다. 다알은 우리가 물속에 들어가면 엄마를 다시 볼 수 있을 거라고 했고 듀이 델은 엄마가 관 안에 있는데 어떻게 엄마가 관 밖으로 나오니? 라고 말했다. 엄마는 내가 뚫어 놓은 구멍으로 나와서 물속으로 들어갔어. 라고 내가 말했고. 우리가 물속에 다시 들어가면 난 엄마를 볼 수 있을 거다. 나의 엄마는 관 안에 있지 않다. 나의 엄마한테서는 저런 냄새가 나지 않는다. 내 엄마는 물고기다

"제퍼슨에 도착할 때쯤이면 그 케이크 꼴이 볼만하겠다." 다알이 말한다.

듀이 델은 뒤돌아보지 않는다.

"못슨에서 팔아버리는 게 낫겠다." 다알이 말한다.

"언제 못슨에 도착해, 다알?" 내가 말한다.

"내일." 다알이 말한다. "노새가 안간힘을 쓰다가 산산이 무너지지 않는다면 말이지. 스놉스 아저씨가 노새에게 톱밥을 먹인 게 분명해."

"왜 아저씨가 노새에게 톱밥을 먹였어, 다알?" 내가 말한다.

"저기." 다알이 말한다. "보여?"

이제 아홉 마리가 작고 까만 원을 그리며 날고 있다.

언덕 기슭에 이르자 아버지가 마차를 세우고 다알과 듀이 델과 내가 마차에서 내린다. 캐시는 다리가 부러져서 걸을 수 없다. "힘내란 말이다, 노새야." 아버지가 말한다. 노새가 힘겹게 걷는다. 마차가 삐걱댄다. 다알과 듀이 델과 나는 마차 뒤에서 걸어서 언덕 위로 올라간다. 마차가 언덕 꼭대기에 이르자 아버지가 마차를 세우고 우리는 다시 마차에 올라탄다.

이제 열 마리가 하늘에서 작고 까만 원을 그리며 날고 있다.

모즐리

우연히 고개를 들어보니 여자아이가 창문 밖에서 안을 들여다보고 있었다. 유리창 가까이 서 있던 것도 아니고 무언가를 특별히 바라보는 것도 아니었다. 머리를 이쪽으로 돌린 채 거기 서서 나를 바라보고 있었는데, 어딘가 초점 없이 멍한 눈빛이었다. 마치 신호를 기다리고 있는 것 같았다. 내가 다시 고개를 들었을 때 여자아이가 문쪽으로 다가오고 있었다.

사람들이 그렇듯, 여자아이가 방충문 앞에서 잠시 갈팡질팡하다가 들어왔다. 챙이 빳빳한 밀짚모자를 머리 위에 쓰고 신문지에 싼 꾸러미를 들고 있었다. 가진 게 25달러나 기껏해야 1달러니까, 잠깐 우두커니 서 있다가 싸구려 빗이나 흑인들이 주로 쓰는 화장수 한 병을 사겠지 생각해서, 잠시 방해하지 않고 내버려 두었다. 보아하니 뚱하고 어색해하는 태도가 예뻤다. 무엇을 사든 최종적으로 결정한 물건을 사고 난 다음보다 체크무늬 원피스를 입고 화장기 없는 지금 얼굴이 더 나을 거라고 생각했다. 아니면 자기가 무엇을 원하는지 말하기 전이 더 나을 거라는 생각이 들었다. 여자아이에겐 들어오기 전부터 이미 마음에 둔 물건이 있다는 것을 나는 알고 있었다. 하지만 재촉하지 않고 시간을 주어야 한다. 그래서 나는 하던 일을 계속했다. 앨버트가 소다수 판매대에서 일을 마치면, 그때 여자아이를 응대하게 할 생각이었는데, 그때 앨버트가 내게 돌아왔다.

"저 여자요." 앨버트가 말했다. "뭘 원하는지, 직접 물어보시는 게 좋겠어요."

"뭘 원하는데?" 내가 말했다.

"모르겠어요. 전 알아낼 수가 없어요. 직접 물어보세요."

그래서 나는 계산대를 돌아서 갔다. 여자아이는 마치 익숙한 듯 맨발이었고, 발을 바닥에 평평하게 붙이고, 편하게 서 있었다. 여자아이는 꾸러미를 들고 나를 응시하고 있었다. 여자아이의 두 눈은 내가 지금까지 본 눈 가운데 가장 까맸고, 얼굴은 낯설었다. 그 여자아이를 못슨에서 본 기억이 없다. "뭘 도와줄까?" 내가 말했다.

여자아이는 여태 아무 말도 하지 않았다. 눈을 깜빡이지 않고 나를 바라보았다. 그러고는 소다수 판매대에 있는 사람들을 뒤돌아보았다. 여자아이의 시선이 나를 지나치고, 가게 뒤쪽을 향했다.

"화장품류를 보고 싶니?" 내가 말했다. "아니면 약이 필요하니?"

"그거요." 여자아이가 말했다. 여자아이가 재빨리 소다수 판매대 쪽을 다시 보았다. 그래서 나는 여자아이의 엄마나 누군가 여성용 약을 심부름시켰는데 부끄러워서 말 못하고 있는 거라고 생각했다. 그걸 어디에 쓰는지 알기에는 아직 나이가 너무 어리기도 하고, 그런 피부를 가진 사람이 그걸 직접 사용할 리가 없다는 걸 알고 있었다. 여자들이 그런 약을 먹고 스스로 몸을 망치다니 유감이다. 하지만 이 나라에서는 그런 물건을 팔지 않으면 장사를 접어야 한다.

"아." 내가 말했다. "어떤 걸 사용하니? 여기엔———" 여자아이가 다시 나를 보았는데, 마치 아무 말도 말라며 쉿 하고 경고하는 것 같았다. 그러고는 가게 뒤쪽을 다시 보았다.

"저기 뒤쪽으로 가면 좋겠어요." 여자아이가 말했다.

"그래." 내가 말했다. 손님의 비위를 맞춰야 한다. 그래야 시간을 아낄 수 있다. 나는 여자아이를 따라 뒤쪽으로 갔다. 여자아이가 문 위에 손을 얹었다. "저 뒤엔 조제실밖에 없단다." 내가 말했다. "뭐가 필요하니?" 여자아이가 멈추고 나를 바라보았다. 여자아이의 얼굴과 눈이 한 꺼풀 벗겨진 듯했다. 그 눈은 멍청해 보이기도 하고 희망에 차 있으며 동시에 실망스러운 일도 기꺼이 받아들이겠다는 듯 시무룩했다. 하지만 어떤 곤경에 처해 있는 게 분명했다. 그래 보였다. "무슨 문제니?" 내가 말했다. "원하는 걸 말하렴. 내가 꽤 바쁘단다." 재촉하려는 의도에서 한 말은 아니었지만, 나는 밖에 나돌아다니는 사람들처럼 시간이 여유롭지 않다.

"여자들이 겪는 문제에요." 여자아이가 말했다.

"아." 내가 말했다. "그게 다니?" 나는 보기보다 여자아이가 어려서 초경에 겁먹었거나, 젊은 여자들이 그렇듯이 월경이 불규칙하겠거니 생각했다. "엄마는 어디 계시니?" 내가 말했다. "엄마 안 계시니?"

"엄마는 저기 마차에 계세요." 여자아이가 말했다.

"약을 먹기 전에 엄마하고 먼저 얘기하는 게 좋겠다." 내가 말했다. "여자라면 누구라도 그것에 대해 얘기해 줬을 텐데." 여자아이가 나를 바라보았다. 나도 여자아이를 다시 보고 말했다. "몇 살이니?"

"열일곱이요." 여자아이가 말했다.

"아." 내가 말했다. "난 네가 아마도......." 여자아이가 나를 바라보고 있었다. 그러고 보니 여자아이의 눈은 나이를 알 수 없었고 세상만사를 다 아는 것처럼 보였다. "너무 규칙적이니 아니면 불규칙적이니?"

여자아이는 나를 더 이상 바라보지 않았지만, 움직이지 않았다. "예." 여자아이가 말했다. "그런 것 같아요. 그래요."

"그럼, 어느 쪽이니?" 내가 말했다. "모르는 거니?" 이건 범죄이자 수치이다. 하지만 결국 이런 사람들은 누군가로부터 그 약을 살 것이다. 여자아이는 거기 서서 나를 바라보지 않는다. "그걸 멈추게 하고 싶니?" 내가 말했다. "그러니?"

"아뇨." 여자아이가 말했다. "그거예요. 이미 멈췄어요."

"그럼, 뭘———" 여자들이 남자를 상대할 때 그러하듯, 여자아이가 얼굴을 조금 숙였다. 그래서 남자들은 다음 번개가 어디서 칠지 전혀 알 수 없다. "아직 미혼이지. 그렇지?" 내가 말했다.

"예."

"아." 내가 말했다. "그게 멈춘 지 얼마나 됐니? 다섯 달 정도?"

"두 달밖에 안 됐어요." 여자아이가 말했다.

"그런데 이 가게에는 네가 살 수 있는 게 없구나." 내가 말했다. "우유병 젖꼭지면 몰라도. 조언하자면, 그걸 사들고 집에 돌아가서 아버지에게 말하는 게 좋겠다. 아버지가 있다면 말이지. 그러면 아버지가 그 사람이랑 혼인신고를 할 수 있도록 도와주실 거다. 그거 말고 또 필요한 게 있니?"

하지만 여자아이는 거기 서서 나를 바라보지 않는다.

"저 돈이 있어요." 여자아이가 말했다.

"그 돈 네 돈이니, 그 사람이 사내 노릇을 하느라 준 돈이니?"

"그 사람이 준 거예요. 10달러요. 그거면 충분하다고 했어요."

"1000달러를 준다 해도 이 가게에서 살 수 있는 게 없고, 10센트로도 살 수 있는 게 없단다." 내가 말했다. "내 조언을 받아들여 집에 돌아가서 아버지나 오빠가 있으면 아버지나 오빠에게 얘기하고 아니면 길에서 처음으로 만나는 사람에게 얘기하렴."

그러나 여자아이는 움직이지 않았다. "레이프가 약국에서 구할 수 있다고 했어요. 약사님이 팔았다는 걸 아무한테도 말하지 않겠다고 말하면 된다고 했어요."

"그렇다면 네 소중한 레이프가 그걸 직접 사러 왔으면 좋았을 텐데 말이다. 그랬으면 좋았겠지. 잘 모르겠지만, 그랬다면 그 사람을 조금은 존중할 수 있었을 거다. 그러니 돌아가서 내가 그렇게 말했다고 말하렴—지금쯤 그 사람이 텍사스로 절반쯤 도망가지 않았다면 말이지. 물론 그러고 있겠지만. 나는 말이다, 존경받을 만한 약사로서 약국을 운영해 왔고, 한 집안의 가장이면서 이 도시에서 56년간 교회를 다녔단다. 네 가족이 누군지만 알면, 내가 직접 가족에게 말해 줄 수도 있단다."

그제야 여자아이가 나를 바라보았다. 창문을 통해 처음 보았을 때처럼 여자아이의 눈과 얼굴이 다시 멍해졌다. "몰랐어요." 여자아이가 말했다. "레이프가 약국에서 구할 수 있다고 했어요. 약국에서 그걸 안 팔려고 할 수도 있지만, 10달러를 주고 아무한테도 말하지 않겠다고 하면...."

"그 사람이 이 약국을 말한 건 아니겠지." 내가 말했다. "그랬거나 내 이름을 언급했다면, 증명해야 할 거다. 다시 말해 보라고 하거나 고소해서 법적 절차를 밟게 할 거니까 그 사람에게 그렇게 말하렴."

"하지만 다른 약국에서 팔 수도 있잖아요." 여자아이가 말했다.

"그건 알고 싶지 않구나. 내가 보기에 그건———" 그러고 여자아이를 바라보았다. 여자들의 삶은 고되다. 때로 남자들이....... 죄에 대한 변명이 가능하다고 해도 그건 변명이 될 수 없다. 그러니까 산다는 건 결코 쉽지 않다. 그랬다면 선량한 사람이 죽을 이유가 없을 것이다. "자." 내가 말했다. "그런 생각은 머릿속에서 지우렴. 주님께서 네가 갖게 된 걸 주신 거란다. 비록 악마를 이용하시긴 했지만 말이다. 그걸 없애는 것도 주님의 뜻에 따라야 한단다. 레이프에게 돌아가서 그 10달러로 결혼하렴."

"레이프가 약국에서 구할 수 있다고 했어요." 여자아이가 말했다.

"그럼 가서 구해 보렴." 내가 말했다. "여기서는 구할 수 없단다."

여자아이가 꾸러미를 들고 나갔는데, 여자아이의 발이 바닥에서 약간의 쉿 소리를 냈다. 여자아이는 문에서 다시 갈팡질팡하다가 나갔다. 창문을 통해 여자아이가 길을 따라 내려가는 게 보였다.

앨버트가 나머지 얘기를 들려줬다. 앨버트에 의하면, 그러밋 철물점 앞에 마차가 멈췄는데, 여자들은 손수건으로 코를 막고 뿔뿔이 흩어지고, 냄새를 잘 못 맡는 남자와 소년들은 마차 주위에 서서, 경찰관이 남자와 싸우는 소리를 듣고 있었다. 키가 조금 크고 수척한 그 남자는 마차에 앉아서 이 도로는 공공을 위한 것이니 자신도 다른 사람들처럼 도로를 이용할 권리가 있다고 주장했다. 경찰관은 그 남자보고 이동하라고 요구했는데, 견딜 수 없는 냄새 때문이었다. 죽은 지 여드레가 되었대요, 앨버트가 말했다. 요크나파터파 카운티 어디 출신인데 제퍼슨까지 시신을 운구하는 중이라고 했다. 사람들은 앨버트가 말한 그 마차가 마을을 빠져나가기도 전에 산산이 부서지지 않을까 두려웠고, 집에서 만든 관을 싣고 그 위에 이불을 깔고 누운 다리가 부러진 남자, 아버지와 사내아이가 타고 있는 마차는, 개미집에 들어가는 썩은 치즈 조각이나 다름없었을 것이다. 경찰관들은 그들을 마을에서 내보내려 애쓰고 있었다.

"여긴 공공대로잖아요." 그 남자가 말한다. "우리도 따른 사람들처럼 가던 길을 멈추고 물건을 살 수 있는 거잖아요. 물건을 사고 그 값을 치를 돈도 있는데, 원하는 곳에 돈을 쓰지 못하게 하는 그런 법은 어데도 없잖아요."

그들은 시멘트를 사려고 마차를 멈추었다. 다른 아들이 그러밋 철물점에서 시멘트 부대를 뜯어 10센트 어치만 팔라고 했고, 그러밋은 그를 내쫓기 위해 결국 시멘트 부대를 뜯었다. 그들은 부러진 다리를 어떻게든 고정하려고 시멘트를 샀다.

"저런, 저러다 죽겠어요." 경찰관이 말했다. "그러면 다리를 잃게 됩니다. 저 남자는 의사에게 데려가고, 이건 가능한 한 빨리 묻어요. 공중위생을 위태롭게 하면 감옥에 갈 수 있다는 걸 모릅니까?"

"우리는 최선을 다하고 있습니다." 그 아버지가 말했다. 그러더니 그는 어떻게 마차가 돌아오기를 기다려야 했는지 어떻게 다리가 유실됐고 어떻게 다른 다리를 건너려고 8마일을 갔는데 그마저 유실되는 바람에 왔던 길을 되돌아가 여울을 건너는데 노새가 익사하고 새로 노새를 구했는데 길이 씻겨 내려가 못슨으로 우회할 수밖에 없었다는 긴 이야기를 했다. 그때 시멘트를 든 남자가 돌아와서 아버지에게 입 닥치라고 말했다.

"곧 떠납니다." 시멘트를 든 남자가 경찰에게 말했다.

"누구에게도 폐 끼칠 생각이 없었습니다." 그 아버지가 말했다.

"저 사람을 의사에게 데려 가요." 경찰관이 시멘트를 든 남자에게 말했다.

"괜찮을 겁니다." 시멘트를 든 남자가 말했다.

"우리가 몰인정한 게 아닙니다." 경찰관이 말했다. "아마 당신들 본인이 그 이유를 잘 알고 있을 겁니다."

"그럼요." 그 아버지가 말했다. "듀이 델이 오는 대로 떠납니다. 꾸러미를 배달하러 갔답니다."

그래서 그들이 거기에 있는 동안 사람들은 손수건으로 얼굴을 가린 채 뒤로 물러났다. 잠시 후 여자아이가 신문지에 싼 꾸러미를 들고 나타났다.

"서둘러." 시멘트를 든 남자가 말했다. "시간을 너무 지체했어." 그리고 그들은 마차를 타고 떠났다. 저녁을 먹으러 갔을 때 아직도 냄새가 나는 것 같았다. 그다음 날 경찰관을 만났을 때, 나는 코를 킁킁대다가 말했다.

"무슨 냄새가 납니까?"

"지금쯤 그 사람들이 제퍼슨에 도착했겠죠." 경찰관이 말했다.

"아니면 감옥에 있겠죠. 그게 우리 감옥이 아닌 게 천만다행입니다."

"그러네요." 경찰관이 말했다.

다알

"여기야." 아버지가 말한다. 아버지가 마차를 세우고 앉아서 그 집을 바라본다. "저기서 물을 얻을 수 있겠다."

"알겠어요." 내가 말한다. "듀이 델, 저 사람들한테 양동이를 빌려와."

"신은 아신다." 아버지가 말한다. "내가 신세 지지 않으리라는 걸 신은 아신다."

"크기가 적당한 깡통을 보면 가져와." 내가 말한다. 듀이 델이 꾸러미를 들고 마차에서 내린다. "못슨에서 케이크를 팔려고 했던 일이 생각보다 잘 안 됐나 봐." 내가 말한다. 어떻게 우리의 삶이 바람도 소리도 없이 지치도록 반복되는 지친 몸짓이 되어가는 것인가. 손도 현도 없이 울리는 오래된 충동의 메아리. 해질녘, 우리는 광포한 태도에, 그리고 인형의 죽은 몸짓에 빠져든다. 캐시는 다리가 부러졌고 이제 톱밥이 떨어져 가고 있다. 피를 흘리며 죽어가는 건 캐시다.

"난 신세 지지 않을 거다." 아버지가 말한다. "신께서 아신다."

"그럼 아버지가 직접 물을 길어오세요." 내가 말한다. "캐시 모자를 사용하면 돼요."

듀이 델이 어떤 남자와 함께 돌아온다. 그때 남자가 걸음을 멈추고 듀이 델이 다가오자 거기 서 있다가 잠시 후 그 집에 돌아가 현관에 서서 우리를 지켜본다.

"캐시를 내리지 않는 게 좋겠다." 아버지가 말한다. "여기서 고정할 수 있을 것 같다."

"내려올래, 캐시?" 내가 말한다.

"내일 제퍼슨에 도착하지 않나요?" 캐시가 말한다. 캐시가 질문하듯 집중하면서도 슬픈 눈으로 우리를 바라보고 있다. "그때까지 견딜 수 있어요."

"이게 더 편할 거다." 아버지가 말한다. "마찰을 막아줄 거야."

"견딜 수 있어요." 캐시가 말한다. "여기 멈춰 서서 시간을 지체할 수 없어요."

"시멘트를 이미 사놨다." 아버지가 말한다.

"견딜 수 있어요." 캐시가 말한다. "딱 하루만 더 견디면 되잖아요. 드러내놓고 말할 만큼 아프지 않아요." 캐시가 수척한 잿빛 얼굴로 의문을 담은 듯 눈을 크게 뜨고 우리를 바라본다. "그렇게 정하셨군요." 캐시가 말한다.

"시멘트를 이미 사놨다." 아버지가 말한다.

나는 깡통에 시멘트를 넣은 후, 천천히 물을 붓고 섞어서 나선형의 걸쭉한 연녹색 반죽을 만든다. 나는 깡통을 캐시가 볼 수 있게 마차로 가져간다. 캐시는 등을 대고 누워 있는데, 여윈 캐시의 측면 그림자가, 하늘을 배경으로 금욕적이고 심오해 보인다. "반죽이 잘 됐는지 봐줘." 내가 말한다.

"물이 많으면 잘 안 굳어." 캐시가 말한다.
"이 정도면 물이 너무 많은 거야?"
"모래를 좀 섞어야겠어." 캐시가 말한다. "딱 하루만 더 견디면 되는데." 캐시가 말한다. "걱정할 정도는 아닌데."

바더먼이 우리가 건넜던 개울로 다시 길을 따라 내려가서 모래를 가지고 돌아온다. 바더먼이 깡통 안에 있는 나선형의 걸쭉한 시멘트 반죽에 모래를 천천히 붓는다. 나는 다시 마차로 간다.

"이 정도면 괜찮아?"
"응." 캐시가 말한다. "참을 수 있는데. 걱정할 정도는 아닌데."

우리는 부목을 풀고 캐시의 다리 위에 시멘트를 천천히 붓는다.

"조심해." 캐시가 말한다. "가능하면 상처에 닿지 않게 해."
"알았어." 내가 말한다. 시멘트가 캐시의 다리에 뚝뚝 떨어지자, 듀이 델이 꾸러미에서 종이를 찢어 상처 위쪽부터 시멘트를 닦아낸다.

"어때?"
"괜찮아." 캐시가 말한다. "차갑지만 괜찮아."
"그게 도움이 될 거다." 아버지가 말한다. "네게 용서를 구하마. 너도 예상하지 못했겠지만, 나도 이런 일이 일어나리라고 생각하지 못했다."
"괜찮아요." 캐시가 말한다.

그저 영원한 시간 속으로 들어갈 수 있다면. 그건 멋진 일이다. 그저 영원한 시간 속으로 들어갈 수 있다면 좋겠다.

새 부목과 끈으로 단단하게 조여 매니, 연녹색의 걸쭉한 시멘트가 끈 사이로 밀려 나오고, 캐시가 깊은 의문을 품은 표정으로 조용히 우리를 바라본다.

"이제 고정될 거야." 내가 말한다.

"응." 캐시가 말한다. "고마워."

그러고 나서 우리가 모두 마차에서 몸을 돌리니 주얼이 보인다. 나무 같은 등과 나무 같은 얼굴을 하고 엉덩이 아래만 움직이며 우리 뒤에서 길을 따라 올라오고 있다. 뚱하고 성난 얼굴에, 창백하고 굳은 눈으로, 아무 말 없이 다가와 마차에 올라탄다.

"이제 언덕이다." 아버지가 말한다. "너희는 마차에서 내려 걸어야겠다."

바더먼

다알과 주얼, 듀이 델과 내가 마차 뒤에서 언덕 위를 걸어 올라가고 있다. 주얼이 돌아왔다. 주얼이 길을 따라 올라와 마차에 올라탔다. 주얼이 걷고 있었다. 주얼에게는 이제 말이 없다. 주얼은 내 형이다. 캐시도 내 형이다. 캐시는 다리가 부러졌다. 우리는 캐시의 다리가 아프지 않도록 고쳤다. 캐시는 내 형이다. 주얼도 내 형인데, 다리가 부러지지 않았다.

이제 다섯 마리가 작고 까만 원을 그리며 날고 있다.

"저 말똥가리들은 밤에 어디에 있어, 다알?" 내가 말한다. "우리가 밤에 헛간에 있을 때, 저 말똥가리들은 어디에 있어?"

언덕이 하늘 속으로 사라진다. 그때 태양이 언덕 뒤에서 올라오고, 노새와 마차와 아빠가 태양 위를 걷는다. 태양 위를 천천히 걷는 그들의 모습을 쳐다볼 수가 없다. 제퍼슨에 있는 장난감 기차는 진열창 뒤 선로 위에서 빨갛다. 선로가 빛나며 돌고 돈다. 듀이 델이 그렇게 말한다.

오늘 밤 우리가 헛간에 있을 때 저 말똥가리들이 어디에 머무는지 알아볼 것이다.

다알

"주얼." 내가 말한다. "넌 누구 아들이야?"

산들바람이 헛간 뒤에서 불어오고, 우리는 애디를 사과나무 아래에 놓았다. 기다랗게 잠들어 있는 판자 위로 사과나무가 달빛을 받아 얼룩덜룩한 그림자를 드리우고, 이따금 그 안에 누워 있는 애디가 은밀하게 속삭이는 거품이 터져 졸졸 흐르는 소리로 이야기한다. 나는 그 소리를 들려주려고 바더먼을 데려갔다. 우리가 다가가자, 고양이가 관 위에서 뛰어내리고 은빛 발톱과 은빛 눈을 반짝이며 어둠 속으로 휙 사라졌다.

"네 엄마는 말이었는데, 아버지는 누구였어, 주얼?"

"빌어먹을 거짓말쟁이."

"그렇게 부르지 마." 내가 말한다.

"빌어먹을 거짓말쟁이."

"그렇게 부르지 마, 주얼." 높다란 달빛 아래, 주얼의 눈이 하늘 높이 솟아오른 작은 축구공에 붙어 있는 하얀 종잇조각처럼 보인다.

저녁 식사 후 캐시가 조금씩 땀을 흘리기 시작했다. "다리가 점점 뜨거워지고 있어." 캐시가 말했다. "온종일 햇빛을 받아서 그럴 거야."

"거기에 물을 좀 부을까?" 우리가 말한다. "그러면 좀 나아질 거야."

"고마워." 캐시가 말했다. "햇빛을 받아서 그래. 생각을 좀 하고 뭐라도 덮어 두었어야 했어."

"우리가 생각했어야 해." 우리가 말했다. "캐시는 의심할 수 없었을 거야."

"나도 뜨거워지는 걸 전혀 알아채지 못했어." 캐시가 말했다. "내가 좀 더 신경 썼어야 해."

그래서 우리는 그 위에 물을 부었다. 시멘트 아래로 나온 캐시의 다리와 발이 삶은 것처럼 보였다. "좀 나아?" 우리가 말했다.

"고마워." 캐시가 말했다. "괜찮아."

듀이 델이 옷자락으로 캐시의 얼굴을 닦는다.

"잠 잘 수 있겠어?" 우리가 말한다.

"응." 캐시가 말한다. "고마워. 이제 괜찮아."

주얼, 내가 말했다. 아버지는 누구였어, 주얼?

망할 자식. 망할 자식.

바더먼

엄마가 사과나무 아래에 있었다. 다알과 내가 달을 가로지르자 고양이가 뛰어내려 달려가고, 우리는 나무 안에서 나는 엄마 소리를 들을 수 있다.

"들려?" 다알이 말한다. "귀를 가까이 대봐."

내가 귀를 가까이 대자 엄마 소리가 들린다. 엄마가 하는 말을 알아듣지 못할 뿐이다.

"엄마가 뭐래, 다알?" 내가 말한다. "엄마가 누구한테 말하는 거야?"

"하느님에게 말하고 있어." 다알이 말한다. "하느님께 도와 달라고 하는 거야."

"뭘 도와 달라는 거야?" 내가 말한다.

"다른 사람들 눈에 띄지 않게 해달라고 부탁하는 거야." 다알이 말한다.

"왜 다른 사람들 눈에 띄지 않게 해달라고 부탁하는 거야?"

"그래야 삶을 내려놓을 수 있으니까." 다알이 말한다.

"왜 삶을 내려놓으려는 거야, 다알?"

"들어봐." 다알이 말한다. 엄마 소리가 들린다. 엄마가 옆으로 돌아눕는 소리가 들린다. "들어봐." 다알이 말한다.

"엄마가 옆으로 돌아누웠어." 내가 말한다. "나무를 통해 엄마가 나를 바라보고 있어."

"그래." 다알이 말한다.

"엄마가 어떻게 나무를 통해 볼 수 있어, 다알?"

"가자." 다알이 말한다. "조용히 있을 수 있게 해드려야 해, 가자."

"엄마는 밖을 볼 수 없어. 구멍이 관 뚜껑에 있단 말이야." 내가 말한다. "엄마가 어떻게 볼 수 있는 거야, 다알?"

"캐시를 보러 가자." 다알이 말한다.

그리고 나는 듀이 델이 아무에게도 말하지 말라고 한 것을 보았다

캐시는 다리가 아프다. 오늘 오후에 다리를 고쳤는데, 다리가 다시 아파서 자리에 누워 있다. 우리가 캐시 다리에 물을 부으니 괜찮아진다.

"난 괜찮아." 캐시가 말한다. "고마워."

"잠을 좀 청해 봐." 우리가 말한다.

"난 괜찮아." 캐시가 말한다. "고마워."

그리고 나는 듀이 델이 아무에게도 말하지 말라고 한 것을 보았다. 그건 아버지에 관한 것도 아니고 캐시에 관한 것도 아니고 주얼에 관한 것도 아니고 듀이 델에 관한 것도 아니고 나에 관한 것도 아니다

듀이 델과 나는 모포를 깔고 잠을 잘 것이다. 모포가 있는 뒤쪽 베란다에서는 헛간이 보인다. 달이 모포의 절반을 비추고 우리는 다리에 달빛을 받으며 반은 하얀 곳에 반은 검은 곳에 누울 것이다. 그러고 나서 우리가 헛간에 있는 동안 말똥가리들이 어디서 밤을 보내는지 알아볼 것이다. 우리는 오늘 밤 헛간에 있지 않지만, 헛간이 보인다. 그러니 말똥가리들이 어디서 밤을 보내는지 알아낼 것이다.

우리는 다리에 달빛을 받으며 모포에 누워 있다.

"봐 봐." 내가 말한다. "내 다리가 까맣게 보여. 듀이 델 다리도 까매."

"잠이나 자." 듀이 델이 말한다.

제퍼슨은 멀리 떨어져 있다.

"듀이 델."

"왜."

"지금 크리스마스가 아닌데 어떻게 그게 거기에 있을까?"

그게 빛나는 선로 위에서 돌고 돈다. 그러고는 선로가 반짝이며 돌고 돈다.

"뭐가?"

"그 기차. 진열창에 있던 거."

"잠이나 자. 그게 거기 있는지 내일이면 알 수 있어."

어쩌면 산타할아버지는 걔네가 도시 아이들이라는 것을 모를 수 있다.

"듀이 델."

"잠이나 자. 산타할아버지는 그걸 도시 아이들이 갖게 하지 않으실 거야."

장난감 기차가 진열창 뒤 반짝이며 돌고 도는 선로 위에 빨갛게 있었다. 그것 때문에 마음이 아팠다. 그런데 그때 아버지와 주얼, 다알과 길레스피 아저씨 아들이 나타났다. 길레스피 아저씨 아들의 다리가 잠옷 아래로 나와 있다. 길레스피 아저씨 아들이 달 속으로 들어가자 다리에 난 솜털이 보인다. 그들이 집을 돌아 사과나무 쪽으로 간다.

"저 사람들 뭐 하려는 거야, 듀이 델?"

그들이 집을 돌아 사과나무 쪽으로 갔다.

"엄마 냄새가 나." 내가 말한다. "누나도 엄마 냄새를 맡을 수 있어?"

"쉿." 듀이 델이 말한다. "바람의 방향이 바뀌었어. 잠이나 자."

그래서 나는 말똥가리들이 어디서 밤을 보내는지 곧 알아낼 것이다. 그들이 엄마를 어깨에 메고, 달빛을 받으며 마당을 가로지르고 집 주위를 돈다. 그들이 엄마를 헛간으로 옮기고, 달이 평평하고 조용하게 엄마를 비춘다. 그러고는 돌아와 다시 집 안으로 들어간다. 그들이 달빛 속에 있을 때, 길레스피 아저씨 아들의 다리에 난 솜털이 보였다. 그러고 나서 나는 기다렸다가 듀이 델?, 하고 말한 다음 기다렸고 그러고는 말똥가리들이 어디서 밤을 보내는지 찾으러 갔다가 듀이 델이 아무에게도 말하지 말라고 한 것을 보았다.

다알

불꽃이 타오르기 시작할 무렵, 경주마처럼 군살 없이 탄탄한 주얼이 속옷 차림으로, 어둠으로 몸을 빚기라도 한 것처럼 어두운 현관 앞에 있다. 주얼이 몹시 화가 나 믿을 수 없다는 표정으로 땅바닥으로 뛰어내린다. 고개나 눈을 돌리지도 않고 나를 보았다. 두 개의 작은 횃불처럼, 불꽃이 주얼의 두 눈에서 헤엄치고 있다. "서둘러." 주얼이 헛간을 향해 비탈을 뛰어 내려간다.

 잠시 달빛 아래에서 주얼이 은빛으로 달리는데, 소리 없는 폭발이 갑자기 일어나고, 함석을 얇게 잘라내 만든 납작한 조각상처럼, 주얼이 튀어나온다. 헛간 안에 화약이 가득했던 것처럼, 헛간 상층부까지 한순간에 불이 붙는다. 전면, 정사각형 모양의 현관 구멍이 나 있는 그 원뿔형 전면으로, 입체파가 그린 딱정벌레처럼 톱질 받침대 위에 사각형 모양으로 웅크리듯 놓여 있는 관이 뚜렷하게 드러난다. 내 뒤로 아버지와 길레스피 아저씨와 맥과 듀이 델과 바더먼이 집에서 나온다.

 주얼이 관 앞에서 멈추더니 몸을 굽히고는 분노한 얼굴로 나를 바라본다. 머리 위로 불꽃이 천둥소리를 낸다. 한 줄기 찬바람이 우리를 가로질러 돌진한다. 아직 뜨겁지는 않지만, 왕겨 한 줌이 갑자기 솟아오르고 말이 울부짖고 있는 마구간을 따라 빠르게 빨려 들어간다. "빨리." 내가 말한다. "말부터."

주얼이 한동안 나를 노려본다. 머리 위 지붕을 보더니, 말이 울부짖고 있는 마구간을 향해 뛰어간다. 말이 거꾸러지며 발로 차고, 내려치는 말발굽 소리가 타오르는 불꽃 소리 속으로 빨려 들어간다. 마치 끝없이 이어진 기차가 끝없는 교각을 건너는 소리처럼 들린다. 무릎까지 오는 잠옷을 입은 길레스피 아저씨와 맥이 소리 지르며 나를 지나쳐간다. 그들의 목소리가 가늘고 높고 의미 없으면서도 굉장히 거칠고 슬프다. "……젖소…….마구간……." 길레스피 아저씨의 잠옷이 바람에 날려 앞으로 나풀거리고, 털이 난 허벅지 근처에서 풍선처럼 부풀어 오른다.

마구간 문이 휙 닫힌다. 주얼이 엉덩이로 문을 뒤로 밀어내며 등을 동그랗게 구부리고, 옷 위로 근육이 불끈 드러난 채, 말의 머리를 잡아끌고 나타난다. 불길 속에서, 말의 눈이 부드러우면서도 빠르고 거친 유백색 불빛으로 굴러간다. 말이 머리를 이리저리 휘저을 때마다 말 근육에 주름이 생겼다가 펴지고, 주얼의 몸이 공중으로 뜬다. 주얼이 천천히, 훌륭하게, 말을 끌어낸다. 주얼이 다시 분노에 찬 눈빛으로, 나를 어깨 너머 잠시 바라본다. 헛간에서 완전히 나와서도, 말이 계속 몸부림치며 격렬하게 현관을 향해 뒤로 움직인다. 길레스피 아저씨가 완전히 벌거벗은 채, 나를 지나간다. 잠옷으로 노새의 머리를 감싸고, 광분한 말을 때려 문밖으로 끌어낸다.

주얼이 뛰어서 돌아온다. 다시 관을 내려다본다. 하지만 앞으로 나아간다. "젖소는 어디 있어?" 주얼이 나를 지나치며 소리 지른다. 나는 주얼의 뒤를 따라간다. 맥이 마구간에서 다른 노새와 씨름하고 있다. 노새가 거칠게 눈을 희번덕거리며 머리를 불길 쪽으로 돌리고, 소리를 내지는 않는다. 노새는 그냥 그 자리에 서서, 어깨너머로 맥을 바라보고, 맥이 다가올 때마다 뒷다리와 엉덩이를 흔든다. 두 눈을 동그랗게 뜨고 입을 동그랗게 벌린 채 맥이 우리를 돌아보는데 세 개의 구멍이 있는 얼굴에 난 주근깨가 접시 위에 놓인 영국 콩처럼 보인다. 맥의 목소리가 가늘고 높고 아득하다.

"노새가 말을 안 들어······." 입술에서 쓸려 나온 맥의 목소리가 사방으로 퍼졌다가, 소진될 정도로 먼 거리에서 다시 말을 건네는 것 같다. 주얼이 우리를 미끄러지듯 지나간다. 노새가 빙빙 돌며 달려들지만, 주얼에게 이미 머리를 잡혀있다. 내가 맥의 귀에 몸을 기울인다.

"잠옷. 노새 머리에."

맥이 나를 빤히 바라보더니 잠옷을 찢어 노새의 머리에 씌우자, 노새가 바로 유순해진다. 주얼이 맥에게 소리친다. "젖소는? 젖소는?"

"뒤쪽." 맥이 외친다. "맨 끝 마구간."

우리가 들어서자, 젖소가 우리를 바라본다. 젖소는 구석으로 밀려나, 머리를 숙이고 여전히 빠르게 되새김질하고 있다. 하지만 움직이지 않는다. 주얼이 잠시 멈추고, 위를 바라보고 있는데, 갑자기 바닥 전체가 무너져 내리고 다락까지 불로 변한다. 희미한 불꽃이 어지럽게 비처럼 쏟아진다. 주얼이 휙 둘러본다. 구유 아래 뒤편에 우유를 짤 때 쓰는 세발 의자가 있다. 주얼이 그 의자를 잡아 들더니 뒷벽 나무판자를 향해 내던진다. 나무판자 하나를 찢고 나서 또 하나를, 세 번째 판자를 뜯어낸다. 우리도 나무판자 조각을 뜯어낸다. 우리가 구멍 앞에서 몸을 굽히고 있는 동안, 무언가 뒤에서 우리를 향해 돌진한다. 바로 젖소다. 젖소가 휘파람 불 듯 숨을 한 번 쉬고, 우리 사이로 뛰어들어 구멍을 통과해 불빛 환한 바깥으로 내달린다. 척추 끝까지 빗자루를 수직으로 못 박아 놓은 것처럼, 젖소의 꼬리가 꼿꼿하고 빳빳하다.

주얼이 헛간으로 되돌아간다. "여기." 내가 말한다. "주얼!" 내가 주얼을 붙잡는다. 주얼이 내 손을 뿌리친다. "바보 같으니라구." 내가 말한다. "헛간 저쪽으로 다시 돌아갈 수 없다는 걸 모르겠어?" 통로는 탐조등이 비가 되어 내리는 것 같다. "어서." 내가 말한다. "이쪽으로."

우리가 구멍을 통과하고, 주얼이 달리기 시작한다. "주얼." 나도 달리며 말한다. 주얼이 쏜살같이 모퉁이를 돈다. 내가 모퉁이에 도착했을 때, 주얼은 거의 다음 모퉁이에 도달했다. 함석에서 잘라 내 만든 조각상이 불길을 배경으로 달리는 것 같다. 아버지와 길레스피 아저씨와 맥이 조금 떨어진 곳에서, 헛간을 바라보고 있었다. 잠시 달빛이 완전히 사라진 어둠 속에서, 헛간이 분홍색으로 빛나고 있었다. "주얼을 잡아요!" 내가 외친다. "주얼을 막아요!"

내가 헛간 전면에 도착했을 때, 주얼이 길레스피 아저씨와 씨름하고 있었다. 속옷 차림의 군살 없는 주얼과 완전히 벌거벗은 길레스피 아저씨. 붉은 섬광 때문에, 두 사람은 모든 현실에서 동떨어진, 그리스 건축물의 띠 모양 장식물 속 조각상처럼 보인다. 내가 두 사람에게 다가가기도 전에, 주얼이 길레스피 아저씨를 땅에 때려눕히고 몸을 돌려 헛간 안으로 뛰어 들어간다.

강물 소리가 그랬듯이, 불타는 소리도 이제 꽤 평화로워졌다.

현관 앞쪽이 무너지면서 주얼이 몸을 웅크린 채 관의 저쪽 끝으로 달려가 몸을 숙이는 것이 보인다. 주얼은 잠시 위를 바라보고, 구슬 장식 커튼에 불이 난 것처럼, 타오르는 건초더미가 비처럼 내리는 사이로, 우리를 내다보는데, 주얼의 입 모양을 보니 내 이름을 부르고 있다.

"주얼!" 듀이 델이 외친다. "주얼!" 지난 5분 동안 축적되었다가 한꺼번에 터져 나오는 목소리가 들린다. 듀이 델은 자신을 붙잡고 있는 아버지와 맥과 실랑이하고 씨름하며, "주얼! 주얼!" 하고 외친다. 하지만 주얼은 더 이상 우리를 보고 있지 않다. 어깨에 힘을 주고 관을 거꾸로 세우더니 한 손으로 톱질 받침대에서 미끄러져 나가게 한다. 주얼을 가릴 만큼, 믿기 힘들 정도로 관이 높이 솟아 있다. 애디 번드런이 편하게 누울 공간이 그렇게 많이 필요하다는 것이 믿어지지 않는다. 잠시 관이 똑바로 서 있고, 관 위로 비처럼 내리는 불꽃이 사방으로 흩어진다. 마치 불꽃이 접촉하면서 다른 불꽃을 만들어내는 것 같다. 그때 관이 앞으로 넘어지며 가속도가 붙고, 그 뒤로 주얼이 보인다. 불꽃이 돌풍을 만들고 주얼의 몸에 쏟아져 내린다. 주얼이 얇은 불 구름에 갇힌 것 같다. 관은 멈추지 않고 빙그르르 돌아 다른 쪽 끝으로 서서, 잠시 멈춰 있다가, 불꽃 커튼을 뚫고 천천히 앞으로 쓰러진다. 이번에는 주얼이 관을 꼭 잡고 그 위에 올라타고 있다. 마침내 관이 쓰러지면서 주얼을 앞으로 완전히 내동댕이친다. 맥이 고기 타는 냄새가 나는 쪽으로 뛰어가 꽃이 활짝 핀 것처럼 진홍빛 가장자리가 점점 커지는 주얼의 속옷 구멍을 손바닥으로 때린다.

바더먼

말뚱가리들이 밤을 어디서 보냈는지 알아보러 나갔을 때 나는 보았다 사람들이 말했다. "다알은 어디 있지? 다알이 어디 간 거지?"

사람들이 엄마를 다시 사과나무 아래로 옮겼다.

헛간은 아직 붉지만 이제 헛간이 아니다. 헛간은 폭삭 주저앉았고 붉은 불길이 위로 휘감아 올라갔다. 헛간은 작고 붉은 조각이 되어 하늘과 별을 향해 소용돌이치며 올라갔고, 별들이 뒤로 물러났다.

그때 캐시가 아직 깨어 있었다. 캐시가 얼굴에 땀을 흘리며 고개를 좌우로 흔들었다.

"물을 좀 더 부어줄까, 캐시?" 듀이 델이 말했다.

캐시의 다리와 발이 검게 변해 있었다. 우리는 등불을 들고 검게 변한 캐시의 다리와 발을 바라보았다.

"흑인 발 같아, 캐시." 내가 말했다.

"시멘트를 깨야 할 것 같다." 아버지가 말했다.

"도대체 시멘트를 왜 거기에 바른 거요." 길레스피 아저씨가 말했다.

"어느 정도 다리가 고정되리라 생각했소." 아버지가 말했다. "도우려던 것뿐이오."

사람들이 인두와 망치를 가져왔다. 듀이 델이 등불을 들었다. 시멘트를 세게 쳐야 했다. 그러자 캐시가 잠들었다.

"이제 잠들었어요." 내가 말했다. "잠자는 동안엔 안 아플 거예요."

시멘트에 금이 간 것뿐이다. 시멘트는 좀처럼 떨어져 나오지 않았다.

"살갗까지 벗겨질 거요." 길레스피 아저씨가 말했다. "도대체 왜 시멘트를 거기에 바른 거요. 다리에 먼저 기름칠해야 한다는 생각을 아무도 하지 못한 거요?"

"도우려던 것뿐이오." 아버지가 말했다. "그걸 바른 건 다알이었소."

"다알은 어디 있지?" 사람들이 말했다.

"다들 그 정도 생각도 하지 못했단 말이오?" 길레스피 아저씨가 말했다. "어쨌든 다알이 그 정도는 생각할 줄 알았는데 말이오."

주얼이 엎드려 누워 있었다. 주얼의 등이 빨갰다. 듀이 델이 거기에 약을 발랐다. 화기를 빼려고 버터와 검댕을 섞어 만든 약이다. 그러자 주얼의 등이 까매졌다.

"아파, 주얼?" 내가 말했다. "흑인 등 같아, 주얼." 내가 말했다. 캐시의 발과 다리도 흑인의 발과 다리 같다. 그때 사람들이 시멘트를 깨부쉈다. 캐시의 다리에서 피가 났다.

"넌 가서 자." 듀이 델이 말했다. "잠잘 시간이야."

"다알은 어디 있지?" 사람들이 말했다.

다알은 엄마가 있는 사과나무 아래에서 엄마 위에 누워 있다. 거기서 고양이가 돌아오지 못하도록 지키고 있다. 내가 말했다. "고양이를 쫓아내려는 거야, 다알?"

달빛이 다알 위로 그림자를 드리웠다. 엄마 위를 비추는 달빛은 고요했지만, 다알을 비추는 달빛은 위아래로 얼룩덜룩했다.

"울 거 없어." 내가 말했다. "주얼이 엄마를 구했어. 울 거 없어, 다알."

헛간이 아직도 붉다. 조금 전에는 이보다 더 붉었다. 그때 불길이 소용돌이치며 치솟았고, 별들이 떨어지지 않고 뒤로 더 물러났다. 장난감 기차 때문에 마음이 아팠던 것처럼 불꽃 때문에 마음이 아프다.

말똥가리들이 밤을 어디서 보내는지 알아보러 나갔을 때 나는 듀이 델이 아무에게도 말하지 말라고 한 것을 보았다

다알

우리는 아까부터 여러 개의 간판을 지나고 있다. 약국, 옷 가게, 매약상과 차량정비소와 카페, 그리고 숫자가 줄어들면서 매우 규칙적인 간격으로 이어지는 이정표. 3마일. 2마일. 언덕 꼭대기에서, 우리가 다시 마차에 올라타니 낮고 평평한 연기가 보인다. 바람이 불지 않는 오후엔 연기가 움직이지 않는 것 같다.

"저기야, 다알?" 바더먼이 말한다. "저기가 제퍼슨이야?" 바더먼도 살이 많이 빠졌다. 우리 얼굴처럼, 바더먼의 수척한 얼굴에도 긴장되고 꿈꾸는 것 같은 표정이 드러난다.

"응." 내가 말한다. 바더먼이 고개를 들고 하늘을 바라본다. 말똥가리 무리가 좁은 원을 그리며 하늘 높이 매달려 있다. 마치 연기처럼, 외양상으로는 형태와 목적을 갖추고 있으면서도, 전진하거나 후퇴하거나 움직일 기미가 전혀 없어 보인다. 우리는 마차에 다시 오른다. 캐시가 관 위에 누워 있는데, 금가고 뾰족뾰족한 시멘트 조각들이 캐시의 다리 주위에 매달려 있다. 추레한 노새가 달가닥거리고 쟁강거리며 몸을 앞으로 숙이고 언덕을 내려간다.

"캐시를 의사에게 데려가야겠다." 아버지가 말한다. "다른 방도가 없는 것 같다." 주얼의 등살에 닿는 셔츠 뒷부분이 기름으로 천천히 검게 얼룩진다. 계곡에서 생명이 잉태되었다. 생명은 해묵은 공포와 욕망, 절망을 타고 언덕 위로 불어왔다. 그래서 언덕을 걸어 올라갔다가 마차를 타고 내려가는 것이다.

듀이 델이 신문지에 싼 꾸러미를 무릎 위에 놓고 자리에 앉아 있다. 빽빽한 나무 벽 사이로 평평한 길이 펼쳐지는 언덕 아래에 이르자, 듀이 델이 도로 좌우를 조용히 살펴보기 시작한다. 마침내 듀이 델이 말한다.

"저 내려주세요."

아버지가 듀이 델을 바라본다. 아버지의 추레한 옆모습에, 성가신 일에 대한 예상과 불만이 서려 있다. 아버지는 노새를 멈추지 않는다. "왜?"

"수풀에 가야 해요." 듀이 델이 말한다.

아버지는 노새를 멈추지 않는다. "시내에 갈 때까지 참을 수 없는 거냐? 이제 1마일도 남지 않았다."

"내려주세요." 듀이 델이 말한다. "수풀에 가야 해요."

아버지는 길 한가운데서 마차를 멈추고, 우리는 꾸러미를 들고 내리는 듀이 델을 지켜본다. 듀이 델은 뒤돌아보지 않는다.

"케이크는 여기 두고 가지 그래?" 내가 말한다. "우리가 지켜볼게."

듀이 델은 우리를 바라보지 않은 채 침착하게 내린다.

"볼일을 참다가 시내에 도착하면 어디로 가야 하는지 누나가 어떻게 알겠어?" 바더먼이 말한다. "시내에서는 어디 가서 볼일을 볼 거야, 듀이 델?"

듀이 델은 꾸러미를 마차에서 내리고 뒤를 돌아 나무와 관목 사이로 사라진다.

"가능한 한 오래 지체하지 말아라." 아버지가 말한다. "낭비할 시간이 없다." 듀이 델은 대답하지 않는다. 얼마 후 듀이 델의 소리가 전혀 들리지 않는다. "암스티드와 길레스피 말대로 시내에 전갈을 보내고 미리 땅을 파고 준비했어야 했나 보다." 아버지가 말했다.

"왜 안 한 거죠?" 내가 말한다. "전화를 할 수도 있었잖아요."

"뭐 하러?" 주얼이 말한다. "도대체 땅에 구덩이 하나 못 파는 사람이 어디 있다고 그래?"

자동차 한 대가 언덕을 올라온다. 속도를 낮추면서 경적을 울리기 시작한다. 자동차는 저속으로 노변을 따라 달리다가, 바깥쪽 바퀴를 도랑에 빠지게 하고, 우리를 지나친다. 시야에서 사라질 때까지 바더먼이 자동차를 바라본다.

"이제 얼마나 남았어, 다알?" 바더먼이 말한다.

"얼마 안 남았어." 내가 말한다.

"그렇게 해야 했나 보다." 아버지가 말한다. "그저 식구를 제외하고 다른 사람의 신세를 지고 싶지 않아서 그랬던 거다."

"도대체 땅에 구덩이 하나 못 파는 사람이 어디 있다고 그래요?" 주얼이 말한다.

"네 엄마 무덤에 대해 그렇게 말하다니 무례하구나." 아버지가 말한다. "너희들은 그게 뭔지 잘 모른다. 너희들은 엄마를 진정으로 사랑하지 않았다. 단 한 명도." 주얼은 대답하지 않는다. 등이 셔츠에 닿지 않도록 몸을 약간 뻣뻣하게 세우고 앞가슴을 내밀고 앉아 있다. 주얼의 붉은 턱이 나와 있다.

듀이 델이 돌아온다. 꾸러미를 들고 수풀에서 나와 마차에 오른다. 듀이 델은 이제 나들이옷을 입고 있고, 구슬 목걸이를 하고, 신발과 스타킹을 신고 있다.

"그 옷은 집에 두고 오라고 하지 않았냐." 아버지가 말한다. 듀이 델은 대답을 하지도, 우리를 바라보지도 않는다. 듀이 델이 꾸러미를 마차에 올려놓은 후 마차에 올라탄다. 마차가 나아 간다.

"이제 언덕을 몇 개나 더 넘어야 해, 다알?" 바더먼이 말한다.

"하나만 더 넘으면 돼." 내가 말한다. "다음 언덕을 넘으면 바로 시내로 들어가는 거야."

붉은 모래로 되어 있는 이번 언덕은 양쪽으로 흑인들이 거주하는 오두막이 늘어서 있다. 앞쪽 하늘에는 전화선이 가득 이어져 있고, 법원 시계탑이 나무들 사이로 솟아 있다. 바퀴가 모래 속에서 속삭인다. 바로 그 땅이 우리가 들어가는 소리를 조용하게 하려는 것 같다. 언덕이 오르막에 접어들고 우리는 마차에서 내린다.

우리는 마차와 속삭이는 바퀴를 뒤따라 오두막을 지나치는데, 눈을 하얗게 뜬 얼굴들이 갑자기 오두막 문으로 달려온다. 갑작스레 외치는 소리가 들린다. 주얼이 좌우를 바라보고 있다. 이제 주얼의 머리가 정면을 향하자, 한층 성나서 붉은빛을 띤 귀가 보인다. 세 명의 흑인이 우리 앞에서 걸어간다. 이들보다 10피트 앞서 백인남자 한 명이 걸어가고 있다. 우리가 지나칠 때, 흑인들이 충격과 본능적인 분노에 찬 표정으로 갑자기 고개를 돌린다. "맙소사." 한 명이 말한다. "저 마차에 뭐가 있는 거야?"

주얼이 갑자기 돌아선다. "나쁜 자식." 주얼이 말한다. 그러는 사이에, 주얼이 걸음을 잠시 멈추었던 백인남자와 나란히 서게 된다. 주얼이 잠시 실명이라도 한 것처럼 그 백인남자 쪽으로 휙 돌아선다.

"다알!" 캐시가 마차에서 말한다. 내가 주얼을 잡는다. 백인남자는 여전히 턱을 늘어뜨리고, 한 걸음 뒤로 물러선다. 그러더니 턱을 악문다. 주얼이 고개를 숙이고, 턱 근육이 하얗게 된 백인남자를 내려다본다.

"너 뭐라고 했어?" 백인남자가 말한다.

"저기요." 내가 말한다. "별 뜻 없이 한 말이에요, 형씨. 주얼." 내가 말한다. 내가 주얼을 건드리자 주얼이 백인남자를 향해 주먹을 휘두른다. 나는 주얼의 팔을 잡는다. 우리는 몸싸움을 한다. 주얼은 나를 한 번도 바라보지 않았다. 주얼이 팔을 빼내려고 애쓴다. 내가 백인남자를 다시 보니, 칼날을 빼든 칼을 손에 쥐고 있다.

"그만 해요, 형씨." 내가 말한다. "내가 애를 잡고 있잖아요. 주얼." 내가 말한다.

"자기는 빌어먹을 도시 사람이라는 거지." 주얼이 숨을 헐떡이고 몸을 비틀며 말한다. "나쁜 자식." 주얼이 말한다.

백인남자가 움직인다. 내 주위를 살살 돌기 시작하더니, 옆구리 아래쪽에서 칼을 잡고 주얼을 바라본다. "그런 말을 하는 자를 가만히 둘 수 없지." 백인남자가 말한다. 아버지가 마차에서 내리고, 듀이 델이 주얼을 밀면서 잡고 있다. 나는 주얼을 잡고 있던 손을 놓고 백인남자를 마주 본다.

"잠시만요." 내가 말한다. "별 뜻 없이 한 말이에요. 아픈 애랍니다. 어젯밤 불이 났는데 화상을 입어서 제정신이 아니에요."

"불이 났든 안 났든." 백인남자가 말한다. "그런 말을 하는 자를 가만히 둘 수 없지."

"앤 형씨가 자기한테 뭐라 했다고 생각한 것뿐이에요." 내가 말한다.

"난 아무 말도 하지 않았어. 본 적도 없고."

"오, 하느님." 아버지가 말한다. "오, 하느님."

"압니다." 내가 말한다. "별 뜻 없이 한 말이에요. 그러니 그 말을 취소할 거예요."

"그럼, 취소해."

"칼을 거둬요. 그럼 취소할 거예요."

백인남자가 나를 바라본다. 백인남자가 주얼을 바라본다. 주얼은 이제 조용하다.

"칼을 거둬요." 내가 말한다.

백인남자가 칼을 접는다.

"오, 하느님." 아버지가 말한다. "오, 하느님."

"별 뜻 없었다고 말해, 주얼." 내가 말한다.

"저자가 무슨 말을 한 줄 알았어." 주얼이 말한다. "자기가———"

"그만해." 내가 말한다. "별 뜻 없었다고 말해."

"별 뜻 없었소." 주얼이 말한다.

"그래야지." 백인남자가 말한다. "내게 그런———"

"얘가 형씨한테 그런 말 하는 걸 두려워한다고 생각하는 거요?" 내가 말한다.

백인남자가 나를 바라본다. "난 그렇게 말한 적 없어." 백인남자가 말했다.

"생각도 마쇼." 주얼이 말한다.

"입 닥쳐." 내가 말한다. "어서 가요, 아버지."

마차가 움직인다. 백인남자가 서서 우리를 바라보고 있다. 주얼은 뒤돌아보지 않는다. "주얼이 저 사람을 때릴 수도 있었어." 바더먼이 말한다.

우리가 언덕 꼭대기에 이르자, 자동차들이 오가는 도로가 뻗어 있다. 노새가 마차를 언덕 꼭대기까지 끌고 올라가 도로에 진입한다. 아버지가 노새를 멈춘다. 법원 앞에 광장과 기념비가 있고, 그 앞쪽으로 도로가 뻗어 있다. 사람들이 우리가 다 아는 표정으로 고개를 돌리고, 우리는 마차에 오른다. 주얼만 빼고. 마차가 다시 출발했지만, 주얼은 마차에 타지 않는다. "타, 주얼." 내가 말한다. "어서. 여기를 빠져나가자." 하지만 주얼은 마차에 타지 않는다. 대신 주얼은 뒷바퀴의 회전축에 한 발을 올려놓고, 한 손으로 의자 기둥을 잡는데, 발바닥 아래에 있는 회전축이 부드럽게 돌아가자 다른 쪽 발도 올려놓고 그 자리에 쪼그리고 앉아, 호리호리한 나무로 조각한 것처럼, 군살 없이 호리호리한 몸에 나무 같은 등을 하고, 미동도 없이, 정면을 바라본다.

캐시

다른 방도가 없었다. 다알을 잭슨에 있는 정신병원에 보내지 않으면 길레스피 아저씨가 우리를 고소하도록 내버려 두어야 한다. 아저씨가 다알이 헛간에 불을 냈다는 것을 알았기 때문이다. 아저씨가 어떻게 알게 되었는지 모르겠지만, 아저씨가 알게 되었다. 다알이 불을 내는 것을 바더먼이 보았지만, 바더먼은 맹세코 듀이 델 말고는 아무에게도 말하지 않았다고 했다. 듀이 델이 바더먼에게 아무에게도 말하지 말라고 했기 때문이다. 하지만 아저씨가 알게 됐다. 어쨌든 아저씨는 조만간 의심했을 것이다. 그날 밤 다알의 행동만 보고도 의심했을 수 있다.

그래서 아버지가 말했다. "달리 방법이 없는 것 같구나." 그러자 주얼이 말했다.

"지금 다알을 처리하실 건가요?"

"처리한다고?" 아버지가 말했다.

"잡아다 묶어 놓는 거죠." 주얼이 말했다. "제기랄. 다알이 빌어먹을 노새와 마차에 불을 시를 때까시 기다릴 건가요?"

하지만 그래봤자 소용없다. "그래봤자 아무 소용없어." 내가 말했다. "엄마를 땅에 묻을 때까지 기다리자." 여생을 갇혀 지내야 하는데, 그 전에 누릴 수 있는 즐거움을 모두 누릴 수 있도록 해야 한다.

"다알을 거기에 보내야 할 것 같다." 아버지가 말한다. "신은 아신다. 이건 나에 대한 시험이다. 한번 시작된 불운이 끝이 없는 것 같다."

이따금 나는 누가 미쳤고 누가 미치지 않았는지 판단할 권리가 누구에게 있는지 확신이 서지 않는다. 마음의 균형 상태가 그렇다고 말하기 전까지, 그 누구도 완전히 미치거나 완전히 제정신이라고 말할 수 없다고 생각한다. 중요한 것은 누가 어떤 행동을 했느냐가 아니라, 그가 한 행동을 대부분의 사람들이 어떻게 보는지 그 방식에 따라 결정되는 것 같다.

주얼이 다알에게 너무 냉혹하기 때문이다. 엄마를 시내 가까이 데려오기 위해 주얼의 말을 팔았으니, 어찌 보면 다알이 태워버리려고 한 건 그 말의 가치였다. 하지만 우리가 강을 건너기 전이나 그 후에, 신께서 엄마를 우리 손에서 데려가 깔끔하게 없애셨다면 그게 축복이 아닐까 하고 여러 번 생각했다. 주얼이 애써 엄마를 강물에서 건져낸 것이 신의 뜻을 거스르는 것이라서 다알이 우리 가운데 누군가가 무슨 일이라도 해야 한다고 생각했다면, 어떤 의미에서는 그것이 올바른 생각 같기도 하다. 하지만 남의 헛간에 불을 지르고 가축을 위험에 빠뜨리고 재산을 파손하는 것은 그 어떤 변명의 여지가 없다. 그래서 나는 다알이 미쳤다고 생각한다. 그래서 다알이 다른 사람들과 의견이 다른 것이다. 그래서 다알에 관해서는 다른 사람들이 옳다고 하는 바대로 따를 수밖에 없다고 생각한다.

하지만 일면에서 부끄러운 일이다. 무언가를 만들 때는 그것이 내가 쓸 물건이고 나의 편안함을 위한 것처럼 못을 박고 가장자리를 항상 잘 다듬으라는 오래된 올바른 가르침에서 사람들이 벗어나는 것 같다. 어떤 사람들에게 법원을 지을 만큼 매끄럽고 예쁜 판자가 있다면, 다른 사람들에게는 닭장을 만드는 데나 사용할 수 있는 거친 목재만 있는 것과 마찬가지다. 하지만 조악한 법원보다는 단단한 닭장을 짓는 게 나은데, 조악하게 짓든 단단하게 짓든, 어느 쪽이든 사람들의 기분이 좋아지거나 나빠지지 않기 때문이다.

그래서 우리는 광장을 향해 길을 따라 올라갔고, 다알이 말했다. "캐시를 먼저 의사에게 데려가요. 거기 두고 나중에 데리러 와요." 바로 그거다. 나와 다알은 터울이 얼마 나지 않는데, 거의 10년이 지나서야 주얼과 듀이 델, 바더먼이 태어나기 시작했다. 동생들에게 친근감을 느끼지만, 모르겠다. 나는 장남인데, 다알이 저지른 그 일을 이미 생각하고 있었다. 모르겠다.

아버지가 입을 우물거리며, 나를 바라보고, 다알을 바라본다.

"계속 가요." 내가 말했다. "엄마 먼저 묻어요."

"네 엄마는 우리 모두 있는 걸 바랄 거다." 아버지가 말한다.

"캐시를 먼저 의사에게 데려가요." 다알이 말했다. "엄마는 기다려 줄 거예요. 이미 아흐레나 기다렸잖아요."

"너희는 모두 모른다." 아버지가 말한다. "누군가와 젊은 시절을 함께 보내고 그 사람 안에서 늙어 가고 내 안에서 그 사람도 늙어가고 나이가 들면서 나이 드는 게 중요하지 않다고 말해주던 그 사람의 말이 험한 세상의 진리이고 인간의 슬픔이자 시련의 전부라는 걸 알게 되는 걸 말이다. 너희는 모두 모른다."

"우리는 땅도 파야 해요." 내가 말했다.

"암스티드 아저씨 길레스피 아저씨 모두 아버지한테 미리 전갈을 보내라고 했잖아요." 다알이 말했다. "지금 피바디 선생한테 갈래, 캐시?"

"계속 가." 내가 말했다. "이제 괜찮아졌어. 순서대로 하는 게 최상이야."

"땅이라도 파 놨더라면." 아버지가 말한다. "삽을 가져오는 것도 잊었구나."

"그러네요." 다알이 말했다. "제가 철물점에 다녀올게요. 하나 사야겠어요."

"돈이 들 텐데." 아버지가 말한다.

"엄마를 위해 돈 쓰는 게 아까우세요?" 다알이 말한다.

"가서 삽을 사요." 주얼이 말했다. "그럼. 돈 주세요."

하지만 아버지는 멈추지 않는다. "삽을 구할 수 있을 것 같다." 아버지가 말했다. "여기에 기독교인들이 있을 거다." 그래서 다알은 가만히 앉아 있고, 우리는 앞으로 가고, 주얼은 마차 뒷문에 쭈그리고 앉아 다알의 뒤통수를 바라보고 있었다. 주얼은 불독처럼 보였는데, 줄에 매여 웅크린 채 짖지도 않고, 달려들 대상을 지켜보며 기다리는 개처럼 보였다.

우리가 번드런 부인의 집 앞에 있는 동안, 주얼은 줄곧 그렇게 앉아서, 음악 소리를 들으며, 흰자를 드러낸 매서운 눈초리로 다알의 뒤통수를 바라보고 있었다.

음악이 집 안에서 흘러나오고 있었다. 축음기에서 나오는 소리였다. 음악대 연주처럼 자연스러웠다.

"피바디 선생한테 갈까?" 다알이 말했다. "다른 사람들은 여기서 기다리면 되니까 아버지한테 말하고, 나랑 같이 피바디 선생한테 갔다가 돌아오면 돼."

"아니야." 내가 말했다. 이제 거의 다 왔고, 아버지가 삽을 빌리는 걸 기다리기만 하면 되니까, 엄마를 묻는 것이 낫다. 아버지는 음악이 들리는 곳으로 길을 따라 마차를 몰았다.

"아마도 여기서 삽을 구할 수 있을 거다." 아버지가 말했다. 아버지는 번드런 부인 집 앞에 마차를 세웠다. 아버지가 아는 집 같았다. 게으른 사람이 게으름을 볼 수 있듯이, 일하는 사람은 앞에 있는 일을 멀리 내다 볼 수 있는 게 아닐까 가끔 생각한다. 그래서 아버지는 마치 알고 있는 집처럼, 음악이 흘러나오는 그 작은 새 집 앞에 멈추었다. 우리는 음악을 들으면서 거기서 기다렸다. 나라면 슈래트와 흥정해서 축음기를 5달러에 살 수 있을 것 같다. 음악이란 것은 마음을 편안하게 한다. "아마도 여기서 삽을 구할 수 있을 거다." 아버지가 말한다.

"주얼을 보낼까요?" 다알이 말한다. "아니면 제가 가는 게 나을까요?"

"내가 가는 게 낫다." 아버지가 말한다. 아버지는 마차에서 내려 길을 따라 올라가 집 뒤로 돌아간다. 음악이 멈추었다가 다시 흘러나온다.

"아버지도 삽을 구할 수 있을 거야." 다알이 말했다.

"아." 내가 말했다. 다알은 벽 너머를 볼 수 있고, 앞으로 십 분 후에 일어날 일을 내다볼 수 있는 것처럼 보였다.

하지만 십분 넘게 지났다. 음악이 중단되고, 번드런 부인과 아버지가 집 뒤에서 이야기를 나누는 상당한 시간 동안 음악이 다시 흘러나오지 않았다. 우리는 마차에서 기다렸다.

"피바디 선생한테 가자." 다알이 말했다.

"아니야." 내가 말했다. "엄마를 묻어야지."

"아버지가 돌아와야 말이지." 주얼이 말했다. 주얼이 욕을 하기 시작했다. 마차에서 내려오기 시작했다. "내가 가 볼게." 주얼이 말했다.

그때 아버지가 돌아온다. 아버지는 삽 두 개를 들고 집을 돌아나와 삽을 마차에 놓은 후 마차에 올라탔고, 우리는 움직이기 시작했다. 음악은 다시 흘러나오지 않았다. 아버지는 뒤돌아서 그 집을 바라보고 있었다. 아버지가 손을 조금 들었고, 블라인드가 뒤로 젖혀지고 창문에 번드런 부인의 얼굴이 보였다.

하지만 가장 이상한 것은 듀이 델이었다. 놀라웠다. 사람들이 다알이 이상하다고 말하는 것을 내내 봐 왔지만, 그렇다고 개인적인 감정에서 그런 말을 하는 것은 아니었다. 다른 사람과 마찬가지로 다알도 개의치 않는 것처럼 보였다. 그런 말에 화내는 것은, 웅덩이를 잘못 밟아서 흙탕물이 튀었는데 진흙 웅덩이에 화를 내는 것이나 마찬가지다. 그런데 나는 다알과 듀이 델 사이에 자기들끼리만 통하는 무언가가 있다고 늘 생각해 왔다. 듀이 델이 우리 가운데 더 좋아하는 사람이 있다고 한다면, 그건 다알일 것이다. 그런데 우리가 마차에 짐을 싣고 덮개로 가린 후 문밖으로 나와 도로에 들어섰을 때였다. 거기서 기다리고 있던 사람들이 다가와 불시에 다알을 습격했는데, 주얼이 잡으러 달려들기도 전에 뒤로 물러나는 다알을 붙잡은 사람이 바로 듀이 델이었다. 그래서 그때 길레스피 아저씨가 누가 헛간에 불을 질렀는가를 어떻게 알게 되었는지 확실히 알 수 있었다.

듀이 델은 아무 말도 하지 않았고, 다알을 쳐다보지도 않았는데, 그 사람들이 원하는 바와 다알을 데리러 왔다고 말했을 때 다알이 물러섰는데도 듀이 델이 살쾡이처럼 다알에게 달려들었다. 그래서 그 사람들 가운데 한 명이 다알을 잡았던 손을 놓고 듀이 델을 잡아야 했고, 듀이 델이 살쾡이처럼 그 사람을 긁고 할퀴는 동안, 다른 사람과 아버지와 주얼이 다알을 넘어뜨려 등을 바닥에 대고 누운 다알을 붙잡았고, 다알이 나를 올려다보았다.

"말해 줄 줄 알았어." 다알이 말했다. "말을 안 해 주리라곤 생각지도 못했어."

"다알." 내가 말했다. 하지만 다알이 다시 몸부림쳤고, 다알과 주얼과 그 사람, 듀이 델을 붙잡고 있는 다른 사람과 바더먼이 소리 지르는 사이 주얼이 말했다.

"죽여 버려. 저 자식을 죽여 버려."

상황이 정말 좋지 않았다. 좋지 않았다. 부당한 일을 해놓고 그 책임을 면할 수는 없다. 다알도 마찬가지다. 다알에게 말해 주려 했지만, 다알은 그저 "말해 줄 줄 알았어. 내가 그런 게 아니."라고 말하더니 웃기 시작했다. 다른 사람이 다알에게서 주얼을 떼어놓자, 다알은 땅바닥에 앉아 웃었다.

나는 다알에게 말하려고 했다. 내가 움직일 수만 있었어도, 앉을 수만 있었어도. 말해 주려 했는데 다알이 웃음을 그치고 나를 올려다본다.

"내가 가면 좋겠어?" 다알이 말했다.

"그게 너한테 더 좋을 거야." 내가 말했다. "거기서는 방해하는 사람도 없고 조용할 거야. 그편이 네게 더 좋아, 다알." 내가 말했다.

"더 좋아." 다알이 말했다. 다알이 다시 웃기 시작했다. "더 좋아." 다알이 말했다. 다알은 웃느라 제대로 말할 수 없었다. 다알은 땅바닥에 앉아 있었고, 우리는 웃고 또 웃는 다알을 바라보았다. 상황이 좋지 않았다. 정말 좋지 않았다. 정말이지 웃을 일이라고는 없었다. 누군가 땀 흘려 만들고 그 땀의 열매를 저장해 놓은 곳을 고의로 파괴한 것을 무엇으로도 정당화할 수는 없기 때문이다.

하지만 누가 미쳤고 누가 미치지 않았는지 판단할 권리가 누구에게 있는지 확신이 서지 않는다. 우리 모두에게 제정신과 정신이상을 초월한 누군가가 있는데, 자신의 제정신과 정신이상을 마치 다른 사람의 제정신과 정신이상처럼 똑같은 공포와 놀라움으로 지켜보는 것 같다.

피바디

내가 말했다. "곤경에 빠진 사람이라면 빌어먹을 노새 다루듯 빌 바너에게 급하게 사람을 치료해 달라고 할 수 있겠지만, 나보다 다리가 더 많지 않고서야 어떻게 앤스 번드런이 맨 시멘트로 치료란 걸 하도록 내버려 둘 수 있을까."

"그 고통을 덜어줄 목적에서 그랬던 것 뿐여요." 캐시가 말했다.

"목적이라, 빌어먹을." 내가 말했다. "암스티드가 대체 왜 자네를 마차에 다시 태우도록 내버려 둔 거지?"

"그게 점점 눈에 띄기 시작하고." 캐시가 말했다. "기다릴 시간도 없었고요." 나는 그저 캐시를 바라보았다. "쪼금도 힘들지 않았어요." 캐시가 말했다.

"부러진 다리로 용수철도 없는 마차를 타고 엿새나 거기에 누워 있었는데 힘들지 않았단 말인가."

"그렇게 힘들지 않았어요." 캐시가 말했다.

"그러니까 앤스를 힘들게 하지 않았단 말이겠지." 내가 말했다. "그 불쌍한 녀석을 빌어먹을 살인마처럼 공공 대로에서 때려눕히고 수갑 채운 것도 전혀 힘들지 않았듯이 말이야. 그런 말 말게. 콘크리트를 벗겨내느라 피부가 60평방 인치가 떨어져 나갔는데 힘들지 않다는 말은 하지 말게. 남은 평생 다리 한쪽이 짧아 절뚝거리며 다닐 텐데 그런 말 말게나—그것도 자네가 다시 걸을 수나 있다면 말이지. 콘크리트라니." 내가 말했다. "하느님 맙소사, 왜 앤스는 가까운 제재소에 가서 자네 다리를 톱으로 자르지 않았느냐 말이다. 그랬더라면 치유가 되었을 텐데 말이지. 그리고 너희 모두 앤스의 머리를 톱으로 잘랐더라면, 너희 가족 모두 회복이 되었을 텐데....... 그나저나 앤스는 어디 있는 건가? 지금 뭐 하고 있는 거지?"

"아부진 빌린 삽을 돌려주러 갔어요." 캐시가 말했다.

"그렇군." 내가 말했다. "당연히 앤스는 아내를 묻을 삽을 빌려야 했을 거야. 할 수만 있다면 땅속 구멍이라도 빌렸을 거야. 너희가 앤스를 같이 묻지 못한 것이 유감이구나....... 아프지?"

"말할 만큼은 아녀요." 캐시가 말했는데 구슬만큼 큰 땀이 푸른 잿빛 얼굴 아래로 흘러내렸다.

"물론 아프지 않겠지." 내가 말했다. "내년 여름이면 이 다리로 절뚝거리며 잘 돌아다닐 수 있을 거네. 그땐 말할 만큼 힘들진 않을 거야....... 자네에게 운이라는 게 있다면, 전에 부러졌던 다리를 또 다쳤다는 거라네." 내가 말했다.

"아부지도 그렇게 말했어요." 캐시가 말했다.

맥고완

그 일은 내가 조제실 뒤에서 초콜릿 소스를 붓고 있는데, 조디가 말하며 들어 왔을 때 일어났다. "이봐, 스키트, 웬 여자가 의사를 만나고 싶다며 찾아왔거든. 어떤 의사를 찾느냐고 물었더니, 여기서 일하는 의사를 만나고 싶다고 하길래 여기에 의사는 없다고 말해 줬는데도 저기 저렇게 서서 이쪽을 바라보고 있어."

"어떤 여자야?" 내가 말한다. "위층 앨포드 사무실에 가 보라고 해."

"시골 여자야." 조디가 말한다.

"법원으로 보내." 내가 말한다. "의사들은 전부 멤피스에서 열리는 이발사 협의회에 갔다고 말해 줘."

"알았어." 조디가 말한다. "시골 여자치고는 꽤 예쁘더라고."

"잠깐." 내가 말한다. 조디가 기다리는 사이 나는 틈으로 엿보았다. 불빛에 비친 다리가 예쁘다는 것 빼고는 아무것도 알 수 없었다. "여자가 어리다고 했지?" 내가 말한다.

"시골 여자치고는 꽤 매력적이야." 조디가 말한다.

"이거 받아." 조디에게 초콜릿을 주며 말한다. 나는 앞치마를 벗고 그쪽으로 갔다. 여자는 꽤 예뻤다. 바람을 피웠다가는 남자를 칼로 찔러버릴 것 같은 검은 눈이었다. 꽤 예뻤다. 가게에 다른 사람은 없었다. 저녁 시간이었다.

"뭘 도와드릴까요?" 내가 말한다.

"의사세요?" 여자가 말한다.

"그럼요." 내가 말한다. 여자가 내게서 시선을 거두더니 주위를 둘러보았다.

"저쪽으로 갈 수 있을까요?" 여자가 말한다.

12시 15분밖에 안 되었지만, 나는 조디에게 가서 망을 보다가 영감이 1시 이전에는 돌아오지 않겠지만, 영감이 보이면 휘파람을 불라고 얘기했다.

"그러지 않는 게 나아." 조디가 말한다. "영감이 눈 깜짝할 틈도 주지 않고 자네를 해고할 거야."

"영감은 1시 이전에는 절대 돌아오지 않아." 내가 말한다. "영감이 우체국으로 들어가는 거 보이지. 이제 망이나 잘 보다가 휘파람이나 불어 줘."

"뭘 하려고?" 조디가 말한다.

"망이나 잘 봐. 나중에 얘기해 줄게."

"나한테는 기회를 주지 않을 거야?" 조디가 말한다.

"대체 무슨 생각을 하는 거야?" 내가 말한다. "여기가 종마 사육장이라도 되는 줄 아는 거야? 영감이나 잘 봐. 난 상담을 시작할 테니까."

그래서 나는 뒤쪽으로 갔다. 거울 앞에서 멈추고 머리를 매만진 후 여자가 기다리고 있는 조제실 뒤로 갔다. 여자가 약장을 바라보고 있다가 나를 바라본다.

"자, 아가씨." 내가 말한다. "무슨 문제인가요?"

"여자 문제예요." 여자가 나를 바라보며 말한다. "돈은 있어요." 여자가 말한다.

"아." 내가 말한다. "생리통을 겪고 있다는 말인가요 아니면 임신을 원한다는 말인가요? 그렇다면 제대로 찾아왔어요." 시골 사람들이란. 시골 사람들은 대개 자기들이 뭘 원하는지도 모르고 그걸 말로 할 줄도 모른다. 시계가 12시 30분을 가리켰다.

"안 해요." 여자가 말한다.

"뭘 안 한다는 거죠?" 내가 말한다.

"그걸 안 해요." 여자가 말한다. "바로 그거예요." 여자가 나를 바라보았다. "돈은 있어요." 여자가 말한다.

그래서 나는 여자가 무엇을 얘기하는 건지 알게 되었다.

"오." 내가 말한다. "원치 않는 것이 아가씨 배 안에 있군요." 여자가 나를 바라보았다. "키우고 싶다는 말인가요 아니면 없애고 싶다는 말인가요?"

"돈은 있어요." 여자가 말한다. "약국에서 끄걸 구할 수 있다고 했어요."

"누가 그런 말을 했나요?" 내가 말한다.

"그 사람이요." 나를 바라보며 여자가 말했다.

"이름을 말하고 싶지 않나 보군요." 내가 말한다. "아가씨 배 속에 도토리를 넣은 사람인가요? 그 사람이 그렇게 말했나요?" 여자는 대답하지 않는다. "아직 미혼이죠. 그렇죠?" 내가 말한다. 반지가 보이지 않는다. 시골 사람들이 반지를 사용한다는 얘기를 아직 듣지 못했다.

"돈은 있어요." 여자가 말한다. 여자가 손수건에 싸맨 돈을 내게 보여 주었다. 10달러.

"정말 그러네요." 내가 말한다. "그 사람이 준 건가요?"

"예." 여자가 말한다.

"어떤 남자가 준 거죠?" 내가 말한다. 여자가 나를 바라본다. "그중에서 어떤 남자가 준 거죠?"

"한 사람밖에 없는데요." 여자가 말한다. 여자가 나를 바라본다.

"계속해요." 내가 말한다. 여자는 아무 말도 하지 않는다. 지하 저장고의 문제는 출구가 하나뿐이라는 건데, 그것도 안으로 난 계단을 올라가 뒤로 나가게 되어 있다. 시계가 1시 25분 전을 가리킨다. "당신처럼 예쁜 아가씨가." 내가 말한다.

여자가 나를 바라본다. 여자가 손수건에 돈을 싸매기 시작한다. "잠시 실례해요." 내가 말한다. 나는 조제실을 돌아 나온다. "귀를 삐었다는 사람 얘기 들어본 적 있어?" 내가 말한다. "그 후론 트림 소리도 못 듣는다네."

"영감이 오기 전에 여자를 거기서 내보내는 게 좋을 거야." 조디가 말한다.

"영감이 자네한테 돈을 주는 이유가 거기 앞쪽에 서 있으라는 거니까 거기 서 있으면 영감한테는 나만 보일 거야." 내가 말한다.

조디가 천천히 앞쪽으로 간다. "그 여자한테 뭘 하려는 거야, 스키트?" 조디가 말한다.

"말할 수 없어." 내가 말한다. "비윤리적인 일이지. 가서 망이나 봐."

"말해 봐, 스키트." 조디가 말한다.

"아, 가란 말이야." 내가 말한다. "처방약을 조제하는 것뿐이야."

"영감이 그 뒤에 있는 여자에 대해선 문제 삼지 않겠지만, 처방전에 장난질한 걸 알게 되면 자네 엉덩이를 걷어차서 지하실 계단으로 굴러 떨어뜨릴 거야."

"내 엉덩이는 영감보다 더한 악질에 이미 길들여져 있어." 내가 말한다. "이제 돌아가서 영감이 오는지 망이나 봐."

그렇게 나는 돌아온다. 시계가 1시 15분 전을 가리킨다. 여자가 손수건에 돈을 싸매고 있다. "당신은 의사가 아니죠." 여자가 말한다.

"물론 난 의사랍니다." 내가 말한다. 여자가 나를 지켜본다. "내가 너무 젊어 보여서 그래요 아니면 너무 잘 생겨서 그래요?" 내가 말한다. "예전에는 다리가 흐물흐물한 의사들이 많았었죠." 내가 말한다. "제퍼슨은 나이 많은 의사들에게 집과 같은 곳이었어요. 그런데 장사가 잘 안 되기 시작했고 사람들이 건강해서 어느 순간 여자들이 전혀 아프지 않게 된 거죠. 그래서 나이 많은 의사들을 전부 내쫓고 여자들이 좋아할 만한 젊고 잘생긴 우리 같은 젊은 의사들을 데려왔더니 여자들이 다시 아프기 시작하고 장사도 잘됐죠. 전국이 다 이렇습니다. 이런 얘기 들어본 적 없어요? 아마도 아가씨는 의사가 필요한 적이 없었던 거겠죠."

"지금 의사가 필요해요." 여자가 말한다.

"그렇다면 제대로 찾아온 거예요." 내가 말한다. "그 말은 이미 했죠."

"그거에 잘 듣는 약이 있나요?" 여자가 말한다. "돈은 있어요."

"그런데 말이죠." 내가 말한다. "물론 의사는 감홍 같은 살균제를 롤러로 밀고 가루로 만드는 법이라든지 온갖 것들을 배워야 한답니다. 그런데 어쩔 수 없는 것도 있어요. 아가씨 문제는 잘 모르겠단 말이에요."

"구할 수 있을 거라고 그 사람이 말했어요. 약국에서 구할 수 있다고 했어요."

"그 사람이 약 이름도 말했나요?" 내가 말한다. "돌아가서 물어보는 게 좋겠어요."

여자는 내게서 시선을 거두고 손에 들고 있는 손수건을 돌린다. "난 뭐라도 해야 해요." 여자가 말한다.

"얼마나 간절하게 원하나요?" 내가 말한다. 여자가 나를 바라본다. "물론 의사는 사람들이 미처 생각지도 못한 온갖 것들을 배운답니다. 하지만 의사는 자기가 알고 있는 것을 다 말할 수 없어요. 법에 어긋나거든요."

앞쪽에서 조디가 말한다. "스키트."

"잠시 실례해요." 내가 말한다. 나는 앞쪽으로 간다. "영감이 보여?" 내가 말한다.

"아직 안 끝났어?" 조디가 말한다. "자네가 여기서 망을 보고 내가 그 상담을 하는 게 낫겠어."

"아마 자넨 실패할 거야." 내가 말한다. 나는 돌아온다. 여자가 나를 바라보고 있다. "물론 아가씨가 원하는 걸 해 준 대가로 내가 감옥에 갈 수 있다는 걸 알고 있겠죠." 내가 말한다. "난 면허도 잃고 막노동해야 할 겁니다. 알겠어요?"

"내겐 10달러밖에 없어요." 여자가 말한다. "나머지는 다음 달에 드릴 수 있어요."

"흥." 내가 말한다. "고작 10달러라고요? 알다시피 내 지식과 능력에 값을 매길 수 없어요. 10달러라는 쥐꼬리만 한 돈으로는 어림도 없죠."

여자가 나를 바라본다. 여자는 눈도 깜빡이지 않는다. "그럼 뭘 원하세요?"

시계가 1시 4분 전을 가리킨다. 그래서 나는 여자를 내보내는 게 낫겠다고 생각했다. "세 번 만에 맞추면 보여 줄게요." 내가 말한다.

여자는 눈도 깜빡이지 않는다. "난 뭐라도 해야 해요." 여자가 말한다. 여자는 뒤를 돌아보고 주변을 둘러보고 앞쪽을 바라본다. "약 먼저 주세요." 여자가 말한다.

"아가씨 말은 지금 준비가 됐다는 건가요?" 내가 말한다. "여기서?"

"약 먼저 주세요." 여자가 말한다.

그래서 나는 눈금이 박힌 유리잔을 들고 여자에게 등을 보인 채, 적당해 보이는 병을 하나 꺼냈다. 어쨌든 라벨을 붙이지 않고 병에 독을 넣은 사람이 감옥에 갈 거니까. 테레빈유 냄새가 났다. 나는 그것을 유리잔에 조금 부어 여자에게 주었다. 여자가 냄새를 맡더니 유리잔 너머 나를 바라보았다.

"끄게 테레빈유 냄새가 나요." 여자가 말한다.

"그래요." 내가 말한다. "그건 치료를 시작하는 거에 불과해요. 오늘 밤 열 시에 다시 오면 나머지 약을 주고 수술해 줄게요."

"수술요?" 여자가 말한다.

"아프지 않을 거예요. 아가씨는 전에도 같은 수술을 받은 적이 있어요. 독은 독으로 푼다는 말을 들어봤어요?"

여자가 나를 바라본다. "그게 효과가 있을까요?" 여자가 말한다.

"물론 효과가 있을 겁니다. 아가씨가 돌아와 수술받으면요."

그래서 여자는 그게 무엇인지도 모르면서 눈도 깜빡이지 않고 다 마신 후에 밖으로 나갔다. 나는 앞쪽으로 갔다.

"못한 거야?" 조디가 말한다.

"뭘?" 내가 말한다.

"아, 왜 이래." 조디가 말한다. "내가 그 여자를 가로채려는 게 아니야."

"아, 그 여자." 내가 말한다. "그냥 약을 좀 원한 거였어. 설사가 심해서 모르는 사람한테 얘기하기가 부끄러웠던 모양이야."

어차피 오늘 밤은 내가 당직을 서는 날이었다. 그래서 영감이 장부를 확인하는 걸 도와준 후, 모자를 씌워 주고 8시 30분에 가게를 나서게 했다. 나는 모퉁이까지 함께 가서 영감이 가로등 두 개를 지나 시야에서 사라질 때까지 지켜보았다. 그리고 나서 가게로 돌아와 9시 30분까지 기다리다가 앞쪽 불을 끄고 문을 잠그고 뒤쪽 불 하나만 켜 놓았다. 그러고는 뒤쪽으로 가서 활석 가루를 캡슐 여섯 개에 넣고 지하 저장고를 치우고 모든 준비를 마쳤다.

10시가 되자 시계가 다 울리기도 전에 여자가 왔다. 안으로 들어오게 하자, 여자가 빠른 걸음으로 들어온다. 문밖을 보니 작업복을 입고 연석에 앉아 있는 남자아이 말고는 아무도 없었다. "뭐가 필요하니?" 내가 말한다. 남자아이는 아무 말 없이 그저 나를 바라보고 있다. 나는 문을 잠그고 불을 끈 후 뒤쪽으로 갔다. 여자가 기다리고 있었다. 이제 나를 바라보지 않았다.

"어디 있어요?" 여자가 말했다.

나는 캡슐 상자를 여자에게 주었다. 여자는 손에 상자를 들고 캡슐을 바라보았다.

"진짜 효과가 있나요?" 여자가 말한다.

"그럼요." 내가 말한다. "나머지 치료를 받는다면 말이죠."

"어디서 받는데요?" 여자가 말한다.

"아래 지하 저장고에서요." 내가 말한다.

바더먼

이제 길이 넓어지고 밝아졌지만, 사람들이 모두 집에 가 버려서 가게들이 어둡다. 가게는 어둡지만, 우리가 지나갈 때 불빛이 창문에 비친다. 법원 주위 나무에 불빛이 있다. 불빛은 나무에 깃들여 있지만, 법원은 어둡다. 법원 시계가 사방에서 보이는데, 어둡지 않기 때문이다. 달도 어둡지 않다. 그렇게 어둡지 않다. *잭슨으로 간 다알은 나의 형이다 다알은 나의 형이다* 저쪽에서 장난감 기차만이 선로에서 빛나고 있었다.

"저쪽으로 가자. 듀이 델." 내가 말한다.

"뭐 하러?" 듀이 델이 말한다. 창문 주위를 반짝이며 도는 선로 위로 빨간 기차가 달렸다. 하지만 주인이 도시 아이들에게 장난감 기차를 팔지 않을 거라고 듀이 델이 말했다. "크리스마스에는 장난감 기차가 거기 있을 거야." 듀이 델이 말한다. "그때까지 기다려야 해. 그때 주인이 다시 장난감 기차를 갖다 놓을 거야."

다알이 잭슨에 갔다. 잭슨에 간 사람이 많지 않다. 다알은 나의 형이다. 나의 형이 잭슨으로 가고 있다

우리가 걷는 동안, 불빛이 나무에 자리를 잡고 돌아다닌다. 사방이 마찬가지다. 불빛이 법원 주위를 돌아다니다가 보이지 않는다. 하지만 검은 유리창 너머에서 불빛이 보인다. 나와 듀이 델만 빼고 모두 집에 돌아가 잠을 자고 있다.

기차를 타고 잭슨으로 가고 있다. 나의 형이

저 뒤에 있는 가게에 불빛이 보인다. 빨간색과 초록색 두 개의 소다수가 든 커다란 유리잔이 창문에 진열되어 있다. 두 사람이 다 마실 수 없는 양이다. 노새 두 마리도 다 마실 수 없다. 젖소 두 마리도 다 마실 수 없다. *다암*

남자가 문으로 다가온다. 남자가 듀이 델을 바라본다.

"넌 여기서 기다려." 듀이 델이 말한다.

"난 왜 들어가면 안 돼?" 내가 말한다. "나도 들어가고 싶어."

"여기서 기다려." 듀이 델이 말한다.

"알았어." 내가 말한다.

듀이 델이 안으로 들어간다.

다암은 나의 형이다. 다암은 미쳤다

걷는 게 땅바닥에 앉아 있는 것보다 힘들다. 남자가 문을 열고 서 있다. 나를 바라본다. "뭐가 필요하니?" 남자가 말한다. 남자의 머리가 번드르르하다. 주얼의 머리도 가끔 번드르르하다. 캐시의 머리는 번드르르하지 않다. *다암이 잭슨에 갔다 나의 형 다암 길거리에서 캐시가 바나나를 먹었다. 차라리 바나나를 먹을래? 듀이 델이 말했다. 크리스마스까지 기다려. 그땐 장난감 기차가 있을 거야. 그러면 볼 수 있어. 그러니까 우리는 바나나를 먹을 거다. 나랑 듀이 델. 우리는 가방 한가득 먹을 거다.* 남자가 문을 잠근다. 듀이 델이 안에 있다. 그때 불이 꺼진다.

다암이 잭슨에 갔다. 미쳐서 잭슨에 갔다. 미치는 사람이 많지는 않다. 아

버지와 캐시와 주얼과 듀이 델과 나는 미치지 않았다. 우리는 절대 미치지 않았다. 우리는 잭슨에도 가지 않았다. 다알

거리에서 젖소가 딸그락거리며   걷는 소리가 한참 동안 들린다. 그때 젖소가 광장으로 들어온다. 젖소는 고개를 숙이고 광장을 가로지른다   딸그락거리며   . 젖소가 음매 하고 운다. 젖소가 음매 하고 울기 전에 광장에는 아무것도 없었지만, 텅 비어 있지는 않았다. 젖소가 음매 하고 울고 나니 이제 텅 비어 있다. 젖소가 계속 간다,   딸그락거리며   젖소가 음매 하고 운다. 나의 형은 다알이다. 다알이 기차를 타고 잭슨에 갔다. 기차를 타서 미친 게 아니다. 우리 마차에서 미쳐 버렸다. 다알 듀이 델이 가게 안에 들어간 지 한참 지났다. 그리고 젖소도 가 버렸다. 오래전에. 듀이 델이 젖소보다 가게 안에 더 오래 있다. 하지만 텅 빌 만큼 오래는 아니다. 다알은 나의 형이다. 나의 형 다알

듀이 델이 밖으로 나왔다. 듀이 델이 나를 바라본다.

"이제 저쪽으로 돌아가자." 내가 말한다.

듀이 델이 나를 바라본다. "효과가 없을 거야." 듀이 델이 말한다. "저 나쁜 자식."

"뭐가 효과가 없는데, 듀이 델?"

"그냥 알아." 듀이 델이 말한다. 듀이 델은 아무것도 보지 않는다. "그냥 알아."

"저쪽으로 가자." 내가 말한다.

"호텔로 돌아가야 해. 늦었어. 들키지 않고 들어가야 해."

"그래도 지나가다 보면 안 돼?"

"바나나를 먹는 게 낫지 않겠어? 그게 낫지 않겠어?"

"알았어." 나의 형 다알이 미쳐서 잭슨에 갔다. 잭슨은 미친 것보다도 더 멀리 있다

"효과가 없을 거야." 듀이 델이 말한다. "그냥 알아."

"뭐가 효과가 없는데?" 내가 말한다. 다알은 잭슨에 가기 위해 기차를 타야 했다. 나는 기차를 타본 적이 없지만, 다알은 기차를 타 봤다. 다알. 다알은 나의 형이다. 다알. 다알

다알

다알은 잭슨에 갔다. 사람들이 웃고 있는 다알을 기차에 태웠는데, 긴 객차 안에서도 웃고 있어서 다알이 지나갈 때, 올빼미가 고개를 돌리듯 사람들이 고개를 돌렸다. "뭘 보고 웃는 거야?" 내가 말했다.

"그래 그래 그래 그래 그래."

두 사람이 다알을 기차에 태웠다. 그들은 어울리지 않는 코트를 입고 있었고, 오른쪽 엉덩이 주머니가 위로 불룩 나와 있었다. 요즘 이발사들은 캐시의 것과 같은 분필선을 사용하는지, 그들의 목은 머리 선까지 면도가 되어 있었다. "권총 때문에 웃는 거야?" 내가 말했다. "왜 웃는 거야?" 내가 말했다. "웃는 소리가 싫어서 그래?"

그들은 자리 두 개를 합쳐 다알이 창가에 앉아 웃을 수 있도록 했다. 그중 한 사람은 다알의 옆에 앉고, 다른 한 사람은 다알을 마주 보고 앉아서 거꾸로 가고 있었다. 그중 한 사람은 거꾸로 가야 했다. 주(洲)에서 사용하는 돈은 뒷면마다 앞면이 있고 앞면마다 뒷면이 있는데, 이건 근친상간 같은 돈으로 기차를 타고 가기 때문이다. 5센트 동전 한쪽에는 여자가 있고 다른 쪽에는 들소가 있다. 앞면만 두 개고 뒷면이 없다. 나는 그게 뭔지 모르겠다. 다알에게는 전쟁 중에 프랑스에서 구한 작은 망원경이 있었다. 망원경에는 여자와 돼지가 있었는데, 뒷면만 두 개고 앞면이 없다. 나는 그게 뭔지 안다. "그래서 웃는 거야, 다알?"

"그래 그래 그래 그래 그래 그래."

마차가 광장에 서 있는데, 말뚝에 매어 있는 노새는 움직이지 않고, 고삐는 좌석 아래 용수철 주변에 감겨 있고, 마차 뒤쪽은 법원을 향해 있다. 마차는 저기 있는 백 대의 다른 마차와 다를 것이 없다. 그날 주얼이 시내의 여느 사람처럼, 마차 옆에 서서 거리를 올려 봤는데, 뭔가가 다르고 독특했다. 기차가 곧 출발할 거라는 분명한 분위기가 거기에 감돌았다. 듀이 델과 바더먼이 자리에 앉아서, 캐시가 마차 바닥에 놓여 있는 깔판에 누워, 바나나를 종이 봉지에서 꺼내 먹고 있었기 때문인지도 모른다. "그래서 웃는 거야, 다알?"

다알은 우리 형제다. 우리 형제 다알. 잭슨의 철창에 갇힌 우리 형제 다알이, 조용한 철창 틈에 때가 낀 손을 가볍게 대고, 입에 거품을 뿜으며 밖을 내다보겠지.

"그래 그래 그래 그래 그래 그래 그래 그래."

듀이 델

아버지가 그 돈을 보았을 때 내가 말했다. "제 돈이 아니에요. 제 돈이 아니라고요."

"그러면 누구 돈이냐?"

"코라 툴 아주머니 돈이에요. 툴 아주머니요. 케이크를 판 돈이라고요."

"케이크 두 개가 10달러라고?"

"건드리지 말아요. 제 돈이 아니에요."

"넌 케이크를 가져오지도 않았어. 거짓말이야. 저 꾸러미에 들어있던 건 나들이 옷이었잖아."

"건드리지 말아요! 그걸 가져가면 아버진 도둑이 되는 거예요."

"딸이 제 아버지를 도둑이라고 비난하다니. 내 딸이."

"아버지. 아버지."

"난 너를 먹여 주고 재워 줬어. 난 너를 사랑하고 보살펴 줬는데, 내 딸이, 죽은 아내가 낳아 준 내 딸이, 제 엄마 무덤 앞에서 나를 도둑이라고 부르다니."

"제 돈이 아니에요. 정말이에요. 제 돈이라면, 맹세코 아버지께

드렸을 거예요."

"10달러는 어디서 났지?"

"아버지. 아버지."

"말을 안 할 심산이구나. 부끄럽게 얻은 돈이라 그런 거냐?"

"제 돈이 아니에요. 정말이에요. 제 돈이 아니라는데 왜 이해를 못 하세요?"

"돈을 갚지 않겠다고 한 것도 아닌데, 제 아버지를 도둑이라고 부르다니."

"안 돼요. 정말이에요. 정말 제 돈이 아니에요. 제 돈이면 맹세코 아버지께 드렸을 거예요."

"그 돈을 빼앗으려는 게 아니야. 17년이나 먹여 줬는데, 내 자식은 10달러를 빌려 주는 것도 아까워하는구나."

"제 돈이 아니에요. 안 돼요."

"그럼, 누구 돈이냐?"

"받은 거예요. 그 돈으로 살 게 있어요."

"뭘 사는데?"

"아버지. 아버지."

"그냥 빌리는 거다. 맙소사. 내 피를 나눈 자식이 나를 책망하는 게 싫구나. 내 가진 것을 아낌없이 자식들에게 주고 있건만. 기꺼이 아낌없이 자식들에게 주고 있건만. 그런데 이제 자식들이 나를 부정하는구나. 애디. 당신이 죽어서 다행이야, 애디."

"아버지. 아버지."

"그래서 정말 다행이야."

아버지는 그 돈을 가지고 밖으로 나갔다.

캐시

 우리가 삽을 빌리러 거기 들렀을 때 집 안에서 흘러나오는 축음기 소리를 들었는데, 우리가 삽을 다 썼을 때 아버지가 말한다. "삽을 돌려줘야겠다."
 그래서 우리는 그 집에 다시 갔다. "캐시를 피바디 선생에게 데려가는 게 좋겠어요." 주얼이 말했다.
 "잠깐이면 된다." 아버지가 말했다. 아버지가 마차에서 내렸다. 음악 소리가 이제 들리지 않았다.
 "바더먼에게 맡겨요." 주얼이 말했다. "아버지가 하는 것보다 시간을 절반으로 줄일 수 있어요. 아니면 주세요. 제가——"
 "내가 하는 게 낫다." 아버지가 말한다. "삽도 내가 빌렸다."
 그래서 우리는 마차 안에 앉아 있었는데, 음악 소리가 들리지 않았다. 우리에게 축음기가 없는 것이 다행이라는 생각이 든다. 음악을 듣느라 아무 일도 하지 못할 것 같다. 음악을 조금 듣는 것이 사람이 누릴 수 있는 최상이 아닐까 한다. 피곤한 밤에 음악을 조금 들으면서 쉬는 것만큼 피로를 푸는 것은 없을 것이다. 손잡이 같은 게 있어서 가방처럼 닫을 수 있고 어디든 원하는 곳에 가지고 다닐 수 있는 축음기를 본 적이 있다.

"아버지는 뭘 하는 걸까?" 주얼이 말한다. "내가 했으면 지금쯤 열 번은 왔다 갔다 했겠다."

"천천히 하시게 둬." 내가 말했다. "아버진 너처럼 빠르지 않잖아. 알면서."

"그런데 왜 아버지는 나 대신 직접 삽을 돌려주려는 거지? 다친 그 다리를 고쳐야 우리가 내일 집으로 출발할 수 있을 텐데."

"시간은 많아." 내가 말했다. "할부로 사면 저 기계는 얼마나 할까."

"뭘 할부로 사는데?" 주얼이 말했다. "무슨 돈으로 사려고?"

"사람 일은 모르는 거지." 내가 말했다. "슈래트 아저씨한테서 그걸 5달러에 살 수 있었을 텐데."

아버지가 돌아오고 우리는 피바디 선생에게 갔다. 아버지는 우리가 거기 있는 동안 이발소에 가서 면도하고 오겠다고 말했다. 그리고 그날 밤 아버지는 볼일이 있다고 말했는데, 그 말을 하면서 우리의 눈길을 피하는 것 같았다. 머리는 기름을 발라 매끄럽게 빗어 넘기고 달콤한 향수 냄새를 풍겼는데, 나는 그렇게 하시라고 말했다. 나라도 그런 음악을 조금 더 듣고 싶으니까 말이다.

그리고 그다음 날 아침 아버지가 다시 외출했다가 돌아와서 우리에게 노새를 마차에 매고 떠날 준비를 하라며 조금 후에 만나자고 하더니, 다른 식구들이 나갔을 때 말했다.

"돈 가진 거 있니."

"피바디 선생이 숙박비를 낼 만큼 줬어요." 내가 말했다. "더 필요한 건 없잖아요, 그렇죠?"

"그렇지." 아버지가 말했다. "없지. 더 필요한 건 없지." 아버지는 그 자리에 서서, 나를 바라보지 않았다.

"필요한 게 있으면, 피바디 선생이 도와줄 거예요." 내가 말했다.

"아니다." 아버지가 말했다. "더 필요한 건 없다. 다들 모퉁이에서 기다려라."

그래서 주얼이 노새를 끌고 나를 데리러 오자 동생들이 마차에 깔아놓은 깔판에 나를 눕혔고 우리는 광장을 가로질러 아버지가 말한 모퉁이로 갔다. 마차 안에서 기다리며 듀이 델과 바더먼이 바나나를 먹고 있었는데, 그때 두 사람이 길을 따라 올라오고 있었다. 엄마가 좋아하지 않을 거라는 걸 알면서도 일을 벌일 때처럼, 아버지는 대담하면서도 비굴한 태도로 손에 가방을 들고 다가오고 있었다. 주얼이 말한다.

"저게 누구야?"

그때 우리는 아버지가 달라 보이는 게 가방 때문이 아니라는 것을 알았다. 그건 아버지 얼굴 때문이었는데, 주얼이 말한다. "아버지가 이를 해 넣었어."

사실이었다. 의치 때문에 아버지는 1피트는 더 커 보였고, 비굴하면서도 거만한 표정으로 고개를 들고 있었는데 아버지 뒤로 가방을 들고 있는 여자가 보였다. 오리처럼 생긴 여자가 잘 차려입었는데, 마치 누구도 감히 입을 열지 못하게 하려는 듯, 퉁방울눈의 눈초리가 모질어 보였다. 듀이 델과 바더먼은 입을 반쯤 벌리고 반쯤 먹은 바나나를 손에 든 채로, 우리는 그 자리에 앉아 두 사람을 보고 있었는데, 여자가 아버지 뒤에서 돌아 나오더니, 마치 누군가에 대드는 것처럼 우리를 바라보았다. 그래서 보니 여자가 들고 있는 가방은 작은 축음기였다. 사실, 그림처럼 예쁘게 닫혀 있는 축음기였다. 매번 우편 주문한 새 레코드가 오면, 우리는 겨울에 집 안에 앉아 음악을 들을 텐데, 다알이 같이 즐기지 못할 걸 생각하니 유감이다. 하지만 다알에게는 그게 더 낫다. 이 세상은 다알에게 맞지 않다. 이곳의 삶은 다알에게 맞지 않다.

"이 아이들이 캐시, 주얼, 바더먼, 듀이 델입니다." 아버지는 우리를 쳐다보려 하지 않았지만, 새 의치와 모든 것에, 비굴하면서도 거만한 표정으로 말한다. "번드런 부인이시다." 아버지가 말한다.

해설

특수성과 보편성의 절묘한 조화

윌리엄 포크너*William Faulkner*의 다섯 번째 소설 『내 죽으며 누워 있을 때*As I Lay Dying*』는 여러모로 흥미로운 작품이다. 포크너의 3대 작품으로 꼽히는 이 작품이, 미시시피 대학교 발전소에서 석탄을 나르는 야간 근무 중 단 48일 만에 완성되었다는 점도 놀랍지만, 더 놀라운 것은 그처럼 열악한 환경과 짧은 시간 속에서도 이 작품이 이룬 문학적 성취다. 무엇보다 『내 죽으며 누워 있을 때』는 특수성과 보편성이 절묘하게 조화를 이룬다. 대부분의 포크너 소설의 배경 요크나파터파 카운티 *Yoknapatawpha County*는 포크너가 창조한 상상의 공간이면서도, "우표딱지만 한" 포크너의 고향이자 삶의 터전 북부 미시시피주의 신화와 전설, 그곳 사람들의 삶이 재현된 공간이다. '유일한 소유주 윌리엄 포크너'가 직접 그린 지도에 따르면, 요크나파터파는 2,400 평방 마일의 면적에 15,611명의 인구가 거주하는 곳으로, 『내 죽으며 누워 있을 때』를 오롯이 이해하기 위해서는 요크나파터파의 특수성에 대한 이해가 필요하다. 무엇보다 요크나파터파는 미국의 다른 지역과 동떨어져 있으며, 재즈시대의 떠들썩함도 그 뒤를 이은 경제 대공황의 위기도 비껴있다. 그곳은 경제적으로 농업에 의존하고 매우 낙후되어 있지만, 다른 지역보다 종교의 영향이 강하고 특유의 환대 문화가 있는 곳이며, 플랜테이션 농업이 발달했고, 노예제도와 남북전쟁의 패배에 대한 기억이 가득한 곳, 그래서 문화적 동질성이 강한 곳이면서, 상류층 백인과 가난한 백인, 흑인이 가문에 따라 인종과 계층의 차이에 따라 첨예하게 갈등하는 곳이기도 하다.

번드런 가족의 장례 여정을 중심으로 전개되는 『내 죽으며 누워 있을 때』는 프렌치맨스 벤드 *Frenchman's Bend*라는 산악지대에 거주하는 가난한 백인들의 이야기로, 요크나파터파의 특수성이 두드러진다. 번드런 가족을 포함한 이곳 가난한 백인들은 대체로 교육 수준이 낮고, 소규모의 농사일이나 벌목으로 생계를 유지하며, 자동차 대신 노새가 끄는 마차로 이동하고, 집에서 직접 관을 만들고, 시내 나들이를 쉬이 할 수 없을 만큼 경제적으로 궁핍하고, 전통과 종교의 영향이 강하고, 문화적으로도 낙후된 곳이다. 그런데 여기에서 주목할 점은 이러한 동질성이 이질적인 것과 만나면서 요크나파터파의 특수성을 더욱 풍요롭게 한다는 것이다. 『압살롬, 압살롬! *Absalom, Absalom!*』이나 『팔월의 빛 *Light in August*』에서는 인종과 계층 간의 갈등과 이질성이 첨예하게 드러나지만, 『내 죽으며 누워 있을 때』는 도시와 시골의 이질적 만남이 흥미롭다. 이 소설에서는 도시와 시골의 이질성이 언어의 차이에서 선명하게 드러난다. 번드런 가족은 동질성이 강한 이웃 사람들과 대화할 때 거의 표준어에 가까운 발음을 구사한다. 엄밀히 말하자면 번드런 가족과 가난한 시골 사람들은 상대방의 발음을 표준어처럼 인식한다. 그러나 교육 수준이 높은 의사와 약사, 도시 사람들에게 번드런 가족의 발음은 거칠고 촌스럽게 들린다. 번드런 가족이 발화하는 '그것 *it*'은 도시 사람들에게 '끄것hit'으로, '돌봄care'은 '똘봄keer'으로, '어디where'는 '어데wher'로, '아버지pa'는 '아부지paw'로, 진행형 '~ing'에서도 'g'가 탈락한 것으로 들린다.

　무엇보다 번드런 가족의 장례 여정은 요크나파터파 특유의 삶의 경험과 맞닿아 있다. 번드런 가족의 안주인 애디의 시신을 그녀의 유지에 따라 40여 마일 밖, 친정이 있는 제퍼슨에 안장하는 과정에서, 번드런 가족은 갖가지 재난을 겪게 된다. 번드런 가족의 시련은 폭풍우라는 자연재해에서 시작한다. 3달러를 벌기 위해 목재를 나르러 간 둘째 아들 다알과 셋째 아들 주얼은 비 때문에 애디가 임종하기 전에 돌아오지 못한다. 그 때문에 애디가 사망한 지 3일이 지나서야 시신 운구 여정이 시작된다. 번드런 가족은 홍수에 다리가 떠내려가서 다른 다리를 건너려고 8마일을 가 보지만 그마저도 유실되는 바람에 왔던 길을 되돌아가 가까스로 요크나 강을 건너는 데 성공한다. 그러나 그 과정에서 노새가 익사하고 첫째 아들 캐시의 다리가 부러진다. 시신 운구 여정이 일주일째 이어지면서, 뜨거운 햇빛 아래 물에 젖은 시신은 부패하여 말똥가리의 표적이 되고, 이들의 운구 행렬은 다른 사람들에게 우스꽝스럽고 기괴하게 인식된다. 이러한 운구 여정의 무의미함을 느낀 다알은 애디의 시신을 불태우려 하고, 주얼이 가까스로 불 속에서 애디의 관을 구해 낸다. 어렵게 제퍼슨에 도착한 번드런 가족은 마침내 애디의 시신을 공동묘지에 안장하는데, 아버지 앤스를 제외하고 다른 가족들은 모두 작지 않은 상처를 입게 된다. 시멘트로 고정한 캐시의 부러진 다리는 온전히 회복하기 어렵게 되고, 방화를 저지른 다알은 정신병원에 감금되고, 주얼은 새로운 노새 값을 충당하기 위해 애지중지하는 말을 포기하게 된다. 낙태약을 구하려던 고명딸 듀이 델은 의사 행세를 하는 약국 직원에게 능욕당하고 낙태약을 살 돈마저 아버지에게 빼앗긴다. 막내 바더먼은 다알을 잃은 상실감에 큰 충격을 받는다. 이와 같은 장례 여정은 요크나파터라는 공간의 특수성과 가난한 백인 가정의 경제적 현실이 만나고, 거기에 부모가 제 역할을 하지 못하는 번드런 가족의 특수성이 더해지면서 요크나파터파 특유의 삶의 경험이 된다.

포크너는 요크나파터파 특유의 삶의 경험을 보편성의 영역으로 끌어올린다. 번드런 가족이 겪는 가족의 죽음, 홍수, 화재, 부상, 가족 간의 갈등과 그로 인한 마음의 문제는 번드런 가족 특유의 경험인 동시에 누구나 겪을 수 있는 시련이자 보편적 경험이다. 포크너는 노벨상 수상 연설에서, 문학 작품이 유일하게 다룰 가치가 있는 소재를 "서로 갈등하는 인간 마음의 문제"로 상정하고, 사랑, 명예, 연민, 자부심, 동정, 희생과 같은 "오래된 마음의 진리"이자 "오래된 보편적 진리"를 염두에 두어야 한다고 강조한 바 있다. 달리 말하자면, 포크너가 강조하는 보편성의 핵심은 서로 갈등하는 인간 존재와 그 마음에 있다고 할 수 있다. 번드런 가족의 일상은 크고 작은 갈등으로 점철되어 있다고 해도 과언이 아니다. 애디의 사랑을 가장 많이 받는 주얼에 대한 다알의 질시, 애디에 대한 주얼의 독점욕, 혼전 임신이란 절망에 빠진 듀이 델과 그 비밀을 알고 있는 다알 사이의 갈등, 자녀의 돈으로 의치를 해 넣으려는 앤스와 돈을 빼앗기지 않으려는 자녀들의 갈등, 말과 행동의 괴리에 관한 앤스와 애디의 갈등, 종교와 인습을 둘러싸고 벌어지는 애디와 이웃 주민 코라 툴 사이의 갈등, 그리고 각 인물이 겪는 내면의 갈등이 서로 포개지고 증폭된다. 인간관계에서 비롯하는 이러한 갈등은 그 자체가 보편성을 띤다. 인간이란 존재가 관계 안에서만 의미를 찾을 수 있는 사회적 존재이기 때문이고, 번드런 가족은 물론이고 그 누구도 부모와 자녀 사이의 갈등, 형제자매 사이의 갈등, 부부 사이의 갈등, 종교의 율법과 욕망 사이의 갈등, 사회 규범과 개인의 갈등, 이로 인한 내면 갈등을 쉽사리 해소하기란 어렵기 때문이다. 그렇기에 누군가 명예를 지키기 위해 부단히 노력하거나, 자신의 욕망을 포기하고 희생을 마다하지 않거나, 어쩔 수 없는 상황에서 희생을 강요당하는 이들에게 동정과 연민을 보내는 것 역시 오래된 마음의 진리이자 보편적 진리라 할 수 있다.

요크나파터파 특유의 환경에서 번드런 가족이 겪는 특수한 경험이 오래된 보편적 진리를 구현하는 것은 번드런 가족이 겪는 갈등과 시련의 강도에 비례한다. 번드런 가족의 갈등과 시련은 불과 물의 위협에서 극대화된다. 장례 여정의 무의미함, 나아가 삶의 무의미함을 절감한 다알은 애디의 관을 놓아둔 헛간에 불을 지른다. 강한 불길에 헛간 지붕이 무너져 내리고 불꽃이 비처럼 내리는 위험한 상황에서, 주얼은 조금의 망설임도 없이 혼자 힘으로 애디의 관을 구해 낸다. 평소 다혈질적인 면모와 달리, 화상과 목숨의 위협에도 애디의 명예를 지키기 위해 희생을 마다하지 않는 주얼의 모습은 마치 영웅 서사의 주인공 같고, 그리스 시대의 조각상처럼 비현실적으로 보이기까지 한다. 이처럼 가족의 명예를 지키기 위한 주얼의 희생과 용기는 연민과 동정, 포크너가 오래된 마음의 진리라 칭한 보편적 진리를 구현한다.

화재가 갈등이 촉발한 인재라면, 자연재해는 인간이 통제하지 못하는 가장 큰 시련이라고 할 수 있다. 유례없는 심각한 폭우에 다리가 유실되고 나무가 뿌리 뽑히고 어디가 강이고 어디가 땅인지 분간조차 할 수 없는 극한의 상황에서, 관을 실은 마차를 몰고 도강하는 것은 위험천만하고 불가능해 보인다. 그러나 번드런 가족은 힘을 합해 애디의 관을 실은 마차를 끌고 강을 건너는 데 성공한다. 모든 것이 뒤엉키고 물속으로 빨려 들어가는 상황에서도 캐시와 주얼은 사력을 다해 말과 마차, 관을 지켜 낸다. 이 과정에서 부상을 당한 캐시를 위로하기 위해 모두 합심하여 잃어버린 캐시의 목공구를 강바닥에서 찾아낸다. 여기에서 흥미로운 점은 폭풍우와 홍수라는 파괴적 자연재해 앞에서 번드런 가족이 갈등 대신 유대를 선택한다는 것이다. 자연은 인간에게 완전한 소유를 허락하지 않으며, 자연의 위력은 그만큼 예측 불가하고 거대하다. 불멸의 거대한 자연 앞에서, 유약하고 왜소한 존재에 불과한 인간이 선택할 수 있는 유일한 선택지는 유대관계를 형성하는 것뿐이다. 이렇듯 절체절명의 위기 상황에서, 인간의 유약함을 극복하기 위해 합심하고 인내하며 희생을 마다하지 않는 번드런 가족의 모습은 오래된 마음의 진리이자 보편적 진리와 맞닿아 있다.

번드런 가족이 겪는 특수성이 보편성을 얻게 되는 가장 큰 경험은 죽음 바로 그 자체에 있다. 모든 여정에 시작과 끝이 있듯이, 인간은 죽음을 피할 수 없다. 애디는 『내 죽으며 누워 있을 때』의 여러 인물과 이야기를 연결하는 구심점이면서, 소설 제목의 주인공이기도 하다. 그런데 여기서 흥미로운 점은 『내 죽으며 누워 있을 때』는 살아생전의 애디보다 관에 죽어 누워 있는 애디에 집중되어 있다는 것이다. 삶이 죽음을 준비하는 과정이라는 부친의 말씀을 결국엔 애디가 인정한다는 점, 무엇보다 죽음이 인류 보편의 문제라는 점을 고려하면, 이 소설의 제목 'As I Lay Dying'은 매우 다층적인 의미를 띠게 된다. 애디의 관점에서 '내 죽으며 누워 있을 때'는 '내 죽어 누워 있을 때'의 이야기이면서, 동시에 만인의 '내 죽으며 누워 있을 때'의 이야기이기도 하다. 사랑하는 사람의 죽음이야말로 인간에게 주어진 가장 큰, 피할 수 없는 시련이다. 작중 인물 피바디의 언급처럼, 일면에서 죽음은 신체적 현상이 아니라, 사별한 사람들이 겪어야 하는 마음의 기능이다. 이러한 이유로 사랑하는 사람의 죽음을 극복하는 유일한 방법은 살아남은 사람들끼리의 유대에 있다. 그 방식은 다르지만, 살아남은 사람들은 번드런 가족에게 연민과 동정의 마음을 표출하고, 애도라는 이름의 유대 의식에 동참한다. 이웃 사람들은 번드런 가족을 조문하고, 버넌은 죽음의 공포를 무릅쓰고 번드런 가족과 도강을 시도하고, 샘슨, 암스티드와 길레스피는 번드런 가족이 유숙할 수 있도록 자신들의 헛간을 기꺼이 내준다.

    번드런 가족의 특수한 이야기가 보편성을 띠는 것은 시간의 공간화와 맞닿아 있다. 요크나파터파에서의 시간은 직선으로 흐르지 않고 정지된 것처럼 보일 때가 많다. 이는 시간의 진전보다 순간순간 공간에 대한 성찰이 중요하기 때문이다. 이렇듯 번드런 가족의 이야기는 요크나파터파 특유의 삶의 방식을 재현하면서도, 마치 시간이 멈춘 듯, 어디서든 일어날 수 있는 보편적 삶의 경험이 된다.

놀라울 만큼 대담한 실험

    1928년 출판된 『음향과 분노 *The Sound and the Fury*』를 기점으로 포크너는 소재와 형식 면에서 습작기를 벗어나 원숙기에 접어들고 있었다. 포크너는 자신이 창조한 요크나파터파 특유의 삶의 경험을 소재로 하여 보편적인 인간 조건을 탐구하면서도, 전지적 작가의 목소리가 지배하는 전통적인 소설 형식에서 벗어나 다양한 실험을 시도하는 데 주력하였다. 『음향과 분노』 역시 다양한 화자의 내면 독백을 병치하고 직선적 시간 흐름에서 벗어나 있지만, 『내 죽으며 누워 있을 때』의 소설 기법은 놀라울 정도로 대담하다. 이 작품에는 무려 15명의 화자가 등장하고 총 59개의 내면 독백이 펼쳐진다. 전작 『음향과 분노』의 화자가 총 4명임을 고려하면, 그보다 길이가 짧은 작품에 15명의 화자가 59개의 내면 독백을 언술한다는 것은 매우 이례적이라고 할 수 있다. 15명의 화자는 번드런 가족과 그 이웃, 그리고 애디의 장례 여정에서 만나는 사람들로, 번드런 가족의 내면 독백이 43개이고 외부인의 내면 독백이 16개이다. 이를 세분하면, 다알 19개, 바더먼 10개, 버넌 툴 6개, 캐시 5개, 듀이 델 4개, 앤스 3개, 코라 툴 3개, 피바디 2개, 애디, 주얼, 위트필드, 샘슨, 암스티드, 모즐리, 맥고완 각 1개씩의 내면 독백이 있다.

    흥미로운 점은 이 작품에 등장하는 59개의 내면 독백 가운데 다알과 바더먼의 내면 독백이 가장 많다는 것이다. 바더먼은 자기가 난도질해 죽인 물고기를 엄마와 동일시하고, 관 안에 누워 있는 애디의 시신이 숨을 쉴 수 있도록 관 뚜껑에 구멍을 내려다가 애디의 얼굴에 송곳 구멍을 내는 기행을 저지른다. 이처럼 바더먼이 죽음의 의미와 애도의 방식을 이해하지 못하는 것은, 캐시와 22살, 다알과 19살 차이가 날 정도로 나이가 어리기 때문이다. 하지만 그만큼 편견이나 선입견에서 자유롭기에 바더먼은 관찰자의 역할을 훌륭히 수행한다. 반면에 다알은 다른 사람들보다 직관력이 월등하고 사색적이다. 고백을 듣거나 대화하지 않아도, 다알은 듀이 델의 임신과 애디의 부정을, 주얼의 생부가 앤스가 아니라는 것을 알아차린다. 심지어 다알은 주얼과 함께 목재 나르는 일을 하느라 집에 없었음에도, 마치 천리안을 가진 것처럼, 캐시가 관을 마무리하는 모습과 애디의 임종 순간을 묘사한다. 이처럼 다알은 관찰과 사색을 동시에 수행하면서 이 작품의 핵심 사건을 기술하지만, 이따금 정신 분열 증세를 보인다. 포크너는 버지니아 대학교 강연에서 다알이 처음부터 미쳤다고 했는데, 그의 정신 분열 증세는 정신병원에 끌려가면서 자신을 삼인칭으로 간주하고 관찰과 사색의 대상으로 삼으면서 극대화된다.

  포크너가 이처럼 파격적인 형식을 시도한 것은 이 세상에 객관적이고 절대적인 진실이 존재하지 않는다는 관점주의적 사고와 맞닿아 있다. 이를 원용하면, 15명 화자의 59개 내면 독백은 모두 개별 화자의 주관적 해석에 불과하며 결코 절대적인 진실을 전달하지 못한다는 것이다. 일례로 코라는 애디를 가장 사랑하는 자식이 다알이라고 생각하지만, 실상 다알은 애디의 기만을 알게 된 후 엄마라는 호칭 대신 '애디' 또는 '애디 번드런'이라는 호칭을 사용할 정도로 애디에 대한 반감이 높은 인물이다. 이는 단일 화자의 절대적인 목소리에 의존하지 않고, 여러 화자의 시각을 결합하여 번드런 가족의 삶을 입체적으로 바라볼 때 진실에 가까워질 수 있음을 방증한다.

포크너가 소설 형식에 파격적 실험을 시도한 것은 언어의 한계에 대한 인식에서 비롯한다. 과연 언어가 진실을 있는 그대로 전달할 수 있는가에 대한 고민과 언어에 대한 불신은 애디의 내면 독백에서 극명하게 드러난다. 애디에 의하면, 말은 그것이 말하고자 하는 것에 들어맞지 않는, "결핍을 메우기 위한 형상"에 불과하다. 애디는 앤스와의 결혼 생활을 통해 모성애, 두려움, 자존심, 사랑이란 말이, 실체 대신 그 말이 필요한 사람들이 만들어 낸 것이요, 자신이 그 말에 속아왔음을 깨닫는다. 말과 실체의 간극은 곧 말과 행동의 괴리를 의미한다. 애디는 말과 행동의 괴리를 수직과 수평이라는 기하학적인 비유로 설명한다. 애디에 의하면, 말은 가느다란 선이 되어 똑바로 올라가고, 행동은 땅에 들러붙어 땅을 따라 돌아다녀서, "어느 정도 시간이 지나면 한 사람이 다리를 한 쪽씩 걸칠 수 없을 정도로 두 선의 간격이 너무도 벌어지게 된다." 이 비유대로라면, 대지에 뿌리를 박고 있는 행동과 하늘 높이 떠 있는 말 사이의 괴리를 좁히는 것이 좀처럼 불가능해 보인다.

말과 행동의 괴리가 가장 큰 인물은 바로 앤스이다. 단적으로 말하자면, 앤스는 행동을 말로 대신하는 인물이다. 앤스는 "누구에게도 신세 지고 싶지 않습니다"와 "폐 끼치고 싶지 않습니다"라는 말을 가장 많이 하지만, 실제로는 자신의 불운을 강조하고 교인들의 신앙심을 이용해 자신이 해야 할 일을 남들에게 떠맡긴다. 이런 앤스를 두고 이웃들은 한결같이 이미 많은 도움을 주었기에 이제 와 그만둘 수 없다며 불평한다. 말로는 무엇이든 마음먹은 일에 최선을 다한다며 자신을 추켜세우지만, 일사병을 두려워하여 땀 흘려 일하는 법도 없고, 제퍼슨에 아내를 안장하러 가면서도 흙을 파는 데 필요한 삽을 챙기지 않는다. 어린 바더먼과 이웃 버넌까지 나서서 강물에 빠진 캐시의 목공구를 찾을 때도 앤스 혼자만 동참하지 않는다. 그는 자신이 인색하지 않다고 말하지만, 캐시의 부러진 다리를 고치기 위해 값싼 시멘트를 선택하고, 아내의 죽음이 목전에 다가와서야 의사를 부른다. 그리고 다알을 정신병원에 보내야 한다는 이웃의 권유를 자신에게서 일손을 빼앗으려는 수작으로 치부해버려 다알의 치료 시기를 놓치고 만다. 그러나 앤스는 자식들에게서 빼앗은 돈으로 의치를 해 넣고 아내를 매장하자마자 새 아내를 맞이하는 일처럼, 자신을 위한 일에는 진정으로 최선을 다한다.

말과 행동의 괴리는 외견과 실재의 간극과 잇닿아 있다. 외견상 애디의 장례 여정은 제퍼슨에 묻어달라는 애디의 유지를 지키는 것이지만, 다알과 주엘을 제외한 다른 식구들의 내심에는 다른 목적이 있다. 앤스는 의치를, 캐시는 축음기를, 듀이 델은 낙태약을, 바더만은 장난감 기차를 얻을 수 있는 더할 나위 없는 기회가 장례 여정이라고 생각한다. 장례 여정은 핑계이고, 번드런 가족에게 정작 중요한 것은 자신들의 사적 욕망을 실현할 수 있는 시내, 제퍼슨에 가는 것이다. 바나나 한 부대를 얻을 수만 있다면 "물불 안 가리고 모든 위험을 무릅쓰고 제퍼슨에 갈 사람들"이라는 버넌의 탄식에서 알 수 있듯이, 다수의 번드런 가족은 외견과 실재의 간극이 크다.

말과 행동의 간극은 관념과 실천의 간극으로 이어진다. 애디에게 위트필드 목사와의 만남은 말과 행동의 일치를 의미한다. 애디에게 앤스와의 결혼 생활이 거짓 사랑에 대한 절망을 안겨주었다면, 위트필드 목사와의 불륜은 땅을 통해 들끓는 무시무시한 피의 소산이자 자기 존재의 확인을 의미한다. 사랑 없는 육체적 관계의 결과물이 다알이라면, 사랑이라는 말과 행동이 일치한 결과물은 바로 주얼이다. 이러한 이유에서 애디는 다알을 거부하고, 주얼이 자신의 십자가이자 구원이라 생각한다. 주얼이 물과 불에서 자신을 구하고, 죽은 후에도 자신을 구할 것이라는 애디의 말은 마치 예언처럼 꼭 들어맞는다. 그러나 위트필드 목사는 애디의 죽음에 매우 위선적인 태도를 드러낸다. 위트필드 목사는 자신의 부정이 드러날까 봐 노심초사하며 애디의 집으로 문상가는 길에, 자신의 죄를 고백하고 용서를 구하기 위해 어떤 말을 해야 할지에 대해 말의 틀을 짠다. 그는 말의 틀을 짠 것만으로도 죄를 고백한 것이나 다름없고, 의지가 행동을 대신할 수 있다고 치부한다. 이처럼 실천을 관념으로 대신하는 위트필드 목사의 기만적인 태도는 행동을 말로 대신하는 앤스보다 훨씬 위중하다. 위트필드 목사의 기만과 위선이 더욱 심각한 것은, 그가 하느님의 사랑과 자비의 말씀을 전하고 실천해야 하는 성직자이기 때문이다. 같은 사람의 것이라 볼 수 없을 정도로, 위트필드 목사의 목소리가 체구보다 훨씬 큰 것도 바로 실천을 관념으로 대신하는 그의 위선과 기만을 드러내 준다고 할 수 있다.

    포크너는 여러 화자가 등장하여 하나 이상의 관점을 제시하는 복수(複數)적 관점 외에도 다양한 실험을 시도한다. 첫 번째 실험은 하나의 내면 독백에 두 가지 글씨체를 병치하는 것이다. 특히 관찰과 사색을 동시에 수행하는 다알의 내면 독백의 경우, 두 가지 글씨체는 어느 부분이 관찰이고 어느 부분이 사색에 해당하는지를 분명히 한다. 영문판을 기준으로 예를 들면, 주얼과 함께 목재 나르는 일을 하느라 집에서 멀리 떨어져 있는 상황에서 다알이 천리안의 능력을 발휘해 집에서 벌어지는 애디의 임종 순간을 언술하는 부분은 정자체를 사용하고, 다알 자신이 있는 현장에서 벌어지는 일을 관찰하는 부분은 이탤릭체(한국어판에서는 손글씨체로 표기)를 사용한다. 다알이 주얼을 관찰하는 부분은 유독 이탤릭체로 표기된 부분이 많은데, 이는 주얼에 대한 다알의 질시를 선명하게 드러내는 효과를 자아낸다. 두 번째 실험은 구두점을 무시하는 것이다. 애디가 누워있는 관이 물속에 빠지자 바더먼은 극도의 혼란을 느낀다. 포크너는 마침표가 없는 문장을 여러 개 나열함으로써 바더먼이 얼마나 혼란을 느끼고 있는지, 얼마나 빨리 관을 찾고 싶어 하는지 그 다급함을 효과적으로 전달한다. 세 번째 실험은 단어와 단어 사이의 공백을 활용하는 것이다. 정상적인 띄어쓰기 공백보다 단어와 단어 사이의 공백이 큰 경우, 이는 언어로 형용하기 어려움을 시각적으로 잘 드러낸다. 처녀 시절 자기 몸의 형상을 기억해 내지 못하는 애디의 경우에, 다알이 정신병원으로 끌려갈 때의 충격을 형용할 수 없는 바더먼의 경우에 이 공백이 활용된다. 척 척 척 도끼 소리나, 음매 하고 우는 젖소의 울음소리를 묘사할 때도 소리가 들리는 시간만큼 단어와 단어 사이의 공백이 활용된다. 마지막 실험은 그림을 활용하는 것이다. 버넌은 캐시가 만든 관의 모양을 그림으로 보여주는데, 이는 관을 비스듬하게 만든다는 말의 의미가 무엇인지 글자로 형용할 때의 어려움을 효과적으로 보완한다.

    포크너는 언어가 진실을 제대로 전달할 수 있는가에 대한 의구심에서, 유례없이 많은 화자가 등장하는 복수(複數)적 관점을 사용하고, 두 가지 글씨체를 병치하고, 구두점을 무시하거나, 단어와 단어 사이의 공백과 그림 등 시각 효과를 활용한다. 이러한 실험은 모두 언어로 진실을 전달하기 위한 필사의 노력이라 할 수 있다. 이처럼 기존의 소설 문법에서 벗어나는, 놀라울 만큼 대담한 실험들은 『내 죽으며 누워 있을 때』를 더욱 풍요롭고 반짝이게 한다.

독자의 역할, 그리고

포크너 작품 읽기는 쉬운 일이 아니다. 미국 남부 방언과 포크너 특유의 만연체 문장이 소설 읽기의 어려움을 가중하는 측면도 있지만, 무엇보다 포크너 작품 읽기가 어려운 이유는 독자에게 적극적인 독서 행위를 요구하기 때문이다. 포크너는 다양한 형식적 실험을 통해 객관적이고 절대적인 진실을 찾는 것이 불가능하다는 것을 보여주고, 동시에 진실에 가까이 다가가기 위한 필사의 노력을 펼친다. 작가의 권위적인 목소리가 배제된 상황에서, 15명 화자의 49개 내면 독백은 서로 교차하고 충돌하고 중첩된다. 바로 이 지점에서 독자는 적극적 독서 행위를 통해 소설 속의 진실 찾기를 시도하고 그 의미를 발견해야 한다. 이를 위해 독자는 개별 화자가 제시하는 단편적인 사실을 종합하고 수정·보완하며 서서히 드러나는 전모를 파악할 필요가 있다. 예를 들어 다알의 내면 독백으로 시작하는 이 작품의 첫 문단은 15피트 앞서 다알이 걷고 있지만 다알의 머리 하나만큼 주얼의 밀짚모자가 위로 올라와 있다는 정보를 제공한다. 독자는 이 문장의 의미가 주얼의 키가 다알보다 머리 하나만큼 크다는 것임을 나중에야 알게 된다. 애디가 죽은 존재나 다름없는 앤스를 대신해 찾은 사람이 누구인지, 자신보다 더 죄악의 옷을 입은 사람이 누군지, 그리고 주얼의 생부가 누구인지는 애디의 내면 독백 바로 뒤에 이어지는 위트필드 목사의 내면 독백을 통해 알 수 있다. 애디의 임종을 지켜본 바더먼이 그 충격으로 헛간에서 찾는 '그것'이 무엇인지, '그것'으로 때리는 '그것들'이 무엇인지는 집중력을 잃지 않고 독서 행위에 몰두해야만 알 수 있다. 또한 다알과 주얼이 목재를 실으러 갔다가 저 멀리 절벽 위에 있는 집을 바라보며 '그것'들이 보이는지 살피는데 '그것'들이 무엇인지, 다알이 애디를 엄마라 부르지 않고 '애디'나 '애디 번드런'이라는 호칭을 사용하는 이유가 무엇인지 한참 뒤에나 알 수 있다. 그리고 나서야 다알이 주얼에게 아버지가 누군지 아냐는 질문을 하는 이유를 이해할 수 있다. 이 작품의 많은 내면 독백은 '그것'이나 '그' 등 대명사로 시작하고, 그 대명사가 지시하는 바가 무엇인지는 독서 행위가 좀 더 이어진 후에나 알 수 있다. 바로 이러한 이유에서 독서 행위에 몰두하지 않으면, 애디가 언급하는 그 사람이 위트필드 목사가 아니라 앤스라 오인할 수 있고, 다알과 주얼의 갈등의 이유를 전혀 이해하지 못할 수 있다. 이런 오해를 줄이고 작품을 처음 접하는 독자의 이해를 돕기 위해, 번역하는 과정에서 대명사 대신 대명사가 지칭하는 대상을 구체적으로 언급했지만, 그렇다고 독서 행위의 묘미가 반감되는 것은 아니다. 각 등장 인물의 내면 독백에 드러나는 갈등과 간극을 이해하기 위해서는 여전히 독자의 적극적인 독서 행위가 필요하기 때문이다.

    포크너가 이토록 독자의 적극적인 독서 행위를 독려하는 이유는 그만큼 진실에 다가가기 어렵다는 것을 강조하면서, 동시에 작중 인물에 대한 관심을 유도하고, 나아가 인간 존재 그 자체에 대한 인식 지평을 넓히기 위함이다. '그'나 '그것'처럼 대명사가 지칭하는 것이 무엇인지 관심을 기울이다 보면 자연스레 작중 인물의 삶에 집중하게 되고 그 과정에서 포크너가 언급한 "오래된 마음의 진리"이자 "오래된 보편적 진리"를 접하게 된다. 애디의 시신을 무사히 안장했다는 점에서 애디의 장례 여정은 성공적이라고 볼 수 있다. 하지만 제퍼슨 방문의 사적 욕망을 이룬 사람은 앤스가 유일하다. 번드런 가족 가운데 가장 게으르고 이기적인 앤스가 최종 승리자가 되는 부조리함이나 삶의 아이러니는 오히려 나머지 가족에 대한 연민과 동정으로 이어진다. 포크너는 노벨상 수상 연설에서 인간만이 동정하고 희생하고 인내하는 정신이 있음을 강조하면서, 이런 인간의 마음을 고양하고 인간이 견딜 수 있도록 돕는 것이 바로 작가의 특권이라 언급한 바 있다. 이 점을 고려하여 작품 속 열린 결말 이후를 감히 그려본다면, 번드런 가족은 그동안 해왔듯 앞으로도 견뎌낼 수 있을 것이다. 제퍼슨에서 먹은 바나나에 대한 기억과 새로 장만한 축음기에서 흘러나오는 음악은 번드런 가족에게 견디는 힘이 될 것이다. 번드런 가족의 이야기는 나는 어떻게 살고 있는가에 관한 질문과 성찰로 이어질 수 있고, 견뎌낼 힘을 얻을 수도 있다. 이 과정에서 포크너 작품 읽기의 어려움은 즐거움이 될 것이다.

작가 연보

1897 9월 25일, 미국 미시시피주Mississippi 뉴올버니New Albany에서 태어남. 본명은 윌리엄 커스버트 포크너William Cuthbert Falkner.

1902 가족이 미시시피주 옥스퍼드Oxford로 이주함. 당시 인구나 규모 면에서 작은 소도시였던 옥스퍼드는, 이후 포크너의 문학적 성장과 더불어 미시시피주의 문화 중심지로 성장함.

1905 옥스퍼드 초등학교에 입학함.

1909 2학년을 월반할 정도로 뛰어난 학생이었으나, 4학년 이후 성격도 내성적으로 변하고 학업에 관심을 잃으면서, 출석과 성적이 저조해짐. 아버지 머리 커스버트 포크너Murry Cuthbert Falkner가 경영하는 마차 대여업 가게에서 일함.

1914 몇 년 동안의 방황 끝에 학교를 그만둠.

1915 11학년에 등록하지만, 다시 학교를 그만둠.

1916 할아버지 존 웨슬리 탐슨 포크너John Wesley Thompson Falkner가 경영하는 은행에서 경리 사무원으로 잠시 근무함. 옥스퍼드 근교에 있는 미시시피 대학교의 학생 활동에 관심을 두기 시작함.

1917 미시시피 대학교의 연감 『올 미스Ole Miss』에 그림 한 점이 실림.

1918 첫사랑 에스텔 올드햄Estelle Oldham이 다른 사람과의 약혼을 발표하자, 이에 대한 상실감에서, 그리고 비행기와 항공에 대한 남다른 관심으로, 미국 육군 항공대에 지원하지만 왜소한 체격 때문에 거부됨. 6월, 자신의 이름 철자를 Falkner에서 Faulkner로 바꾸고 캐나다 기지 영국 공군 사관후보생으로 입대함. 11월 11일, 훈련 과정 중에 제1차 세계대전이 끝나

자 12월에 옥스퍼드로 돌아옴.

1919 1월 4일, 입대 179일 만에 공식 제대 명령서를 받음. 8월 6일, 『목신의 오후Afternoon of a Faun』를 『뉴 리퍼블릭New Republic』에 발표하면서 처음으로 William Faulkner라는 이름을 사용함. 9월, 제대 군인 특전으로 미시시피 대학교에 입학하고 시와 그림을 발표하기 시작함.

1920 잦은 결석으로 성적이 저조해지고 등록 3학기 만에 대학교를 중퇴하지만, 대학 내 연극반을 위해 『꼭두각시The Marionettes』를 집필함.

1921 뉴욕에 머물며 서점에서 일하다가, 12월에 옥스퍼드에 돌아와 미시시피 대학교 구내 우체국 국장으로 근무를 시작함.

1922 옥스퍼드 보이 스카우트 단장, 우체국장으로 일하며 미시시피 대학교 간행물에 글을 발표함. 뉴올리언스 문예지 『더블 딜러Double Dealer』에 「초상화Portrait」라는 제목의 시를 발표함.

1924 성실하지 못한 태도 때문에 문제가 되자 보이 스카우트 단장과 우체국장 직을 사임함. 뉴올리언스에서 『와인스버그, 오하이오Winesburg, Ohio』의 저자 셔우드 앤더슨Sherwood Anderson을 만나게 되고 많은 영향을 받음. 12월에 『대리석 목신The Marble Faun』이 출판됨.

1925 뉴올리언스 신문 『타임즈 피키윤Times-Picayune』과 문예지 『더블 딜러』에 글을 쓰며 여러 문인과 화가와 교류함. 헬렌 베어드Helen Baird와 사랑에 빠짐. 7월, 파리에 모여들던 다른 잃어버린 작가들처럼, 이탈리아, 스위스, 프랑스, 영국을 여행하고 프랑스에 머물다 옥스퍼드로 돌아옴.

1926 2월 25일, 셔우드 앤더슨의 추천으로 첫 번째 소설 『병사의 봉급Soldier's Pay』을 출판함. 옥스퍼드, 패스커굴러Pascagoula, 뉴올리언스를 오가며 헬렌 베어드에게 구애함. 두 번째 소설 『모기Mosquittoes』를 집필함.

1927 4월 30일, 『모기』를 출판함. 가상의 요크나파터파 카운티Yoknapatawpha County를 배경으로 하는 첫 번째 소설 『먼지 속의 깃발Flags in the Dust』 집필에 몰두하지만, 출판이 거절됨.

1928 『음향과 분노The Sound and the Fury』를 집필하고 뉴욕에 머물며 수정함.

1929 1월 31일,『먼지 속의 깃발』을 편집하여『사토리스Sartoris』라는 제목으로 출판함. 5월 25일,『성역Santuary』을 탈고함. 6월 20일, 첫사랑 에스텔이 이혼하고 옥스퍼드로 돌아오자 적극적인 구애 끝에 그녀와 결혼함. 생계를 위해 미시시피 대학교 발전소에서 야간 근무를 시작함. 10월 7일,『음향과 분노』가 출판됨. 10월 25일,『내 죽으며 누워 있을 때As I Lay Dying』를 집필하기 시작해 48일 만인 12월 11일에 탈고함.

1930 1월 12일,『내 죽으며 누워 있을 때』수정본을 완성하고 10월 6일에 출판함. 미국 내 유수 잡지들에서 단편이 발표되기 시작함. 앞으로 평생 거주하며 창작활동을 하게 될, 남북전쟁 이전 저택을 구입하고 "로언 오크 Rowan Oak"로 명함. 출판이 거절된『성역』을 수정함.

1931 1월, 첫딸 앨라배마가 출생 7일 후 사망함. 2월 9일,『성역』이 출판됨. 8월,『팔월의 빛Light in August』을 집필하기 시작함. 9월 21일, 단편집『13 단편선These 13』이 출판됨. 버지니아주에서 열린 남부 작가 회의에 참석하고 뉴욕에서 일주일 동안 머묾.

1932 2월 19일,『팔월의 빛』을 탈고하지만, 출판이 거절됨. 돈벌이를 위해 5월, MGM 영화사의 전속 작가로 계약함. 영화를 좋아하지도 않았고 영화업계에서 일하는 것을 우려했지만, 가족을 부양할 급여를 벌기 위해 영화업계에서 간헐적으로 일하며 1954년까지 약 50여 편의 영화 시나리오 작업에 참여함. 포크너가 처음으로 각색한 영화는 하워드 혹스Howard Hawks 감독이 제작하고 연출한 〈오늘을 산다Today We Live〉로, 포크너의「전회 Turnabout」를 바탕으로 각색되었으며 전 세계적으로 인기를 얻음. 10월 6일,『팔월의 빛』이 출판됨.

1933 2월, 비행 교습을 받기 시작함. 4월 20일, 시집『초록 나뭇가지A Green Bough』가 출판됨. 딸 질Jill이 태어나고 비행기를 구입함. 그러나 1935년에 동생이 비행기 사고로 사망하면서 비행기에 관심을 두지 않음.

1934 2월,『압살롬, 압살롬!Absalom, Absalom!』을 집필하기 시작함. 앞으로『정복되지 않는 사람들The Unvanquished』에 수록될 단편을 집필하기 시작

함. 4월 16일, 단편집 『마리노 의사와 기타 단편Doctor Marino and Other Stories』이 출판됨. 7월, 유니버설 영화사를 위해 3주 동안 일함. 옥스퍼드로 돌아와 『비행장 목표탑Pylon』을 집필하기 시작하여 11월 25일에 탈고함.

1935   3월 25일, 『비행장 목표탑』이 출판됨. 12월, 20세기 영화사를 위해 5주 동안 일함.

1936   1월, 『압살롬, 압살롬!』을 탈고함. 2월부터 5월까지 영화사에서 일함. 10월 26일, 『압살롬, 압살롬!』이 출판됨.

1937   9월 15일, 『야생 종려나무The Wild Palms』 집필을 시작함.

1938   2월 15일 『정복되지 않는 사람들』이 출판됨. 스놉스Snopes 가문에 관한 스놉스 3부작을 집필하기 시작함.

1939   1월 19일 『야생 종려나무』가 출판됨. 미국 예술가 협회 회원에 선출됨.

1940   4월 1일, 스놉스 3부작의 첫 작품 『마을The Hamlet』이 출판됨.

1942   5월 11일, 『내려가라, 모세야Go Down, Moses』가 출판됨. 7월, 워너 브러더스와 5개월 계약으로 할리우드에서 일하기 시작함. 미국 공군에 입대하여 제2차 세계대전에 참여하려 했으나 거절당하고, 지역 민방위 활동을 시작함.

1943   1월, 7개월 계약으로 할리우드에서 일하기 시작함. 10월, 『우화A Fable』 집필을 시작함.

1944   2월, 할리우드에 돌아와 어니스트 헤밍웨이Ernest Hemingway의 『가진 자와 가지지 못한 자To Have and Have Not』를 각색함.

1946   지인의 도움으로 워너 브러더스와의 계약을 청산하고 집필에 전념함. 4월 29일, 맬컴 카울리Malcolm Cowley가 편집한 『포터블 포크너Portable Faulkner』가 출판되고, 이후 본격적으로 주목받기 시작함.

1948   1월 15일, 『무덤 속의 침입자Intruder in the Dust』를 집필하기 시작하고, 7월 11일에 영화 제작권을 MGM사에 판매, 9월 27일에 출판함. 11월, 미국 예술가 협회 회원에 선출됨.

1949 11월 27일, 단편집 『기사의 병졸Knight's Gambit』을 출판함. 작가 지망생 조앤 윌리엄즈Joan Williams를 만남. "현대 미국 소설에 대한 강력하고 예술적으로 독특한 기여"를 인정받아 1949년도 노벨상 수상자로 선정됨. 스웨덴 한림원 의원 18명 회원 전체의 만장일치가 필요해 노벨상 수상은 다음 해로 연기됨.

1950 1월, 조앤 윌리엄즈와 함께 『어느 수녀를 위한 진혼곡Requiem for a Nun』 집필을 시작함. 8월 2일, 단편집 『윌리엄 포크너 단편집Collected Stories』을 출판함. 11월, 노벨상 선정 사실을 알게 됨. 노벨상을 받으러 스웨덴에 가지 않겠다는 포크너를 가족과 국무부가 설득하여, 12월 8일에 딸 질과 함께 스톡홀름을 방문, 12월 10일에 노벨 문학상 수상함. 제2차 세계대전 후 작가의 역할을 강조하고, 인간의 종말을 부정하면서 인간의 승리와 불멸을 긍정하는 내용의 연설은 노벨상 연설의 이정표 역할을 함. 노벨상 수상으로 얻게 될 명예와 명성을 싫어하여, 새로운 소설가를 지원하고 격려하는 기금을 마련하기 위해 노벨상 상금 일부를 기부함. 그 결과 1960년에 윌리엄 포크너 재단이 설립됨.

1951 2월 1일, 할리우드를 방문해 5주간 일함. 2월 10일, 『말 도둑에 관한 소고 Notes on a Horsethief』를 출판함. 3월, 『윌리엄 포크너 단편집』으로 전미도서상을 수상함. 7월, 『어느 수녀를 위한 진혼곡』의 무대 상연을 위해 뉴욕에서 1주일 동안 머물고, 9월 27일에 해당 작품이 출판됨. 10월 26일, 프랑스 정부로부터 레종 도뇌르 훈장을 받음.

1953 11월, 『우화』를 탈고하여 딸 질에게 헌정함. 11월 30일, 하워드 혹스 제작 영화 〈파라오의 땅Land of Pharaohs〉 시나리오 집필을 위해 파리로 감.

1954 4월, 딸 질의 결혼 소식에 유럽에서 옥스퍼드로 돌아옴. 8월 2일, 『우화』를 출판함.

1955 『우화』로 1월에 전미도서상과 5월에 퓰리처상을 수상함. 국제적으로도 저명인사가 되면서, 7월 국무성의 주선으로 일본, 필리핀, 프랑스, 아이슬란드를 방문하여 일련의 세미나를 하게 됨. 일본 방문 세미나가 이듬해에

『나가노에서의 포크너Faulkner at Nagano』라는 책으로 출판됨. 10월 14일, 사냥 이야기 모음집 『큰 숲Big Woods』이 출판됨.

1956 스놉스 3부작 가운데 두 번째 작품 『읍내The Town』를 집필하고, 흑인과 백인의 통합 문제에 관한 일련의 글을 씀. 삶과 문학에 관한 진 스타인Jean Stein과의 인터뷰가 『파리 리뷰The Paris Review』에 실림.

1957 2월, 버지니아 대학교에서 초빙 작가로 초대되어 총 37차례에 걸쳐 세미나를 열고, 이 일련의 세미나가 1959년에 『대학 강단의 포크너Faulkner in the University』라는 제목으로 출판됨. 5월 1일, 『읍내』가 출판됨.

1958 3월, 스놉스 3부작 가운데 마지막 작품인 『저택The Mansion』을 집필하기 시작함.

1959 1월, 『어느 수녀를 위한 진혼곡』이 뉴욕 브로드웨이에서 상연됨. 11월 13일, 『저택』이 출판됨.

1960 8월, 버지니아 대학교의 교수 임명을 수락함. 12월 28일, 자신의 원고를 윌리엄 포크너 재단에 기증할 것을 유언으로 남김. 콜로라도주에서 열린 유네스코 회의에 참석함.

1961 4월, 국무성 주선으로 베네수엘라를 방문함. 19번째이자 마지막 작품 『약탈자들The Reivers』을 집필함.

1962 1월, 낙마하여 부상함. 4월 19일, 미국 육군사관학교를 방문해 곧 출판될 『약탈자들』을 낭독하고 세미나를 하였는데, 세미나 내용이 1964년에 『웨스트포인트에서의 포크너Faulkner at West Point』라는 제목으로 출판됨. 6월 4일, 『약탈자들』이 출판되고 이듬해에 퓰리처상을 수상함. 6월 17일, 또 한 번의 심각한 낙마 부상으로 7월 5일에 요양원에 입원하지만, 이튿날 심장마비로 64세의 나이에 사망함.

내 죽으며 누워 있을 때   클래식 라이브러리 020

1판 1쇄 인쇄 2025년 8월 1일	영업팀 정지은 한충희 장철용 강경남 황성진
1판 1쇄 발행 2025년 8월 13일	김도연 이민재
지은이 윌리엄 포크너	제작팀 이영민 권경민
옮긴이 강지현	편집 이영애
펴낸이 김영곤	디자인 임민지
펴낸곳 아르테	

출판등록 2000년 5월 6일 제406-2003-061호
주소 (우 10881) 경기도 파주시 회동길 201(문발동)
대표전화 031-955-2100
팩스 031-955-2151
ISBN 979-11-7357-273-9 04800
ISBN 978-89-509-7667-5 (세트)
아르테는 (주)북이십일의 문학·교양 브랜드입니다.
── 책값은 뒤표지에 있습니다.
── 이 책 내용의 일부 또는 전부를 재사용하려면 반드시
    (주)북이십일의 동의를 얻어야 합니다.
── 잘못 만든 책은 구입하신 서점에서 교환해 드립니다.

『슬픔이여 안녕』『평온한 삶』『자기만의 방』『워더링 하이츠』『변신』『1984』『인간 실격』『도리언 그레이의 초상』
『월든』『코·초상화』『수레바퀴 아래서』『데미안』『비곗덩어리』『사랑에 대하여』『허클베리 핀의 모험』『이방인』
『위대한 개츠비』『라쇼몬』『첫사랑, 짝사랑』『내 죽으며 누워 있을 때』
클래식 라이브러리 시리즈는 계속 출간됩니다.

클래식 클라우드
거장을 만나는 특별한 여행

**우리 시대 대표 작가 100인이 내 인생의 거장을 찾아 떠난다
책에서 여행으로, 여행에서 책으로, 나의 깊이를 만드는 클래식 수업**

001 셰익스피어
황광수 지음 | 값 24,000원

002 니체
이진우 지음 | 값 22,000원

003 클림트
전원경 지음 | 값 27,000원

009 아리스토텔레스
조대호 지음 | 값 23,000원

010 가와바타 야스나리
허연 지음 | 값 23,000원

014 모네
허나영 지음 | 값 28,000원

022 헤세
정여울 지음 | 값 21,000원

023 르코르뷔지에
신승철 지음 | 값 22,000원

030 반 고흐
유경희 지음 | 값 21,000원

031 말러
노승림 지음 | 값 23,000원

032 헨리 제임스
김사과 지음 | 값 21,000원

033 토마스 아퀴나스
박승찬 지음 | 값 24,000원

034 로버트 카파
김경훈 지음 | 값 28,000원

035 괴테
주일선 지음 | 값 28,000원

036 윤동주
김응교 지음 | 값 28,000원

* 클래식 클라우드 시리즈는 계속 출간됩니다 *

일상에 깊이를 더하는 클래식 클라우드 유튜브!
클래식한 삶을 위한 인문교양 채널-저자 인터뷰, 북트레일러-에서 영상으로 만나보세요.

클래식 클라우드-책보다 여행
누적 재생 수 1000만 회, 네이버 오디오클립, 팟빵에서 검색하세요.

채널로 만나는 클래식 클라우드 시리즈

+ 인스타그램 북이십일 | www.instagram.com/book_twentyone
+ 지인필 | www.instagram.com/jiinpill21
+ 아르테 | www.instagram.com/21_arte

홈페이지 | www.book21.com